海明威全集

永别了，武器

Farewell, weapons

〔美〕海明威　著
饶　月　译　俞凌婂　主编

中国出版集团　现代出版社

图书在版编目（CIP）数据

永别了，武器 /（美）海明威著；饶月译. — 北京：现代出版社，2018.6（2023.7重印）
（海明威全集 / 俞凌婷主编）
ISBN 978-7-5143-7109-3

Ⅰ. ①永… Ⅱ. ①海… ②饶… Ⅲ. ①长篇小说—美国—现代 Ⅳ. ①I712.45

中国版本图书馆CIP数据核字（2018）第109916号

永别了，武器

著　　者（美）海明威
译　　者　饶　月
主　　编　俞凌婷
责任编辑　杨学庆
出版发行　现代出版社
地　　址　北京市安定门外安华里504号
邮政编码　100011
电　　话　010-64267325　64245264（传真）
网　　址　www.1980xd.com
电子邮箱　xiandai@cnpitc.com.cn
印　　刷　三河市金元印装有限公司
开　　本　880mm×1230mm　1/32
印　　张　11.5
版　　次　2019年1月第1版　2023年7月第3次印刷
书　　号　ISBN 978-7-5143-7109-3
定　　价　49.80元

序

众所周知，海明威是一个生活经历异常丰富的知名作家，同时也是一个在世界上享誉盛名并且写作风格鲜明的文学大师。海明威复杂的生活经历描绘了他所有作品的故事曲线，也构成了他作品中丰富多彩的主题。

首先，就个人浅见，有必要剖析一下海明威的成长经历。海明威出生于美国芝加哥以西的一个郊区城镇，人口并不密集，因此给了海明威一个平静、安逸的童年生活。幼时的海明威喜欢读图画书和动物漫画，听稀奇百怪的故事，也热衷于缝纫等各种家事。少年时期，他更喜欢打猎、钓鱼，内心充满了对大自然的好奇与敬畏，这一点在他多部作品中都有体现。在初中时，海明威为两个文学报社撰写了文章，这为他日后成为美国文学史上一颗璀璨的明星打下了基础。高中毕业以后，海明威拒绝上大学，他到了在美国媒体具有举足轻重地位的《堪城星报》当了一名记者。虽然他只在《堪城星报》工作了 6 个月，但这 6 个月的时间，使他正式开始了写作生涯，并且在文学功底上受到了良好的训练。1918 年，第一次世界大战爆发，海明威不顾家人反对，毅然辞掉了工作，去战地担任了一名救护车司机。战场上的血流成河，令海明威极为震惊。由于多次目睹了战争的残酷，给海明威的创作生涯提供了丰富的素材和灵感。在他早期的小说《永别了，武器》中，他进行了本色创作，揭示了战争的荒唐和残酷的本质，反映了战争中人与人之间的相互残杀以及战争对人的精神和情感的毁灭。1923 年海明威出版了处女作《三个故事和十首诗》，使他在美国文坛崭露头角。1925 年。海明威出版了《在我们的时代里》这一短篇故事系列，显现了他简洁明快的写作风格。继而海明威出版了多部长篇小说和大量的短篇小说，令他成为了美国“迷惘的一代”作家中的代表人物。《老人与海》获得了 1953 年美国的普利策奖和 1954 年的诺贝尔文学奖，将海明威推上了世界文坛的至高点，可以说，《老人与海》是他文学道路上的巅峰之作。

其次，海明威的感情生活错综复杂，给海明威的作品增添了大量的情感元素。海明威有过四次婚姻经历，这些经历赋予了海明威不同寻常的爱情观。司各特·菲茨杰拉德曾打趣道：“海明威每写一部小说都要换一位太太。”连他自己都没有想到，竟然一语成谶。世人皆知，海明威有四大巅峰之作，分别是《太阳照常升起》《永别了，武器》《丧钟为谁而鸣》和《老人与海》，在时间上，他的确先后娶了四位太太。据考证，1917 年海明威和一位护士相爱，但是不久后，这位护士便嫁给了一位富有的公爵后代。海明威对爱情始终抱有完美主义，所以这样的结局令海明威无法接受，甚至愤恨。因此，海明威常常将女人比作妖女，这一点在他的多部作品中有所反映。1921 年，海明威与他的第一任妻子哈德莉结婚，但是婚姻观的差异最终使两人分道扬镳。不得不说，哈德莉对海明威的文学创作起到了至关重要的作用。在她的帮助下，海明威学会了法文并结识了著名女作家斯泰因。这段时期，海明威佳作不断，哈德莉却毫无成长，这促使了两人的婚姻关系更加恶劣。1926 年海明威出版了《太阳照常升起》，这部小说使他声名大噪，也间接宣告了海明威与哈德莉婚姻关系的破裂。1927 年，海明威与第二任妻子宝琳结婚，两人在佛罗里达州和古巴过了几年宁静而美满的婚姻生活。海明威在这几年中完成了他的不朽名作《永别了，武器》。然而，没过几年，海明威对宝琳开始厌倦，他遇见了他的第三任妻子——战地女记者玛莎。最开始，海明威以玛莎为荣，并为她创作了《丧钟为谁而鸣》，令人叹息的是，这对最为相配的夫妻也在 1948 年结束了婚姻关系。海明威的第四任妻子维尔许是一名战时通讯记者，研究分析政治和经济形势，为三大杂志提供背景资料。婚后，维尔许放弃了自己的工作，专心照顾家庭，但这仍未给两人的婚姻关系带来一个美满结局。1961 年，海明威在家中饮弹自尽，享年 62 岁。

对大自然的喜爱之情和对生命的敬畏丰富了海明威小说五彩斑斓的主题，纷然杂陈的情感生活和不同寻常的生活环境造就了海明威作品中跌宕起伏的故事情节。因此，海明威的每篇长篇小说、短篇小说、新闻及书信都有着鲜明的个人风格。海明威用最简洁明了的词汇，表达着最复杂的内容；用最平实轻松的对话语言，揭示着事物的本来面貌。他的每部小说不冗不赘，造句凝练，丝毫没有矫揉造作之感。即使语言简洁，但是海明威的故事线索依然清晰流畅，人物对话依然意蕴丰富。海明威曾这样形容自己的写作风格："冰山在海里移动之所以显得庄严宏伟，是因为它只有八分之一的部分露出水面。"这无疑是个非常恰当的比喻，十分形象地概括了海明威对自己作品的美学追求。海明威最开始创作了众多短篇小说，使他在文坛新秀中占有一席之地，后来《太阳照常升起》的出版，奠定了他在"迷惘的一代"代表作家中的超然地位。"迷惘的一代"是美国两次世界大战期间涌现的一类作家的总称，他们共同表现出的是对美国社会发展的一种失望和不满。他们之所以迷惘，是因为这一代人的传统价值观念完全不再适合战后的世界，可是他们又找不到新的生活准则。海明威将“迷惘”这一形容词表现得淋漓尽致，他用深刻而典型的对话将第一次世界大战后青年的彷徨与迷惘的心声书写出来。可以说海明威的大量文字都散发着战时与战后美国青年对现实的绝望。海明威不止竭尽所能地发挥着对“迷惘”的认知，同时也表现着海明威内心的“硬汉观”。海明威一向以文坛硬汉著称，他是美利坚民族的精神丰碑，代表着美国民族坚强乐观的精神风范。在《老人与海》中海明威用风暴、鲨鱼等塑造了一个“人可以被消灭，但是不可以被打败”的硬汉形象，同时也反映了海明威英勇、坚定的生活态度。海明威的众多作品中不仅充斥了“迷惘”“硬汉”等思想，不可忽视的还有他对自然与死亡的理解。作为一个对生命有着独特理解的文学大家，海明威形成了对死亡的坦荡、豁达的人生态度。《午后之死》就明确指出：“所有的故事，要深入到一定程度，都以死为结局，要是谁不把这一点向你说明，他便不是一个讲真实故事的人。”海明威想要表达“死亡是人生的终点，任何人不可逃避”这一观点。《老人与海》中也有海明威对自然生态的想法，海明威利用圣地亚哥、环境、鱼类的关系形象地阐述了：人不能过于追求物质享乐，要尊重自然、节省资源、保护生态环境，才能达到人与自然的和谐。总之，海明威光彩夺目的主题思想和艺术风格都在探究着人类文明进程中对生命的思考。

海明威的创作经历了一个复杂的发展变化过程。在海明威早期的作品中，海明威表达对西方资本主义日趋腐朽的绝望和内心痛恨战争的不满情绪，文字中蕴藏着一种悲观和颓废的色彩。海明威在创作中期才改变了这种思想，开始对西方资本主义和战争的本质有了新的认识，这是海明威心理历程上的一个重大发展。海明威的后期作品依旧延续着早、中期的写作风格和迷惘情绪，但是却比早、中期的作品反映的情绪更加明显。值得一提的是，海明威的创作中也充斥了大量的意识流和含蓄表达，从而使读者在真假变换中感受到人物或强烈、或浪漫的内心世界。

为了方便海明威文风的欣赏者了解海明威，我们特出版海明威全集系列丛书，内包含海明威的多部小说、书信、新闻稿、诗等作品。读者可从中感受到海明威享受心灵的自由却求索不得的无奈，也可感受到海明威对内心对生命最强烈的回响。海明威的作品无论在中心思想层面，还是语言风格都有其独到之处，因此他的作品读来令人回味无穷。对于欣赏者来说，要具备独特的艺术鉴赏力和审美修养才能发掘海明威“海面下的宏伟冰山”，从而产生更多对生命的思考。

目　录

第一部

第二部

第三部

第四部

第五部

第一部

第一章

那年夏末，我们住在乡村的一所房子里。打开房门，目之所及是一片宽阔的平原，一条清澈的河流从平原穿过。透过河水，可以看到又大又圆的鹅卵石，这些石头在阳光的照耀下泛着白光，而湍急的河水深处却是一泓蔚蓝。平原的尽头，一片高山连绵不断。部队会从房子旁边经过，当士兵们走上大道的时候，会激起成片的尘埃，这些尘埃飘落在树叶上，甚至是树干上。那年士兵在大道上前行，微风吹拂着树叶纷纷飘落。部队离开之后，空荡荡的大路白晃晃一片，只剩下片片落叶。

平原上生机勃勃，成片的庄稼正待丰收，邻近的众多果园也硕果累累，沉甸甸的缀满枝头。平原外那片褐色的山峦，却是光秃秃的一片。在那些山峰之间激战不断，夜里能清晰地看见炮火闪烁，听见炮声连绵，如同夏夜的电闪雷鸣。只不过现在的夜晚比较阴凉，没有夏天风雨之前的闷热。

在黑暗中，有时我们还能听见各种声响，士兵们从窗下路过的脚步声，摩托车的轰鸣声，大炮被牵引车拖过的摩擦声。黑夜里的交通依然繁忙：驮着弹药箱的驴子依次走过，运送士兵的灰色卡车也隆隆开来，还有一种特殊的卡车，被帆布盖住车顶，看不见里面到底装了什么东西，但车速很慢。除了夜晚，白天的村庄也不安宁，用牵引车拖着的重炮随处可见，青翠的树枝之下掩盖着长长的炮管，繁茂的枝叶和葡萄藤下隐隐透着牵引车的车身。北面的山谷后有一片茂密的栗树林，树林之后，是另一座高山。在那儿的山峰之间战火也没有停息，激烈的争夺战拉开序幕，不过情况并不顺利。自入秋以来，连绵的秋雨下个不停，栗树的叶子全都掉光，只剩下光秃秃的树枝和黑黝黝的树干在雨中静默。葡萄园里的葡萄藤也是赤裸裸的，不见一片葡萄叶，满眼都是湿漉漉的、褐色的东西，目之所及的是成片萧瑟的秋意：浓浓的雾气笼罩在河上，灰暗的云层缠绕在山间；奔驰的卡车溅起一路的泥浆；士兵们的披肩全部被雨水淋湿，身上沾满烂泥，来复枪也湿漉漉的。全体士兵都将自己的两个灰皮子弹盒挂在身前的皮带上，子弹盒里装满了 6.5 毫米口径的子弹。一排排又长又窄的子弹从披肩下面高高地凸起，乍一看，好像是已经怀孕六个月的妇人。不时会有一辆灰色小汽车疾驰而过，副驾驶的座位上通常坐着一位军官，有时后座上也会坐着几位军官。这些小汽车溅起泥浆来，可比军用大卡车厉害多了。如果你能在汽车的后座上看到一个小个子，而他又刚好坐在两个将军之间，那么这个矮小的几乎看不见脸的小个子，十有八九就是国王。在这种情况下，小汽车会比一般时候开得更快些，车里的人只露出军帽的顶部和细扁的背影。国王住在乌迪内[1]，但几乎每天都会来视察，无奈战况不佳。

从冬季开始，雨就没有停过，霍乱也接踵而来。最终通过大家的共同努力，疫情得到了有效的控制，部队里有七千多人死于这场瘟疫。

① 乌迪内在意大利东北部，是当时意军的总司令部所在地。

第二章

第二年接连打了好几场胜仗，战士们拿下了山谷后面的那座高山，还夺得了栗树林的那个山坡，而南边平原外的高原争夺战也传来胜利的捷报。于是在八月份的时候，我们终于可以渡河，在哥里察[①]的一幢房子里驻扎下来。房子里面有漂亮的喷水池和砌着围墙的花园。院子里还种了很多茂盛的树木。屋旁有一大片紫色，一棵紫藤树坐落于此。战争依然没有停止，不过幸好不再是在一英里之外的地方进行了，而是在另一座高山之外。这个小镇很不错，我们住的屋子也很好。小镇的后面是一条小河，前面则是一些高山，仍然被奥军占领着。攻占小镇这一仗，我们打得非常漂亮。也许奥军希望战争结束后还能继续回到小镇上来生活，所以他们只从山顶上开炮。而且除了一些例行的小规模军事行动之外，他们也不向镇上狂轰滥炸，这种情况使我的心情非常愉悦。居民们可以照常在镇上居住，医院和咖啡店也像往常一般正常营业，在小街上可以看到驻扎的炮队，甚至还有两家妓院，分别用来招待士兵和军官。炎热的夏季已经过去，夜凉如水，战争又远在镇外的崇山峻岭之间，人们就显得更轻松了。一座弹痕累累的铁路桥横在小镇上，炸毁的地道暴露在河边，好像告诉人们：这儿曾经发生过战争。广场的周围，以及通向广场的路旁，是一排排的树木。镇上还生活着一些年轻的姑娘。在国王来视察

① 哥里察位于意奥边境，原属奥匈帝国，意军在1916年8月攻克。

的时候，通过他乘坐的小车，我们可以在镇上看到他的脸，能看到他的长脖子和他下颌那一簇灰色的山羊胡须。镇上随处可见战后的衰败，被炮弹炸毁了的房屋墙壁，内部突然暴露出来，倒塌的泥灰碎石。有的堆积在屋内的花园里，有的倒塌在街上。尽管如此，卡索[①]前线顺利的战事，还是使我们觉得今年秋天比去年那个困居在乡下的秋天过得幸福多了。况且，整个战局也的确好转了起来。

小镇之外，高山上的那一片橡树林已经消失了。我们刚到小镇的时候，还是烈日炎炎，树木青翠，现在只剩下一些断桩残枝，连地面也被炮弹炸得四分五裂。在秋末的一天，我正徘徊在原来的林地上，突然看见一块云猛地向山顶飞来，云块飘移的速度非常快，转眼间太阳变成晦暗的黄色，地面上所有的东西都蒙上了一层灰色。乌云把天空完全遮住，接着云块往山上跌落，突然间又跌落到我们身上，直到这个时候我才意识到原来向我们坠落而来的是雪不是云。鹅毛般的大雪在风中横飞斜落，片刻之间大地就被白雪覆盖，除了树木的残干凸出来之外，满眼都是白茫茫一片。大炮也被埋在了大雪之下，但战壕后边的去厕所的雪地上，很快就被人踩出几条小径。

我回到小镇，在军官妓院里和一个朋友闲聊。在我们面前的桌上放着两个酒杯和一瓶阿斯蒂[②]。看着窗外的鹅毛大雪，我们知道今年的战事结束了。虽然河流上游的那些高山还没有攻打下来，河流对面的峻岭，也没有一座被我们争夺回来，但那都得等到明年再说。我的朋友无意间看见和我们一个食堂的神父踏着半

① 卡索高原位于意大利东北部，1917 年在这里发生了重要战役。而哥里察就位于卡索高原。

② 阿斯蒂，是意大利西北部一个古城，这里指那个地方产的白葡萄酒。

融化的雪，小心地从街上走过，就敲了敲窗子，希望唤起神父的注意。神父抬头看看我们，冲我们微微一笑，算是打招呼。我的朋友向他招手，想叫他进来和我们一起玩。他又笑着摇了摇头，然后直接走了。那天的晚餐是实心面，每一个人都吃得又快又认真，大家用叉子把所有的面条从盘子里卷起来，举得高高的，再往嘴里送，或者不停地叉起面条用嘴巴吮。我们一边吃面，一边从加仑大酒瓶里倒酒喝。那个酒瓶挂在一个铁架子上，被干草盖着，只要用食指扳一下酒瓶颈，又清又红的美酒，夹杂着单宁酸的味道就一起流进了同一只手拿着的杯子里。吃完面条，上尉就拿神父开玩笑取乐。

神父还很年轻，只要我们一和他开玩笑，他就脸红。他的制服跟我们的一模一样。但在他制服胸前的左袋子上面，比我们多了一个深红色丝绒缝的十字架。据说为了照顾我，让我能够听明白他在说什么，不遗漏什么重要信息，上尉故意操着一口不太纯正的意大利语和我们交谈。

“神父今天玩姑娘了。”上尉说完，盯着神父和我。神父红着脸，微微笑了笑，摇了摇头。

“你还不承认？我今天可是亲眼所见。”上尉说。

“这是完全没有的事情。”神父很腼腆。其他军官都兴致勃勃地期待着上尉的玩笑。

“当然神父不玩姑娘，”上尉又大声嚷嚷着，“神父可从来不和姑娘乱搞。”他向我解释。说话时，他给我倒了一杯酒，并且一直看着我，不过眼角却瞟着神父。

“神父每天晚上可有五个姑娘等着他。”饭桌上所有的人都哈哈大笑起来，“你懂吗？每天晚上，神父一对五。”接着他做了个五的手势，然后纵声大笑。神父默不作声，只当是一个玩笑，并不反驳。“教皇希望奥军胜利，”少校说，“他就爱法兰兹·约瑟夫[①]。教皇的钱其实全都是敌人捐的。我可是个无神论者。”

“你看过《黑猪猡》这本书吗?”中尉问我，“我给你找一本看看。那书不得了，它可动摇了我的信仰。”

“那是本卑鄙龌龊的书，”神父对我说，“你不可能会喜欢的。”

“不，那是一本很深刻的书，”中尉说，“它揭穿了神父的所有黑幕。你肯定会喜欢它的。”

我微笑着看了神父一眼，他在烛光下向我微笑。

“千万不要看。”他又对我轻声说道。

“回头我给你找一本让你好好看看。”中尉依然坚持己见。

“所有的无神论者都是有思想的，”少校大声说，“不过我也不信什么共济会。”

“共济会我可相信，”中尉回答，“那是个高尚的组织。”

这时，有人推门进来，外面依然下着鹅毛大雪。

“只要雪不停，敌人就不会再向我们进攻了。”我说。

“当然不会啦，”少校说，“你应该去休假，好好玩一玩。你可以去罗马、那不勒斯和西西里走走。”

“不，你应当去阿马斐，”中尉说，“我给你写几张介绍卡。你只要带着卡去找我的家人，他们一定把你当成亲生儿子一般热情招待。”

“他应该去巴勒摩。”

“他最好去卡普里。”

“我希望你能够去阿布鲁息[②]游览，顺便探望一下我的家属，他们在卡勃拉柯达。”神父说。

---

① 法兰兹·约瑟夫是奥匈帝国当时的皇帝。教皇指的是天主教教皇，当时奥国的贵族大多信奉天主教。

② 阿布鲁息是意大利中东部一个古地区的名字。

“你听听，竟然说去阿布鲁息。那儿的雪可比这还要大呢，去那干什么，去看农民吗。还是让他去那些有文化气息的文明中心地区吧。”

“他应当玩玩更好的姑娘。我待会儿给你写一些那不勒斯的地址。那里的姑娘可是既年轻又漂亮——都由他们的母亲陪着。哈哈哈！”上尉把手指摊开，拇指向上，像在灯光下表演手影戏似的，手影全印在了墙上。他又操着那口不纯粹的意大利语继续说道：“你去的时候像这个。”他指指自己的大拇指。“回来的时候像这个。”他又指指自己的小指，逗得众人大笑。

“看啊！”上尉又摊开了手，他的手影再一次被烛光印在墙上。他按着指头从拇指开始数，一边数，一边喊出每个手指的名字：“‘索多—田蓝’（拇指），‘田蓝’（食指），‘甲必丹诺’（中指），‘玛佐’（无名指），‘田蓝—科涅罗’（小指）。[①] 你去的时候是索多—田蓝！回来的时候是田蓝—科涅罗！”大家大笑起来。上尉的手影戏表演得非常成功。他又向神父大嚷：“神父每天晚上一对五！”大家又爆发一阵大笑。

“你快休假去吧。”少校对我说。

“我要是能陪你一块去就好了，我还可以给你做向导。”中尉说。

“回来的时候记得带台留声机。”

“还有别忘了带些好听的歌曲唱片。”

“把卡鲁索的唱片带回来吧。”

“那个乱叫乱嚷的家伙，可千万不要带他的唱片。”

“你倒是想像他那样演唱？”

---

① 他用意大利语描述这些军衔：“索多—田蓝”是少尉，“田蓝”是中尉，“甲必丹诺”是上尉，“玛佐”是少校，“田蓝—科涅罗”是中校。

“他乱叫乱嚷。我肯定他只会乱叫乱嚷!”

“我希望你去阿布鲁息,”在其他人仍然大声地争吵着的时候，神父悄声地对我说，“我的家乡是打猎最好的地方，而且那儿的人热情无比，虽然气候有点寒冷，却清爽干燥。你可以住在我的家里面，我的父亲可是当地最出名的猎手。”

“快走吧,”上尉看着我，“趁现在还不算太晚，咱们一起去窑子里乐乐，再晚人家可就关门了。”

“晚安。”我向神父告别。

“晚安。”他也冲我点点头，回道。

第三章

等我休假回来，重返前线时，原属的部队依然驻扎在那个小镇上。而附近的乡下，大炮的数量比以前增加了很多。春天到了，田野又披上了青翠的春装，葡萄藤上冒出许多嫩绿的叶芽，路边的树木也长出了绿叶，从海边吹来的阵阵微风轻轻抚过脸颊。从远处看，小镇、山峰和古堡，在众山环绕之下就像一只只陈列的杯子，杯子的后面耸立着褐色的山峰，点点青翠在山坡上露出生机。小镇里的大炮越来越多，甚至有一些新的医院也在小镇上建立起来。在街上，可以经常碰到英国军人，有时候甚至还能看到英国女士出没的身影，镇子上被炮火毁掉的房屋也在渐渐增多。春天的天气很暖和，小巷的墙壁把阳光反射到身上，暖洋洋的；我们原来住在那幢老房子，从外表看来，也跟我离开的时候没有什么改变。大门开着，有一个士兵正坐在门外的长凳上晒太阳，门口还停着一辆救护车。踏进大门，大理石地板和医院的气味扑面而来。仿佛一切都没有变化，除了春天的脚步越来越近了。我朝那间大屋张望了一下，少校正在房里办公，窗子开着，阳光洒了进来，他并没看见我。我在门口犹豫着，不知道是直接进去报到，还是先去楼上洗漱一番？不过后来我想还是先上楼吧。

我和雷那蒂中尉曾经一起住的那个房间，窗户是正对着院子的。此刻窗户开着，我的床上已经铺好了毯子，我的东西依然挂在墙壁上，在那个长方形的白色铁罐子里，同样放着我的防毒面具，钢盔也如同往日一般挂在那颗钉子上。我那只扁皮箱放在床脚，冬靴已经涂过油，闪着亮光，搁在皮箱上。两张床的中间挂着我的步枪，蓝色的八角形枪铳，可爱的黑胡桃木枪托，可以把它靠在颊骨上射击。和那支枪配套的还有一个望远镜，我清楚地记得我把它锁在了皮箱子里。原本睡在自己床上的中尉雷那蒂听见了我进来的响声后就立刻坐了起来。

“你好！”他和我打招呼，“假期过得不错吧？”

“真是棒极了。”我同他握握手，他则抱住我的脖子吻我。

“噢。”

“赶紧去洗一洗吧。”他说，“然后你去了哪些地方，做了什么事，记得全部要告诉我。”

“我几乎去过所有你能想到的地方。米兰、佛罗伦萨、那不勒斯、罗马、墨西拿、维拉·圣佐凡尼、塔奥米那……”

“你现在简直像是在背火车时刻表。快说，你有没有艳遇？”

“有。”

“在哪儿？”

“在米兰、罗马、佛罗伦萨、那不勒斯……”

“够了够了。告诉我最棒的一次是在哪里。”

“在米兰。”

“是不是你最开始到的地方？在哪遇见的，是科伐[①]吗？你们都去哪些地方玩了？怎么样？全部都告诉我，立刻，马上。还有你们是不是一整夜地睡一起？”

“是的。”

“这也没什么好稀奇的。我们这里现在也有不少美丽的妞儿。还是新来的，第一次上前线。”

“那可真是太好了。”

---

① 指意大利东面的亚得里亚海，是地中海的一部分。

“怎么，你不相信？那今天下午你就可以和我一起去看看。镇上还来了些美丽的英国姑娘。知道吗？我爱上了巴克莱小姐。你等着，我一定要带你见见她。很有可能将来我就和她结婚。”

“我先去洗漱下，然后还得报到去。难不成现在大家都不用工作了吗？”

“你走后，这可没有碰到什么大病重伤，但是一些普通的疾病，像冻伤、冻疮、黄疸、白浊，或者是战士们自己不小心弄的伤口，另外肺炎，硬性和软性下疳也还是时常发生。除此之外，还有几个伤员要处理。而且几乎每个星期都有人被石头砸伤。据说下个星期又要开战了，也有可能现在战争就已经开始了。你觉得停战后，我就向巴克莱小姐求婚，这样好不好？”

“绝对是一件好事。”我一边向脸盆里倒满了水一边回答。

“记住，今天晚上别忘了把所有的事情都告诉我，”雷那蒂说，“现在我再睡一会儿，等我养好精神，再打扮得漂漂亮亮的，就可以和巴克莱小姐约会去了。”

我脱下制服和衬衫，用脸盆里的冷水抹净身子。我一边用毛巾在身上擦，一边再次打量我们一起住的这个房间，接着看向窗外，又看了看闭着眼睛打算睡觉的雷那蒂。他是我们这的军医，也是我的好朋友。他长得很英俊，年龄也跟我差不多，是阿马斐①人。他很喜欢自己的工作，做得非常开心。似乎感觉到了我的注视，他睁开了眼睛。

“你身上还有没有钱？”

“有。”

“那借五十里拉给我。”

我擦干手，从墙上挂着的制服里掏出皮夹子，然后把钞票递

① 阿马斐位于意大利西南部。

给雷那蒂。他迅速把钱折好再塞进裤袋里，但并没有起来。他躺在床上笑着说："在巴克莱小姐面前，我得把自己装成阔佬。你可是我最好的朋友，当然要在经济上资助我。"

"见鬼去吧。"我打趣道。

那天晚上吃饭的时候，我坐在神父的旁边。对于我没到他的故乡阿布鲁息去，他非常失望。同时也很伤心，因为他曾写信告诉他父亲我要去他家拜访，而他的家人也做好了要好好接待我的准备。听到他这样说，我觉得难受极了，原本我的确是打算去的。只是我不知道自己后来为什么又改变了主意。我只能很抱歉地和他说，我本来是要去的，只是后来路上有点事给耽误了，才没有去成。神父看我说得如此真诚，就原谅了我。那天，我喝了很多酒，又要了咖啡和施特烈嘉酒①。借着酒意，我感慨道：对于那些我们想做的事，我们好像已经习惯了不去做。②

在我们聊天的时候，其他人也针对各种问题争论不休。我原计划确实是想要去阿布鲁息的，但最终没有去成。我知道那里的路面冻得像钢铁一样坚硬，可是天气却很晴朗、寒冷、干燥，雪干得如同面粉一般。雪地上仔细看的话还有野兔的脚印，庄稼人一见你就脱帽行礼，并尊敬地喊上一声老爷。我去的地方满是烟雾弥漫的咖啡馆。夜晚躲在床上，感觉房间直打转，只有死死地盯住墙壁，才能让房子停止旋转。如果喝醉了酒，我会感觉人生好像就这样了，可是醒来之后却又莫名地兴奋，记不起来昨晚到底是谁和自己一起睡觉。黑暗中，整个世界好像都不真实，却又让人时刻处于亢奋之中，所以就只好继续装疯卖傻、糊里糊涂地认为这就是所有的一切。除此以外，什么都可以置之不理。有时候，你又会突然从梦中惊醒，梦中的一切都消失

---

① 一种甜酒，橘子味，金黄色。

② 《圣经·罗马书》第七章第十五节："……我所愿意的，我并不做……"。

了，继之而来的是尖锐、伤感、无比清晰的现实，有时会因为昂贵的住宿费和老板大声争吵。有时醒来，你看到清晨的阳光，会感到愉快、甜蜜和温暖。这个时候你甚至还会和身边的人一起吃早饭和午饭。有时你也又觉得一切都索然无味，恨不得立马离开。接着新的一天又开始了，然后又是另一个新的夜晚。我很想告诉神父所有在夜里发生的事情，甚至是白天与黑夜的区别。我想向他证明如果白天不是很清爽、很寒冷的话，其实黑夜的感觉会更好。但是我不知道该如何能让他清楚地明白我的感受，就如同现在，我同样说不清楚我最真实的想法。但是如果你曾经经历过这样的事情，你就完全明白了。他没有和我同样的经历，但是他明白了我原计划去他故乡却最终没有成的原因。这些小插曲丝毫没有影响我和神父之间的友情，我们有着很多共同的喜好，当然也存在着不少分歧。例如，他明白的很多东西我往往不能够理解，而哪怕有时候我明白了，也常常会忘记。对于这一点，我当时并没有意识到，直到很久之后才逐渐领悟出来。那时我们大家都在食堂里，吃完了晚饭，其他人还在争辩。一看到我们俩停止谈话，上尉就大声嚷道："神父不开心。没有妞儿陪着神父，他怎么会开心呢?"

"我很开心。"神父说。

"神父当然不开心。神父可是希望奥地利能打胜仗的。"上尉说。其他人都竖起耳朵，等着神父的回答。

神父摇了摇头，说道："不对，不对，并不是这样的。"

"神父希望我们永远不进攻。是不是这样?"

"当然不是。既然是战争，我们就必须要进攻。"

"当然要进攻。要进攻!"

神父点点头。

"算了，还是放过他吧!"少校说，"他这人不错。"

"他也是没办法啊。"上尉说。于是大家悻悻地离席。

第四章

清晨，听到隔壁花园驻扎的炮队轰隆隆的炮声，我被吵醒了。阳光从窗外照进来。我从床上起来，踱到窗边，向外望去，花园里的沙砾小径上沾满了露水，湿湿的；草叶上的露水在阳光下闪闪发光。炮队已经连续开了两次炮，每一次都仿佛要把窗户给震下来，连我的睡衣胸襟都被震得一抖一抖。我看不见大炮被发射到了什么地方，但是听声音，好像就在我们的正上方。距离大炮这么近是件让人很讨厌的事，不过幸好大炮的口径并不算很大。我甚至还能听到一辆卡车在路上的奔驰声。我穿好衣服，下楼去厨房里喝了点咖啡，然后就来到汽车间。有十辆救护车并排停在那个长长的车棚下面，它们是种特别的汽车，上重下轻，车头短，车身被漆成了灰色，长得和搬场卡车一样。场子里，机械师们正在修理其中一辆车子。另外还有三辆车停留在山峰间的包扎站里。

“敌人向那边的炮队开火了吗？”我问一位机械师。

“没有，中尉先生。那儿有座小山掩护着。”

“这边的情况怎么样？”

“还不算坏。除了正在修理的这辆车之外，其他的车子都还能开。”然后他停下来笑了笑，又接着问，“你是刚刚休假回来吧？”

“嗯。”

他在罩衫上擦了擦手，又咧着嘴笑着问道：“玩得开心吗？”其余的机械师也像他一样露出牙齿笑起来。

“挺好的，”我说，“这辆车怎么了？”

“坏了。反正不是这辆车出问题也会是另一辆车。”

“这辆车有什么问题呢？”

“得换钢环。”

机械师们继续修理那辆并不难看的空车，车子的引擎打开了，零件散乱地放在工作台上。我来到车棚底下，仔细检查了每一辆汽车。有几辆车看着相当干净，应该是刚刚洗过，而其余的几辆车则落满了灰尘。我又细心地查看了车胎，看看有没有裂痕或者被石头划破的地方，不过没有发现任何问题。看来即使我不在这里，看管车子也没有什么问题。我曾以为自己的职位很重要。可无论是保养车子，调配物资，或者是将伤病员从深山的包扎站运回到医疗点，甚至是根据伤病员的病历卡，分别将他们送到不同部门，这些都需要我亲自打理。但是直到这一刻，我恍然大悟，其实我并没有自己所想的那样不可或缺。

“零件更换有没有什么困难？”我问那位机械师中士。

“没有困难，中尉先生。”

“那油库在哪里？”

“老地方。”

“好的。”我重新回到屋里，去食堂喝了一杯咖啡。咖啡的颜色很淡，冲了炼乳之后，味道很甜。从窗边往外看，外面风和日丽，这是一个可爱而有朝气的早晨。空气中弥漫着一种干燥的感觉，能看出来今天的天气应该很热。接着我又巡查了山峰间的车站，等再回到小镇的时候已经很晚了。

所有的一切都很正常，我不在这里的时候，情况似乎又变得更好了一些。据说，总攻又快要开始了。我们所在的部队会从河流上游的某个地点发动进攻，他们会从上游一条窄窄的峡谷渡河而过，然后再扩大到山坡上的那块阵地。少校命令我负责进攻时各个救护车站的工作。由于救护车的车站必须要有天然的屏障，而且还要尽可能地挨近河边，所以所有车站的地点都必须由步兵选定，但是具体的筹划和执行，还得靠我们。这样的安排，让我有了布阵作战的错觉。

我的身上满是尘埃污秽，于是就打算到房间去梳洗一下。等我走进屋里的时候，发现雷那蒂正坐在床上看书，书名是《雨果氏英语语法》[①]。他早就装扮好了，头发梳得又黑又亮，脚上穿着黑色的皮靴。“你来得正好，”他一见我就直接说道，“你现在陪我一起去见巴克莱小姐吧。”

“不去。”

“不行，你必须得去，我还等着你帮我向她美言几句呢。”

“那你至少要等我好好洗漱一番吧。”

“洗一洗就可以，不用换衣服。”

我洗完头，又将头发梳好后，正打算和他一起走的时候，雷那蒂却停下脚步说道：“等等，还是先喝点东西再去吧。”他打开箱子，从里面拿出一瓶酒。

“我不想再喝施特烈嘉了。”我说。

“是格拉巴[②]。”

“那么好吧。”

他倒了两杯酒，我们伸出各自的食指碰了碰杯，酒性很烈。

“要不要再来一杯？”

“好啊。”我们接着又喝了第二杯，等到雷那蒂放好酒，我们才下楼来。走到街上的时候，太阳刚好开始落下，炎热的天气现

---

① 雨果语言学院设在伦敦，编有多种外国语速成法丛书，并且附设了外语函授班。

② 一种意大利所产的白兰地。

在也变得凉爽起来，这一路我们倒是走得很愉快。英国医院坐落在德国人战前所盖的一座大别墅里。等我们到的时候，从树与树的缝隙之间，我们看到了巴莱尔小姐正和另一个护士一起站在花园里，她们穿着白色的制服。一看到她们，我们便朝那边走去。雷那蒂和我一起行了礼，我当然没有他那么殷勤。巴克莱小姐友好地和我打招呼："你好，请问你真不是意大利人吗？"

"嗯，不是的。"

这个时候，雷那蒂正忙着和另一位护士说笑。

"真奇怪，那你怎么会在意大利的军队里面呢？"

"我并不在真正的作战部队里，只是一般的救护车队罢了。"

"听起来还是很奇怪。你为什么要这么做呢？"

"我也不知道，"我说，"并不是每一件事都是有合理的原因。"

"噢，真没有理由吗？但是根据以往的经验，我总觉得还是应该有理由的。"

"你说有就有吧。"

"我们非要这么抬杠吗？"

"那倒大可不必。"我说。

"这样说话才更轻松一些，不是吗？"

"你手里拿的是什么东西？"我问巴克莱小姐。她个子很高，穿着一身白色的护士制服，一头金黄色的头发，因为整天晒太阳，皮肤变成了褐色，她有一双迷人的灰色眼睛。毫无疑问她是个难得一见的美人。她手里拿着一根细细的藤条，外边包了一层皮，看起来像是小孩子们手里玩的马鞭。

"这个东西的主人去年在战场上阵亡了。"

"很抱歉，问得太冒昧了。"

"他是一个很好的人，我们准备是要结婚的，没想到他却在索姆战役[①]中牺牲了。”

“那的确是一场可怕的恶战。”

“你也经历过那场战争吗？”

“不，我不在。”

“我也听说了，”她说，“还好这里并没有那样恐怖的战役。这个东西原本被送到了他的家里，他的母亲看到我后，就又把它送给了我。”

“你们订婚多久了？”

“八年。我们从小一块儿长大。”

“那为什么你们不早点结婚呢？”

“我也不知道为什么，”她说，“现在想来，那个时候真傻，要是我早点嫁给他就好了，反正我们迟早是要结婚的。不过当时我总以为，结婚对他不好。”

“原来如此。”

“你谈过恋爱吗？”

“没有。”我说。我们坐在了公园的长凳上，我凝望着她。

“你的头发真美。”我赞美道。

“你喜欢我的头发吗？”

“非常喜欢。”

“他去世后，我原本想把头发全剪掉的。”

“何必呢？”

“我当时很想为他做点什么。你知道吗，其实我对那件事本来无所谓的，只要他要，我可以直接给他的。要是早知道是这样的结果，说什么我都要给他。可是直到现在，我才明白。要是在

① 索姆是法国北部一条河流的名字，1916 年和 1918 年那里都曾发生过激烈的战争。此处指 1916 年的那场战役，英法联军第一次使用新武器——坦克向德军进攻，希望减缓德军围攻打凡尔登造成的压力。

他要去前线为国作战的时候，我能明白这个道理就好了。”

我什么都没说。

“那时我什么都不懂，我总以要是把自己给了他就是害了他。我担心给了他以后，他就熬不住。可是谁知道后来他竟然死了，现在说什么都晚了。”

“也许吧，我不知道。”

“现在什么都没有了，”她说，“一切都完了。”

我们看了看雷那蒂，他仍然在和那个护士说话。

“她叫什么?”我问。

“弗格逊。海伦·弗格逊。我想你的朋友是位医生吧?”

“是的。他可真是一个好人。”

“真好。在这么接近前线的地方，能遇到一个好人是件很难的事。我们这儿就离前线很近，对吗?”

“是，很近。”

“这条战线上一片混乱，”她说，“但是风景却很美。是不是就快要发动总攻了?”

“嗯。”

“那么我们也就有的忙了。我们现在都没什么事情可做。”

“你当护士的时间不短了吧?”

“嗯，从一九一五年年底开始，他一参军，我就当了护士。我还记得自己还曾经傻傻地幻想过，也许有一天他会被送到我所在的医院。我想象过他受了刀伤，头上缠着绷带的样子，或者是肩膀中枪，我一直认为那会很有趣。”

“这种事在前线是挺有趣的。”我附和道。

“是的，你说得没错，”她表示赞成，“可惜敌人还不知道法国现在变成了什么样。要是他们知道的话，恐怕这仗也打不下去了。他没有被军刀砍伤过，可是他被敌人炸得粉碎。”

我没有说话，我不知道这个时候该说什么。

“你觉得战争还有可能结束吗?”

“会的，肯定会结束的。”

“有什么方法可以让它停下来呢?”

“只要有个地方撑不住了，战争也就结束了。”我回答。

“可是我们已经撑不住了。在法国的时候我们就撑不住了。如果再遇到几次像索姆河那样的战争，我们非得被搞垮不可。”

“这里不会垮的。”

“你真这样认为?”

“是的。今年夏天他们可打了不少胜仗。”

“我想他们可能会垮的，”她说，“任何人都有可能垮掉。”

“德国人也是一样。”

“才不是，”她说，“我可不这样认为。”

我们向雷那蒂和弗格逊小姐走去。

雷那蒂用英语问弗格逊小姐：“你爱意大利吗?”

“是的，我非常爱。”

“不懂。”雷那蒂摇摇头。

我把“非常爱”这句话翻译成意大利语。他仍然摇头。

“这可不行。你爱英格兰吗?”

“不太爱。你知道，我是苏格兰人。”弗格逊小姐回答道。

雷那蒂一脸茫然地看着我。

“她是苏格兰人，因此她爱苏格兰胜过英格兰。”我用意大利语对他说。

“但是苏格兰不就是在英格兰嘛。”

我又再次把这句话翻译给了弗格逊小姐。

“我们现在可不这样说。”弗格逊小姐说。

“真的吗?”

“是的，从来都不是。我们可一点也不喜欢英格兰人。”①

“所有人都不喜欢吗？那你也不喜欢巴克莱小姐吗?”

“噢，这可不是一个意思。你可别咬文嚼字。”过了一会儿，我们互相道了晚安，然后就分开了。

在回家的路上，雷那蒂对我说：“巴克莱小姐看起来明显更加喜欢你，至少比喜欢我喜欢得多。不过，我觉得那个苏格兰小姑娘同样也不错。”

“嗯，的确很不错。”我说，虽然我并没有留意她长得怎么样，“你真喜欢上她了?”

“不，不喜欢。”雷那蒂回答。

① 苏格兰和爱尔兰被英格兰吞并，又遭到压迫，所以在情感上苏格兰人和爱尔兰人始终与英格兰人保持相当的距离。

第五章

第二天下午，我再次去拜访巴克莱小姐。这一次她并不在花园里，所以我从停着救护车的别墅旁的门道里走了进去。在别墅的里面，我看到了护士长，护士长告诉我巴克莱小姐正在忙：“你要知道，现在可是战争时期。”

我回答：“是的，我当然知道。”

“你一定是那位加入意大利军队的美国人吧？”她问我。

“没错，是我，小姐。”

“你为什么要选择这样做呢？你怎么不加入我们的军队？”

“这个我还真不知道。”我说，“我要是现在参加，可以吗？”

“现在恐怕不行。你能告诉我，为什么你要加入意大利军队？”

“因为我当时正巧就在意大利，”我说，“再加上我会说意大利语。”

“原来如此。”她说，“我现在也正在学意大利语，它确实是一种美妙的语言。”

“嗯，是的，听说只要花两个星期，就能学会。”

“真的吗？但是我可做不到。我已经学了好几个月。如果你愿意的话，还是等七点钟以后再过来吧。那个时候她就可以下班了。但是记得，你可千万别带一大群意大利人过来。”

“只是听听那种美妙的语言也不行吗？”

“那可不行。就算他们穿着漂亮的军装也不行。”

“那么，晚安。”我说。

“待会儿见，中尉先生。”

“待会儿见。”我敬了礼，走了出去。我感觉像意大利军人那样向外国人敬礼，可真不是一件容易的事情。每次敬礼，都让我感觉到很窘迫。意大利人的军礼大概是永远不准备出口的。

这一天的天气异常炎热。我之前曾经到过上游[①]普拉伐桥头堡，总攻就是从那里开始的。去年意军没能顺利到达河对岸，因为从山隘到河上的浮桥只有一条路，敌人当然不会放过这个战略要地，他们早早就在这唯一的一条道上设置了 1 英里长的机枪扫射和炮击。这条路并不宽，进攻部队是无法从这里全部通过的，而奥军却能把这条路变成屠宰场。不过现在意军已经渡过河，占据了对岸敌人大约一英里半长的阵线。那个地点很让人讨厌，照理说奥军是不会让意军轻易占领那里的。我认为，可能是敌我双方彼此妥协的结果。就在我们这一边，这条河边上，奥军也在下游一带占据了一座桥头堡。从山坡上看，奥军战壕距离意军阵地并不远，只有几码的距离。那儿原本有个小镇，不过现在已经是一片废墟了，从镇上过的时候，只能看到一个破损的火车站，一座被炸毁的铁路桥——这座铁路桥因为正好暴露在敌人面前，至今也没法修理和使用。我开着车子朝河边驶去，沿途的道路非常狭窄，一到山下的包扎站，我就立马下了车，步行穿过那座浮桥，因为有山峰掩护着，那儿还算比较安全。接着，我走进了镇上和山坡边的那些战壕。所有人都躲在战壕里。每个战壕里面都放着一排排火箭，只要敌人一割断电话线，战士们就可以随时准备着放出这些火箭，它们能够作为某种信号，向炮队求救。战壕里安静、闷热，同时也很脏，连空气都是污浊的。隔着铁丝网，

① 这里指伊孙左河，位于意奥边境，大约长 75 英里。

我向奥军的阵地望去，里面好像没有一个人。我在战壕里遇见了一个之前相识的上尉，我们一起喝了一杯酒，接着我又从原路返回，回到了之前的那座桥上。

人们正在修建一条宽阔的新路。这条路盘山而上，接着又曲曲折折地通往河上那座桥。等这条路修好，就要发动总攻了。这条新路下山的时候穿过一片森林，然后又急转直下。进攻部队会充分利用这条新路发动总攻，从前线返回的空卡车、马车，还有载着伤员的救护车，将会从那条狭窄的旧路回去。但是包扎站却设在河那边敌军占领的小山上，因此，抬担架的人必须把伤员抬过浮桥。

总攻开始的时候，我们就会按计划行动。据目前我的观察来看，在新路的最后一英里，将会遭到敌军的狂轰滥炸，主要是在从高山向平原过渡的一段。可能我们面临的情况会是一团糟。不过值得庆幸的是我找到一个可以隐蔽救护车的好地方。当救护车开过那一段危险地带之后，我们可以在这休息一下，甚至还可以在此等候伤员被抬过浮桥去。我非常想在这条新路上试试车，可是由于这条路没有修好，还不能通车。这条新路很宽阔，陡坡的斜度也不大；转弯的地带就是大山上的森林空隙处露出来的那一段，看来似乎也很不错。每辆救护车都装了金属制的刹车，何况下山的时候不载人，应该不会出什么问题。我又沿着原来的窄路开车返回。

在途中，我的车子被两个宪兵拦住了。因为就在刚刚，有一颗炮弹在前方爆炸，而在我们在那里等待的时候，紧接着又有三颗炮弹掉下来，在我们身边爆炸。所有的炮弹都是 77 毫米的口径，每颗炮弹落下来的时候都伴随着一股飕飕的急风，然后是一阵强有力的爆裂声和明亮的闪光，紧接着路上就冒起了一股灰色的浓烟。宪兵挥手示意我开走。经过刚才炮弹掉下的地方时，我小心翼翼地避开路上那些小坑，空气中到都是那种强烈的炸药混杂着被炸裂泥石和燧石的味道。我开着车回到哥里察小镇，等进入我们所住的那座别墅后，我去拜访了巴克莱小姐。可惜因为她正在上班，我没有见到她。

等快速地吃完了晚饭后，我又立即再次赶到英军医院所在地的那座别墅里。那是一座开阔又宜人的别墅，树木繁盛。这个时候巴克莱小姐正坐在花园里的一张长椅子上。弗格逊小姐陪着她。见到我，她们似乎很高兴，不一会儿，弗格逊小姐借口走开了。

“你们俩就在这儿待着吧，”她说，“没有我，你们两个也完全没有什么问题。”

“海伦，你留下来，”巴克莱小姐企图挽留她。

“我确实要走，还有几封信等着我写呢。”

“晚安。”我跟她说。

“晚安，亨利先生。”

“你可别在信上写什么让检查员感到麻烦的话。”

“放心好了。我也不过就是写一写我们这个地方是多么漂亮，意大利人是多么勇敢这一类的。”

“如果真这样写，你肯定能得奖章的。”

“那就太好了。晚安，凯瑟琳。我一会儿就回来。”

等弗格逊小姐消失在夜色中后，巴克莱小姐接着说道：“噢，她可真是个好人。当然她也是个好护士。”

“你不也是吗？”

“噢，不，”她回答道，“我不是。我只是志愿救护队的一个小队员。虽然我们拼命地工作，可是人家并不信任我们。”

“为什么不信任?”

“没事的时候，他们就不信任我们。可一旦我们做起事来，他们就信任了。”

“我还是不明白有什么分别。”

“护士就像医生，必须经过长期训练。可是志愿队只不过是短期训练班培训的队员。”

“原来如此。”

“意大利人是不会让女人如此靠近前线的，所以我们到这里来，还要特别注意，时刻检点着自己的行为。这也是我们平时都不太会出门的原因。”

“不过我可以进来。”

“噢，那当然了。我们又不是修女。”

“别说战争了吧。”

“那很困难。要扔也没地方扔它。”

“随便扔下它就算了。”

“好的。”

我们俩在黑暗中互相凝望着对方。我心想，她可真美丽，我试着轻轻地抓住了她的手。见她没把手缩回去。我又握紧了些，并且张开手臂去拥抱她。

“不要。”她摇摇头。我只好把手臂收了回来。

“怎么了?”

“不要。”

“来吧，不要拒绝我，”我说，“求你了。”我在黑暗中探身向她靠拢，张开嘴试图吻她，可脸颊却突然感觉到一阵火辣辣的刺痛。她狠狠地扇了我一巴掌，打到了我的眼睛和鼻子，疼得我立刻涌出了泪水。

“对不起。”她说。我隐约感觉我仍是占据上风的。

“你是对的。”

“真是对不起，”她说，“我无法接受不当班的护士就这样被人调情。我原本不想伤害你的。是不是打疼了你?”

我知道她在黑暗中看着我。虽然我很生气，但是心里却极有把握，就像棋艺高超的棋手，早就算好了所有步数。

“你打得没错，”我说，“没关系。”

“噢，可怜的家伙。”

“你知道，一直以来我就生活得这么奇怪。我甚至连英语都不会说，何况在夜色中你又是那么美丽，对不起，请原谅我的情不自禁。”我看了看她。

“别说这样的话，我已经道过歉了。我们俩都差不多。”

“是啊，”我回答，“而且我们已经把战争抛在脑后了。”

听我这样说，她控制不住地笑了。这是我第一次听见她的笑声。我紧盯着她的脸。

“你可真讨人喜欢。”她说。

“不见得吧?”

“确实是的。你真是个可爱的人儿。如果你不介意的话，我倒很想吻吻你。”

我盯着她的眼睛，再次伸出双臂像刚才那样去拥抱她，我紧紧地搂着她，狠狠地吻她，她不得不张开紧闭的嘴唇。其实那个时候我还在生气，可是当我搂着她的时候，没想到她全身突然颤抖了一下。我让她靠在我的身上，紧紧地搂住她。我能感觉到她怦怦直跳的心声。她张开了嘴唇，她的头往后贴在我手上，然后她竟然伏在我肩上哭了起来。

“噢，亲爱的，你要答应我，以后要记得好好地对我。”

“该死。”我在心里懊恼。我轻轻地抚摩着她的头发，又拍拍她的肩。可她仍然哭个不停。

“你答应我吗?”她抬起头来望着我，“我们的生活很快就会变得更加奇怪了。”

没过多久，我把她送到了别墅门口，看她进去后，我也回到自己的别墅。房间里，雷那蒂正躺在床上。他看了看我：“你跟巴克莱小姐的关系这么快就有进一步的发展了？真没想到啊!”

“我们只是朋友。”

“瞧你那副像狗一样发情的模样。”

我并没有听懂“发情”这个词。

“什么模样?”

他稍微解释了一下。

“那你自己呢，”我反驳道，“你自己不也像一条狗……”

“算了吧，”他反唇相讥，“你再说下去，我就骂人了。”他突然大笑起来。

“晚安。”我转身离开。

“晚安，小哈巴狗。”

我朝他狠狠地扔了一个枕头，把他的蜡烛扑灭了，然后摸着黑上了床。

雷那蒂没说话，捡起蜡烛，重新点上，继续看书。

第六章

我去了前线救护站，在站里忙碌了两天。因为回来的时候已经很晚了，我一直到第三天晚上才有时间去找巴克莱小姐。她这次依然不在花园里面，我只好在医院的办公室坐着，等她下来。办公室的墙边排列着许多油漆过的木桩，木桩上摆着好些大理石雕刻的半身像。办公室外边的门廊上，同样也陈列着一排排雕像。这些雕像都是用大理石做材料的，看起来千篇一律。我始终认为雕刻是一件很沉闷的事——不过，铜像却有点意思。大理石的半身像，经常会让我联想到一片坟山。——但是在比萨[①]那边，却有一片很好的坟山。最差的大理石像，要数热那亚[②]了。这家医院之前是德国一个大富豪的别墅，他肯定在这些石像上花了不少钱。我很想知道是谁雕刻了这些石像，他到底因此赚了多少钱。那些雕像，看起来完全不像是一个家族的；所有雕像都毫无生气，怎么也看不出名堂。我坐在办公室的椅子上，手里拿着帽子。按规定：即使回到哥里察，我们也得戴钢盔。可是戴着这玩意儿却让人感觉很不舒服，而且看起来又显得很装腔作势，因为镇上的老百姓压根没有撤退。而当我到前线各个救护站的时候，也必须要戴上一顶，同时还得带上一个英国制造的防毒面罩。其实我们现在已经弄到不少这样的面罩了。按规定，我们同时还得佩带手枪，即使是军医和卫生人员也不例外。坐在椅子上的时

① 比萨是一座古城，位于意大利中西部。
② 热那亚是地中海边的一座城市，位于意大利西北部。

候，我时常感觉到手枪在椅背上顶着。部队还规定手枪必须佩带在别人能看见的地方，否则就可能被捕。雷那蒂每天佩带着一只手枪皮套，而且他常常在里面装一些大便用的卫生纸；而我佩带的却是一支真枪，所以我经常油然而生出自己是一名枪手的错觉。可试着打了几枪之后，我才知道原来要做枪手也并不是件容易的事儿。我佩带的那支手枪是阿斯特拉牌的，7.65 口径。这种枪枪筒很短，开枪的时候跳动得非常厉害，根本打不中目标。我练习了很久以后，才知道只有瞄准靶子的下边打，才能克服枪筒短造成的那种滑稽的颤动。随着练习，我终于能在二十步远的距离外打中靠近靶子一码远的地方。虽然我常常感觉佩枪是一件荒唐滑稽的事，可是不久后也习惯了，随便把枪吊在腰背上也可以一点儿感觉都没有。只有在偶尔遇见讲英语的人的时候，我才稍微感到有点儿不好意思。当我在椅子上坐下来的时候，我看见办公桌后面坐着一个勤务员模样的人，他正漫不经心地盯着我，而我却只顾看着大理石地板，研究刻着雕像的柱子和墙壁上的那些画，等待巴克莱小姐。那些壁画还挺不错，无论是什么壁画，只要它开始脱落，就是好的。

我看见凯瑟琳·巴克莱向门廊走来，于是起身。她走过来的时候并不显高，但是很可爱。

“晚上好，亨利先生。”她向我打招呼。

“您好。”我说。办公桌后面那个勤务员侧着耳朵听我们说话。

“就在这儿坐坐吗，还是去花园那边?”

“还是去外边走一走吧。外边可比这儿凉快多了。”

我跟在她身后走进了花园，那个勤务员仍在身后看着我们。走上那条铺着沙子的车道时，她问我：“你这些天都到哪儿去了?”

“去救护站了。”

“为什么你不给我捎张字条呢?”

“这可不行,”我回答,“不太方便。而且我原以为当天就能回来的。”

“你总得告诉我一声啊,亲爱的。”

我们慢慢地走下车道。走到树荫里的时候,我突然停下脚步,抓住她的手,开始吻她。

“要不我们换个更好的地方吧?”

“不,”她说,“只能在这里散步了。你去救护站多久了?”

“第三天了。”

她看着我:“你爱我吗?”

“是的。”

“你说过你爱我吗?”

“当然,”我撒了谎,“我爱你。”我以前从没说过这话。

“你愿意再叫我一声凯瑟琳吗?”

“凯瑟琳。”我们走了一会儿,然后在一棵大树底下停了下来。

“你说:‘我晚上回来找凯瑟琳。’”

“我晚上回来找凯瑟琳。”

“噢,亲爱的,你真的回来了,是吧?”

“是的,回来了。”

“我是那么爱你,爱得我心都痛了。你会离开我吗?”

“不会的,我一定会回来的。”

“噢,我多么爱你啊。请你把手放在这儿。”

“我一直都没有挪开啊。”我扳过她的身子,这样吻她的时候，我能看到她的脸，没想到她却闭紧双眼。我亲了亲她紧闭的双眼，想着，她可能真是一个有点疯癫的姑娘吧。但就算她有点神经兮兮，也和我没什么关系，我并不计较这些，这可远比每天晚上去逛妓院好多了，要知道妓院里的姑娘们每天都要陪着不同的军官一次次地上楼，然后等她们回来以后，就立马往你身上一爬，然后再把你的帽舌拉到脑后。但这也是在和你有了特别的交情之后才有的事。我知道自己并不爱凯瑟琳·巴克莱，甚至连任何爱她的念头都没有。在我看来，这只不过就是场和打桥牌一样的游戏，只不过现在不是在玩牌，而是说话。但道理就跟桥牌一样，你总是假装在赌钱，或者假装为一个别的东西在打赌，可是没有人会明确提出下什么样的赌注。对于我来说，这样并没有什么不好。

"你希望我们一起去哪走走吗？"我说。此刻，我正经历着一个男性站着求爱却没办法坚持太久的问题。

"这儿也没有什么特别的地方。"她说。说话前她好像在想什么心事。

"那我们就在这儿一起坐坐吧。"

我们在一张扁平的石凳上坐下，我握住了凯瑟琳的手。她却不让我用胳膊搂住她。

"你很累吗？"她问。

"不是。"

她低着头盯着地上的草。

"我们演的这场戏真是可笑极了，不是吗？"

"我们演的什么戏？"

"别装啦。"

"我没有装啊。"

“你是个好人，”她幽幽地说，“我知道你已经在努力地讨好我了，不过演戏就是演戏。这场戏实在糟糕透了。”

“你知道别人的心事吗?”

“也不一定。不过你在想什么，我总知道的。你不用假装爱我了，今晚上的这场戏已经演完了。你还有其他要说的吗?”

“我是真心爱你的。”

“你不用再骗我了。今天晚上我已经配合你表演一出戏了。其实我并没有神经病，我也不发疯。只是有的时候可能稍微有一点点不对劲儿。”

我紧紧把她的手握住：“亲爱的凯瑟琳。”

“现在听起来，其实凯瑟琳这个名字还挺滑稽的。你叫这个名字的时候声调并不一致。但是你始终是个好人。”

“神父也这么说。”

“是的，你很不错。你还会再来看我的，对吧?”

“那当然。”

“不必再说爱我了。这件事暂且算结束了。”她站了起来，伸出手，“晚安。”

我还想吻她。

“不，别这样，”她说，“我太累了。”

“那么亲我一口吧。”我请求。

“我实在太累了，亲爱的。”

“吻我。”

“你一定要这么急吗?”

“是的。”

我们开始亲吻起来，突然她挣脱了。“不，别这样。晚安，求你了，亲爱的。”我和她一起走到了门口，我停在了那里，一直看着她走进去，走进门廊。我喜欢这样看她顺着门廊一直走回去。那天夜里的天气很热，各个山峰间的军事活动越来越频繁。我停在玫瑰别墅前，望着圣迦伯烈山①顶部炮火的亮光。别墅的百叶窗全都关上了，不过妓院里好像依然如往常一般热闹，还能听到有人唱歌的声音。我回到家，正脱衣服的时候，看见雷那蒂走了进来。

"啊哈！"他说，"看来情形不大好啊。小乖乖，怎么一副为难相？"

"你去哪儿了？"

"玫瑰别墅哇。那可真有意思，我们一起唱了歌。你呢，都干什么了？"

"拜访英国人去了。"

"感谢主，我终于不用再跟英国人纠缠不清了。"

① 圣迦伯烈山位于哥里察的东南部。

第七章

第二天下午，我从山里的第一救护站回来，把车停在了后送站的门口。因为在那儿根据伤病员的病历卡，他们会被送往不同的医院。不过那天我只负责开车，我让司机拿伤病员的病历卡进去，自己则坐在车子里面等着，天气依然炎热，天空显得明亮高远，道路十分干燥，在阳光下显得特别白，尘埃遍布。我默默地坐在菲亚特牌汽车高高的座位上，什么都没想。一队士兵从路上走过，经过我身边的时候，我注意到他们大汗淋漓的面孔。有的士兵戴着大大的钢盔，把自己的耳朵都遮住了。不过大部分的人只是把钢盔斜斜地吊在自己的背包上。军官们也都戴着钢盔，而他们的钢盔不大也不小，看起来正合适。从这队士兵领章上的红白条纹我认出来他们是巴西利卡塔①旅的兵力。他们过去之后，又走来一些散兵——落下队伍的士兵。他们同样满身汗水，布满灰尘，一个个看起来无比疲劳，有的看起来已经不行了。散兵都过去后，又走来了一个瘸着双腿的士兵。他在路边停下来，坐在那里。我下车向他走过去。

“怎么啦?”

他抬头看了看我，站起身来。

“我想往前走的。”

“你哪儿不舒服?”

“——他妈的战争。”

---

① 巴西利卡塔是一个地区的名字，位于意大利南部。

“你的腿怎么样啦?”

“我的腿没事，是疝气发作了。”

“那你为什么不搭运输车?”我问，“你怎么不去医院?”

“别人不让我去。中尉说我故意弄丢了疝气带。”

“我给你看看吧。”

“滑出来了。”

“哪边?”

“就在这儿。”

我摸到了。

“咳嗽一声。”我告诉他。

“我怕越咳越大。现在摸起来已经比早上大一倍了。”

“你先坐会儿吧，”我说，“等伤员的病历卡弄好了后，我和你一起去找你们的医务官。”

“他一定会说是我故意弄丢的。”

“他们没有什么办法，”我说，“这并不是伤。这是你身体的老毛病，从前不也发作过吗?”

“但是疝气带被我弄丢了。”

“他们会送你去医院的。”

“我就待在这儿，行吗，中尉?”

“不行，你的病历卡不在这里。”

就在这个时候，司机走了过来，把车上那些伤员们的病历卡给拿了过来。

“有四个到105，有两个到132，”他对我说，“这两家医院刚好都在河的另一边。”

“还是你开车吧。”我对司机说。然后我扶着那个疝气发作的士兵，让他跟我一起上车。

“你会说英语吗？”他问我。

“当然。”

“你怎么看这场该死的战争？”

“确实是糟透了。”

“嗯，是啊，真是糟透了，我的上帝啊，这可实在是糟透了。”

“你去过美国吗？”

“去过。我曾经在匹兹堡待过。我知道你是一个美国人。”

“难道我的意大利语说得不地道吗？”

“反正我知道你是一个美国人。”

“又是一个美国人。”司机操着意大利语向那个疝气发作的士兵说。

“听着，中尉，你一定要把我送回我所属的那个团吗？”

“只能这样。”

“团里所有的上尉医官都知道我有这个病。我确实是故意丢掉那条该死的疝气带的，我希望病情能恶化，这样我就不用上前线了。”

“原来如此。”

“你真的没有办法把我送到别的地方去吗？”

“如果是在离前线很近的地方，我可以送你去急救站。但在这里，你没有病历卡是不可以的。”

“要是我回去，他们就会让我动手术，等我病治好了，就得天天待在前线了。”

我陷入了沉思。

“你也不想常常待在前线吧？”他问我。

“是的。”

“主啊，多么该死的战争啊！”

“听着，”我对他说，“你还是下车吧，在路边想个办法把头上撞个包，我回来的时候就送你去医院。就在这儿停一会儿吧，阿尔多。”车停了，我把他扶下了车。

“我就在这儿等你，中尉。”他满怀希望地说。

“待会儿见。”我说。车子启动后大约向前开了一英里就追上了刚才看到的那队士兵，然后我又开车渡了河。河水浑浊不清，里面还掺杂着雪水，从桥桩之间急流而下。车子沿着平原上的大路继续向前行驶，然后我们把伤员安全地送到那两家医院。返回的时候我负责开车，因为是空车，所以开得很快，我希望尽快赶回去找到那个去过匹兹堡的士兵。当然我们先碰到的是之前的那队士兵，因为热，他们现在走得更慢了；随后又遇见那些掉队的散兵。很快，我们回到了约定的那个地方，却只看见一辆救护马车停在路边。有两个人帮忙把那位患了疝病的士兵抬上了救护车。显然，他所属的部队已经派人来接他回去了。他无奈地朝我摇摇头。他头上的钢盔已经掉了，额头上正在流血。他的鼻子也被擦破了皮，尘土沾在流血的伤口和头发上。

他叫道：“中尉，你快看看我的伤口！可是已经没用了。他们赶回来找我了。”

当我们回到居住的别墅时已经是下午五点了，我把车开到洗车的地方，给车子洗了个淋浴。

然后我回到房间去打报告。换了衣服，只穿着长裤和汗衫，我在敞开的窗前坐下来。后天就要开始总攻，那时我得带领一个车队去普拉伐。我很久都没有写信回美国了，虽然知道早就应该写信，但是因为拖了很久，现在想写也不知道从哪儿写起了。我想了半天，还是什么都没写。于是只得寄了几张战区的明信片回去，并在明信片上加了些身体健康，一切平安之类的话。我想这些明信片大概还是可以敷衍一下我的那些亲朋好友的。我知道亲友们一定会喜欢这些明信片的。因为我们所在的这个战区的确是像这些明信片上的图片一样，新奇又神秘。而且和过去与奥军对阵的那几次战役相比，效率要高得多，战况也更激烈。有了奥军，拿破仑的确更容易打胜仗。我们也很希望能有一位拿破仑将军出现，可惜我们这只能看见肥胖的卡多那大将军①，以及脖子又细又长，还留着山羊胡须的小个子国王维多利奥·埃马努埃莱。他们右边坐着亚俄斯塔公爵。公爵太漂亮，太英俊，不像大将军，但是他像另一个人，那个人就是国王。所以，很多意大利人都希望他能当国王。公爵是国王的叔叔，担任第三军总指挥。第三军还有些英国炮队，我曾经在米兰遇见两个英国炮兵。他们俩都是很不错的人，那天晚上我们玩得很痛快。他们俩都是大个子，性格腼腆，忸怩不安，却凡事体贴入微。可惜我属第二军，不过我还是希望能跟英国军队一起工作。那样的话，情况可就比现在顺利多了，也不会有任何死亡的危险。一般来说救护这种工作是没有什么生命威胁的。但是也不一定。英国救护车的驾驶员就有在战场上阵亡的。哼，我知道我是一定不会死的，至少不能在这场战争中死，因为我根本就和这战争没有丝毫关系。这场战争对我最大的危险不过像是电影中的战争。我多么希望战争能马上结束，也许今年夏天战争就结束了，也许奥军突然垮掉。以前他们打仗不也是次次都垮掉吗？但是这次战争到底出了什么问题？人人都说法军不行了。雷那蒂说法军已经叛变了，他们掉头向巴黎进军。我再问他后来又发生了什么事情的时候，他说："噢，我们被别人拦住了。"我很想再去一趟奥地利，不过是在和

---

① 卡多那（1850—1928），一位出身贵族的意大利将军。

平时代。我想去奥地利的黑森林①，想去华尔兹山②。可是华尔兹山到底在哪里啊？目前，他们正在喀尔巴阡山作战。我根本不想去喀尔巴阡山，哪怕那个地方可能真的很不错。要是没有战争的话，我会去西班牙。这个时候太阳已经下山了，天气也变得凉爽了起来。吃过晚饭后，我会去找凯瑟琳。我多希望她现在就在这里，我更希望我们俩现在在米兰，我们可以一起坐在科伐咖啡店吃饭，或者一起顺着曼佐尼大街散步，一起消磨炎炎夏夜的晚上。然后我们一起走过桥去，沿着运河走进一家旅馆。也许她愿意，也许她只是把我当作阵亡爱人的替身。不管怎样，我们一同走进旅馆，旅馆的守卫连忙摘下帽子，我向掌柜的拿了钥匙，她就站在电梯旁等我，我们一同走进电梯。那部电梯开得很慢，发出嗒嗒的响声，我们上了一层又一层，到我们所在的那一层时，服务员打开门，退到一边。她先走出来，我也跟着走出来，我们一起顺着走廊往房间走去，我拿出钥匙开门，然后推开。我们走了进去，先打电话吩咐服务员送一瓶卡普里白葡萄酒来，这瓶酒一定要装在放满冰块的银桶里。不一会儿，我们就听见走廊上冰块碰到银桶的响声，接着是敲门声，我会吩咐服务员把东西放在门口，因为我们一丝不挂。天气实在太热，窗户只能开着，我们可以看见燕子从人家屋顶上掠过。天黑了，她走到了窗边，有几只很小的蝙蝠正徘徊在屋顶上找东西吃，它们贴着树梢低飞。我们再锁上门，因为炎热的天气，我们只盖一床薄被，我们喝了一点儿卡普里酒，整个夜晚都相亲相爱。就这样，我们会在米兰度过一个迷人的夜晚。算了，我还是快吃饭吧，这样还可以早点去找凯瑟琳·巴克莱。

---

① 德国南部的一个风景胜地。

② 德国中部的一座名山。

食堂里，大伙儿都在说话，而且很大声。我也喝了一点儿酒，如果我一点儿不喝的话，旁人一定会责备我不够亲热友爱。我跟神父谈起有关大主教爱尔兰[①]的事。这位主教看起来很高尚，他在美国被人冤枉，我作为美国人，对这事也有份的。其实我根本就没听过这些事，但是既然神父说起了，我也只好假装自己知道。神父正在长篇大论地解释为什么那位主教受到迫害，又是怎样被别人误解的。如果我还说完全不明白，未免太不礼貌了。而且我觉得这位大主教的姓氏也很不错，还是从明尼苏达州来的，这个城市有个动听的名字：密歇根州的爱尔兰，威斯康星州的爱尔兰，明尼苏达州的爱尔兰。

这个姓氏念起来非常像爱兰[②]，所以感觉特别好听。不，不可能是这样的，不会这么简单的。是，神父。是的，神父。也许是这样吧，神父。噢，不是，神父。嗯，也许是吧。神父知道的肯定比我多。神父当然是个好人，可是没趣。那些军官不是好人，当然也很没趣。国王倒是个好人，不过同样没趣。酒虽然不好，却不会让人感到没趣。

“后来神父就被关了起来，”罗卡说，“因为他们从神父身上搜出一些公债券，大概有三厘利息的样子。这种事也就只能发生在法国，如果发生在这里，他是不会被逮捕的。他说自己完全不知道关于三厘公债的事情。这件事发生在贝齐埃尔[③]，碰巧当时我也在那儿，看到报纸的报道以后，我去了监牢，说要见见那位神父。公债分明就是他偷的。”

“我根本不相信。”雷那蒂说。

“随便你吧，”罗卡说，“反正我已经一五一十地跟我们这位

---

① 美国天主教神父约翰·爱尔兰（1838—1918），在1888年升任大主教。

② 原文是island，“岛”的意思。

③ 贝齐埃尔，位于法国南部，以酿酒业为主的城市。

神父说了，很有教育意义的。既然他是神父，就一定会有体会的。”

神父笑了笑：“继续说吧，我听着。”

“有些公债早就不知去向了，不过他们在神父身上还是搜到了一些东西，好像是三厘公债和一些地方的债券，到底是哪种债券，现在我也记不清了。现在说到故事最精彩的地方了，我去监牢里探望他，我站在他的牢房外面，就好像我在向神父忏悔一样，我跟神父说：‘祝福我吧，神父，因为你现在犯罪了。’”

众人大笑。

“那他怎么回答呢?”神父问。罗卡没有理睬神父提出的问题，继续跟我讲这个笑话。“你懂吗?”他的意思似乎在说：你要是真懂的话，这故事可是非常好笑的。他们又向我的酒杯倒了一些酒，于是我也讲了一个英国小兵逼人冲淋浴的故事。接着，少校讲了一个关于十一个捷克斯洛伐克士兵跟一个匈牙利下士的故事。我们又喝了一些酒，之后我又讲了另外一个故事，是关于骑师找到铜板的事。少校也说了一个在意大利流传着的故事，是关于公爵夫人夜里睡不着觉的事。等神父走了后，我又说了个关于旅行推销员的故事：他清晨五点就到达马赛，那时又干又冷的北风正呼呼地刮着。这时候，少校大声说他听人说我很能喝酒。我立即否认。他却坚持说我一定能喝，并且说可以向酒神巴克斯的尸体发誓，我们可以试试看。

“别向巴克斯发誓，”我说，“不要巴克斯。”

“要的，一定要巴克斯。”他仍然坚持。除此之外，他还要我跟菲利波·文森柴·巴锡一杯一杯地比喝酒。巴锡表示反对，说他不能比，他喝的酒已经比我多一倍啦。我指出他撒谎，还说什么巴克斯，菲利波·文森柴·巴锡或者应该叫作巴锡·菲利波·

文森柴，今天晚上根本一滴酒都没喝过。

“对了，你到底叫什么啊？”他反问我，“你的姓名到底是费德里科·恩里科[1]呢，还是恩里科·费德里科？”我和他说，别管什么巴克斯了，只要我们亲自比过才算数。于是少校就拿来了一个大杯子，里面倒满了红酒。比赛进行到一半的时候，我忽然想起来，我还要去医院找凯瑟琳，于是就决定退出。

“巴锡赢了，”我宣布，“他比我行，我得走了。”

“他还有别的事情要做，”雷那蒂说，“我全都知道了，他还要去约会呢。”

“我得走了。”

“那么改天再找时间比吧，”巴锡拍了拍我的肩膀说，“改天精神好的时候再比吧。”

桌上的几支蜡烛依然在燃烧着，每个军官看起来都很开心。“晚安了，亲爱的先生们。”我和大家道别。

雷那蒂跟着我一起走出来。我们站在门外小草地上，他跟我说：“你喝醉了，还是不去了吧。”

“我没醉，雷宁。我真的没醉。”

“那么你嚼一些咖啡豆再去吧。”

“你在胡说什么。”

“我立刻找一点儿来。你就在这里等我吧。”他很快就折了回来，果然还带了一把烘焙过的咖啡豆。

“来，把这些东西嚼了，愿主与你同在。”

“巴克斯。”我轻轻地说。

“那要不然就让我送你过走吧。”

“不用，我自己没问题。”

---

① 这是指弗雷德里克·亨利，书中主人公姓名的意大利语读法。

我嚼着咖啡豆，跟雷那蒂一起穿过市镇的路上。到了通向那幢别墅的车道口，雷那蒂停下了，跟我道别。

“晚安，”我说，“你怎么不一起进去?”

他摇摇头。“不，”他说，“我比较喜欢简单一点儿的乐趣。”

“那么谢谢你的咖啡豆。”

“别说了，别说了。”

我走向车道，车道两旁的松柏露出十分鲜明的轮廓。我回头的时候，看见雷那蒂依然站在那儿看着我，于是我向他招了招手。

我走进别墅，坐在会客厅里，等候凯瑟琳·巴克莱小姐下来。这时候，我看到有人在走廊上向这里走来，我立马站了起来，可是她并不是凯瑟琳，而是弗格逊小姐。“你好，”她跟我打招呼，“凯瑟琳让我跟你说抱歉，她今天晚上不能见你。”

“那太遗憾了。但愿她没有生病。”

“她只是不太舒服。”

“那么请你帮我转告她，我很关心她。”

“好的。”

“那你看这样行吗，我明天再来?”

“这也可以。”

“谢谢，谢谢，太感谢了。”我连声说，“晚安。”

我走出门，感到莫名的寂寞和空虚。本来我把看望凯瑟琳当作一件很随意的事，我还差点喝醉了，甚至还差点忘记了要来看她。可现在我扑了个空，心里又莫名地觉得难受。

第八章

第二天下午，我们接到通知，总攻会在当天夜里发生在河流的上游。我们要在指定地点派出四辆救护车。虽然每个人都口气极为肯定地谈论着总攻，并且胡乱地搬弄些战略知识。但其实谁都说不清楚总攻到底是怎么一回事。我乘坐第一辆车出发了，经过英国医院大门口的时候，我让司机停一停，后面的车也跟着停下了。我下车后，示意后面三辆车子继续向前开，如果我们一直没追上他们，就在通往库孟斯的大路交叉地方会合。我匆匆地跑过医院车道，跑进会客厅，急切地说想找巴克莱小姐。

“可她现在正在上班。”

“我就见她一会儿，行吗?”

他们派了一位勤务员进去，过了一会儿勤务员就和她一起出来了。“我刚好从这儿路过，就想来看看，你好点了没有？他们说你现在正在上班，可是我真的很想见你一面。”

“我现在很好，”她说，“可能是因为昨天天气太热了吧，我差点被热坏了。”

“看时间我得走了。”

“我陪你去门外走一走吧。”

“你真的已经完全好了吗?”走到外边，我再次问道。

“是的，我已经完全好了，亲爱的。你今天夜里还会来吗?”

“不。我正要去普拉伐河上游赶一场戏。”

“赶一场戏?”

“我想，应该没什么大不了的。”

“你会回来的吧?”

“明天。”

她把脖子上一件东西解了下来，把它放在我的手里。“这是一个圣安东尼[①]像，你拿着它，明天晚上再来。”

“你是天主教徒吗?”

“我不是。不过我听说圣安东尼像很灵验，它会保佑你平安的。”

“那我帮你保管吧。再见了。”

“不，不要，”她说，“不要说再见。”

“好吧。”

“做个好孩子，你要好好保重自己。不，不可以，不要在这儿吻我，求你了。”

“那么好吧。”

我回过头，她依然站在台阶上。看到我回头的时候，她立马就向我招了招手，我吻了吻自己的手，送她一个飞吻。她又招了招手。我很快走过医院的车道，上了救护车，起程了。我拿出小铁匣，打开，让圣安东尼像滚到手掌上。

“圣安东尼像?”司机问道。

“是的。”

“我也有一个。”他腾出右手，解开制服上的一个纽扣，从衬衫里掏出一个圣安东尼像。

“看见了吗?”

我把我的那个圣安东尼像放回白色的小铁匣里，再把那条细细的金链子卷上，塞进胸袋。

---

① 圣安东尼是公元3—4世纪的埃及隐士，也是基督初期第一所修道院的创办者。

“你怎么不戴着它？”

“还是算了吧。”

“我看还是戴上吧。本来就是戴的。”

“那好吧。”我解开金链子上的扣子，把圣安东尼像挂在我的脖子上，然后扣上扣子，圣像就吊在了军装外面。于是，我解开制服的领子，跟着又解开衬衫的领子，把它塞到最里面。我感觉到那个小铁匣在我的胸膛上撞来撞去，不过很快我就完全忽视它了。后来我受伤了，它也找不到了。我猜可能是在包扎站里被别人拿走了。

过桥之后，司机将车开得飞快。没多久我们就看见了车辆扬起的滚滚黄尘。转了个弯，我们就看见了那三辆救护车，它们看起来很远很小，而车轮扬起的尘埃飞舞着，洒落在树木之间。我们很快追上并超过了他们，领头拐上一条上山的小路。在一个车队里，只要你开的是头车，其实也没什么不愉快的。我安稳地坐在车座上，欣赏着车窗外的田野风光。我们的车正行驶在靠近河这边的丘陵地带，道路盘旋而上，越来越高，已经能看见北面的一些高山峻岭，还能看见峰顶的积雪。回过头来，后面的三辆车都在盘山公路上行驶，每辆车之间隔着的都是一段尘埃满天的道路。我们超过了一个驮货的驴队，赶驴的人戴着红色的土耳其帽[①]走在一旁，原来他是意大利狙击兵。

再以后，路上就空荡荡的了。翻过一些小山之后，车子继续在山间的一条小道上行驶，我们沿着道路开进了一个河谷。这条道路的两旁都是茂密的树木，透过右边那排树木之间的缝隙，我们能看见那条河，河水看起来很清，也不深，但是水流湍急。河面很低，河中间留下窄窄的一泓清水，河里还有一片片沙滩和一

① 一种有黑穗没有帽檐的毡帽。

个个圆石滩。有时，河水在铺满圆石子的河床上流淌，镜子一般闪亮。挨近河岸的时候，我才看见河中央还有几个很深的水潭，潭水清亮，像天那么蓝。河上面有几座拱形的石桥，石桥与石桥间连着好几条小路。我们经过农家石屋的时候，有几棵梨树的杈丫紧紧地贴在屋子的南面墙上，屋的周围，绕着田野砌有一道低矮的石墙。我们沿着河谷盘旋，然后转弯，接着盘山而上。峻峭的山路忽上忽下，在穿过栗树林后，我们终于进入了平地，开始沿着一道山脊行驶。透过树木之间的空隙，我低头俯瞰着山下，阳光照耀着远处那条隔开敌军的河流。这条崎岖的道路建在山脊的巅峰，我向北眺望，只见原先两道又青又黑的山脉，现在却是一片雪白，在阳光下显得皎洁可爱。没过多久，道路又再次沿着山脊蜿蜒上升，紧接着我看见第三道山脉，那是一座更高的雪山，呈粉白色，我们甚至能够看见雪山上的皱褶，构成各种奇异的平面。很快，我又看到这些高山后面耸立着众多山峰，难辨真假。其实我们这边什么都没有，那些高山峻岭全都位于奥地利境内。道路开始向右转弯，从那里俯瞰，能看见道路在树木间一直往下倾斜着延伸。我还看到了部队、卡车，还有驮着山炮的骡子，他们都在这条路上行走。当我们沿着道路开下去的时候，又看见了山下相隔很远的那条河以及沿河而铺的铁轨，除此之外，我们甚至还能看到枕木、铁道，以及伸到对岸去的古桥，还有对岸山脚下那个小镇上的残垣断壁——那也是我们和敌军的争夺之地。

等到我们的车驶上平原，又拐到河边那条大路的时候，天已经快黑了。

第九章

大路十分拥挤，路的两旁都有屏障，屏障是由玉蜀黍秆和草席编成的，屏障的顶上还铺着席子。看起来就像是走进了马戏场，或者是一个土著村。就在这个草席搭成的隧道里，我们的车慢慢地开着，穿过隧道，是一块空地。这里原来是个火车站，现在荒废了，不过草木都被清除干净了。这里的海平面比河岸还要低，整个河岸上都有一些早已挖好的洞穴，步兵们就隐藏在这些洞穴里。太阳慢慢往下落，在河岸的上空，我看见了对岸的小山上飘浮着奥军的侦察气球，落日残阳中呈现出点点黑色。我们的车停在一个砖场的外面，那里的砖窑和一些深洞早就改造为包扎站。正在工作的医生中有三个是我认识的，于是我找少校军医询问。他和我说，刚开始进攻的时候，我们的车走的就是那条草席遮蔽的道路，从那儿我们可以将伤员载到后方，然后才能转上沿着山脊盘旋的那条大路，到达救护站。在那会有另一辆车把伤员转送到其他的地方。他还说，希望那条路不会拥挤不通，因为在所有的交通中，只有这条道路能连接前线和后方。如果路上不用草席掩蔽的话，这条路就会成为河对岸敌军最清楚的目标了。幸好河岸掩护着我们这个砖场，所以才不会遭到来复枪和机枪的射击。原来建在河上的桥现在也已经被炸坏了。总攻开始的时候，意军还准备再修建一座桥，有的部队还打算在上游浅水区涉水而过。少校是个小个子，留着两撇向上翘的小胡子。他曾经在利比亚①参加过战争，他的制服上佩着两条条章，表

① 当时的利比亚是意属殖民地。

明他曾受过伤。他说，如果战争进行得顺利的话，他也给我弄了一个勋章。我也表示希望战事顺利，又说他对我实在太好了，然后问他附近是否有大的掩蔽壕能安全地安置司机们。他派了一名士兵带我前去。那名士兵把我们带到一个很不错的掩蔽壕，然后把司机们安顿在那里，对于这个安排我们都很满意。少校又邀请我和其余两位军官一起喝酒。我们喝的是朗姆酒，气氛和谐。外面，天渐渐黑了。我问什么时候开始进攻，他们说一到天黑就会发起行动。于是我返回隐蔽壕找司机们。他们正坐在一起聊天，看我进去，都闭了嘴，不说话了。我把马其顿香烟递给他们，一人一包，烟草装得很松，所以抽烟的时候得把烟卷的两头拧一拧。马内拉打着打火机后，把它逐个递给大家。这个打火机有着很特别的形状，就好像是菲亚特牌汽车引擎的冷却器。我把打听到的消息分享给大家听。“刚才我们下坡的时候，怎么没看见那个救护站？”帕西尼问道。

“靠近拐弯的地方再过去一点儿就是了。”

“那条路肯定要被炸得稀巴烂。”马内拉说。

“他妈的，他们要把我们给轰个半死。”

“可能吧。”

“中尉，什么时候吃饭？进攻一开始我们可就连吃饭的机会都没有啦。”

“我现在就问问去。”我说。

“你觉得我们最好是待在这里，还是四处遛遛去？”

“还是待在这儿吧。”

我来到少校所在的掩蔽壕。少校说战地厨房很快就会安顿在这里，用不了多久，司机们就可以来领饭。如果他们没有饭盒的话，可以在这里借。我说，他们大概都有饭盒的。于是，我又回去告诉司机们，说饭一到我就通知大家。马内拉悻悻地说希望在炮攻开始以前开饭，其他人都一声不响，直到我出去，他们才又开始聊天。这些司机都是机械师，一个个憎恨战争。

我走到外面，先把车子检查了一遍，又顺便看了看外边的情况，然后再回到掩蔽壕。我看见四名司机背靠着土墙坐在一起抽烟。我也拿出一根烟和他们一起抽了起来。这个时候外面几乎是一片漆黑。我将肩头抵在掩蔽壕里的泥墙上，泥土又暖又干，于是我就试着蹲了下来，让腰和背一起贴着地面，放松着休息。

“哪个部队首先发动进攻?”贾武齐问道。

“意大利狙击兵。”

“全都是狙击兵吗?”

“可能吧。”

“要是真发动总攻的话，这儿的部队可是远远不够的。”

“也有可能这儿的部队只是虚张声势，真正的进攻部队并不在这里。”

“士兵们会知道是由哪部分部队先发起进攻的吗?”

“我猜他们不知道吧?”

“他们当然不会知道了，”马内拉说，“如果他们知道的话，就不愿意出击了。”

“我想他们还是会出击的，”说话的是帕西尼，“狙击兵都是傻瓜。”

“不可否认，人家的确个个都很勇敢，而且纪律又好。”我说。

“可是谁也不能否认，他们虽然看着虎背熊腰，四肢发达，但也有可能都是傻瓜。”

“投弹兵也要求要长得又高又壮。”马内拉说。显然他是在说笑话，于是大家都笑了起来。“你那一次是不是也在场，中尉?因为他们不愿出击，所以每十人中就有一人被枪决。”

“那次我不在。”

“这是真事，事后他们被要求排好队，然后从每十个人中挑出一个来，让宪兵来执行枪决。”

“哼，狗屁宪兵，”帕西尼轻蔑地朝地上唾了一口唾沫，“那些投弹兵一个个全都人高马大，身高至少也是六英尺，但就是没有人愿意出击。”

“假如人人都不愿出击的话，那么战争就会结束了。”马内拉说。

“那些投弹兵不见得都是反对战争的，不过是怕死罢了。军官们的出身都太高贵了。”

“还有一些军官独自冲出去了。”

“有名高级军官把两位不肯上阵的军官枪决了。”

“有一部分士兵也跟着冲出去了。”

“这些冲出去的人，倒并没有被人家从十人中挑出一人来枪决。”

“我有个老乡，他也是被宪兵这样枪决的。”帕西尼说，“他在投弹兵中倒算是很聪明的，又高又大，还经常待在罗马，和娘儿们混在一起，当然有时也和宪兵们来往。”说完，他就哈哈大笑了起来。“他家门口现在还经常有一名手持步枪的宪兵把守着，步枪上还上着明晃晃的刺刀。任何人都不能探望他的父母亲和兄弟姐妹，他父亲甚至还被剥夺了公民权，不能参加投票选举。他们的生命和财产现在也都不受法律的保护，如果真要有人去抢夺他们的财产，他们也毫无办法。”

“如果不是因为怕家里人会受到这样的惩罚，谁愿意出击。”

“还是有人愿意出击的。阿尔卑斯山部队就愿意。那些志愿兵愿意，还有一些狙击兵也愿意。”

“但其实现在也有临阵脱逃的狙击兵，只是大家都假装没有那回事似的。”

“中尉，你千万不能让我们再这样说下去。军队万岁！”帕西尼嘲讽地高喊。

“我知道你们在说什么，”我说，“但是只要你们愿意开车，好好地……”

“还有，不要让其他军官听到刚才的话。”马内拉立刻接下我的话茬。

“我想，我们无论如何总得打完这场仗吧。”我说，“即使单方面停止战争，战争也还是会继续的。所以，如果我们停下不打，情况将会更糟。”

“不会的，”帕西尼不无认真地说，“不会有比战争更糟的事情了。”

“如果战败就更糟糕了。”

“我不信，”帕西尼仍然一脸正经地说，“战败有什么？战败了，你回家就是了。”

“你不知道吗？到时候敌人会来追捕你。他们甚至会占领你的家，也有可能奸污你的姐妹。”

帕西尼说：“我才不相信呢。并不是人人都会这么做的。就让大家各自守住自己的家好啦，最好把自己的姐妹关在屋子里。”

“战败了，你就会被敌人绞死。或者敌人会捉住你，让你再去为他们冲锋陷阵。他们不会让你进救护车队，说不定拉你去当步兵。”

“我不相信他们会把所有人都绞死。”

“敌人怎么会逼你去他们的部队当兵？”马内拉说，“一打仗，大家都会跑光。”

“就像捷克人那样。”①

“你们根本就不明白被征服的痛苦，所以才会认为战败了也没什么大不了。”

“中尉，”帕西尼说，“我们知道你不会禁止我们谈论这些的。世界上再也没有什么像打仗这么糟了。我们整天都在救护车队里待着，根本无法体会到战争的坏处。即使有人明白了，也没法让战争停下来，因为这些人疯了。还有些人却从来体会不到战争的坏处，他们怕军官。正是这种人发动了战争。”

“我也知道战争的种种坏处，可是这场仗总得打完。”

“打不完的。战争永远都打不完。”

“也有打完的时候。”

帕西尼摇了摇头。

“战争并不是依靠打胜仗来取得胜利的。即使我们占领了圣迦伯烈山，那又怎样呢？就算我们占领了卡索高原，占领了蒙法尔科内和的里雅斯特②，那又能怎样呢？你今天没看见远处那些山峰吗？你认为那些山峰能被我们全部抢过来吗？奥军必须停战才行。必须有一方先停战，为什么我们不先停呢？如果敌军真的攻进意大利，待腻了他们就会走的，他们毕竟有自己的土地。可是现在彼此都不愿意让步，战争当然就发生了。”

“你倒是很有演说家的潜质。”

“因为我们懂得思考，我们会读书看报，我们不是庄稼人，我们是机械师。不过就算是庄稼人，也不见得就相信战争。每个人都憎恨这场战争。”

---

① 第一次世界大战初期，捷克军团不满奥匈帝国平日压迫少数民族的行为，因此临阵倒戈，相继投降俄军。

② 蒙法尔科内和的里雅斯特都是位于奥地利边境上的军事重镇。这里居住的大多是意大利人。同时，这也是意大利参与这场战争的重要原因之一。

“国家的统治阶级都是愚蠢的，他们什么也不懂，他们永远也不会懂得这些道理，所以战争才会开始。”

“而且他们还靠着战争发财呢。”

“他们中的大部分人可不见得就这样想，”帕西尼说，“他们太愚蠢了，也许他们打仗压根就没有任何目的，仅仅只是因为愚蠢。”

“别再说了，”马内拉说，“即使在这位这么好的中尉面前，我们也已经说得太多了。”

“他很喜欢听我们说呢，”帕西尼说，“我们可以把他感化的。”

“现在我们得闭嘴了。”马内拉说。

“开饭时间到了吗，中尉?”贾武齐问。

“我去看看。”我站起身，高迪尼也站起来，跟我一起走出去。

“需要我帮忙吗，中尉？需要我帮你什么吗?”四个人中，他是最安静的。

“你愿意的话，就跟我来吧，”我说，“我们一起去看看。”天已经黑了，山峰间的探照灯正晃动着长长的光柱。

就在这条战线上，你会看见装有一种大型探照灯的大卡车布置在靠近前线的地方。卡车停在路旁，由一名军官指挥探照灯移动，他的部下却显得很惊慌。我们快速穿过砖场，停在包扎总站的前面。包扎站的入口有绿色树枝做成的小屏障遮盖在上面。黑暗中，我们只听到一片沙沙声，那是风吹动着被太阳晒干的树枝的声音。包扎站里灯光明亮，少校正坐在一只木箱上打电话。听一名上尉军医说，进行总攻的时间提前了一小时。他倒了一杯科涅克白兰地请我喝。我看着那几张板桌、一些在灯光下闪闪发亮的手术器械，还有脸盆和拴好的药瓶子。这时候高迪尼就静静地站在我身后。少校打完了电话，站起身来。“进攻开始了，”他说，“并没有提前。”

外面一片黑暗，只有奥军的探照灯光在我们后面的山岭上移动着。片刻的宁静过后，我们后面的大炮全都一起响了起来。“是萨伏伊[①]部队。”少校对我说。

“晚饭怎么还没来，少校？”我向他发问。他并没听见。

于是我又大声问了一遍，他回答：“还没送来。”

这时，一颗很大的炮弹从天而降，在外面的砖场爆炸开来，接着，又听到巨大的爆炸声。就在同一时间，我又听见一阵细微的声响，接着砖头和泥土像雨点一般落了下来。

“那能吃什么呢？”

“还剩下一点儿面条。”少校回答。

“那有什么就给我什么吧。”

少校对一名勤务简单吩咐了几句，勤务立刻走到后边，返回来的时候带来一铁盆早就煮好、已经冰冷的通心粉。我把铁盆递给高迪尼。

“有没有干酪？”

少校十分勉强地吩咐了勤务一声，勤务立刻又钻进后边的洞里，出来的时候带来四分之一的白色干酪。

“谢谢。”我说。

“在这个时候你们最好别出去。”

有人在外面入口处放下一样东西。原来是两个人抬着担架，其中一人还向里张望。

“抬进来，”少校命令，“你们是怎么回事？难道要我自己到外面去把他抬进来？”抬担架的那两个人一人抱住伤员的两肋，

---

① 萨伏伊为一个公国名，原属于意大利西北部的一部分。

另一人抱住他的腿，将伤员抬了进来。

“快把他的制服全部撕开。”少校又命令道。

少校握着一把夹着纱布的钳子。两位上尉军医将自己的外衣脱掉。“你们赶紧出去。”少校再次命令刚才抬担架的那两个人。

“我们也走吧。”我对高迪尼说。

“你们还是等炮轰停下了再走吧。”少校回头对我说。

“他们等着吃东西呢。”我回答。

“随便你。”

走出包扎站，我们迅速冲过砖场。有一颗炮弹落在河岸附近，爆炸了；紧接着又有一颗落下来，爆炸了。我们一开始并没有听见炮弹的声音，只是猛然感到一股气浪逼过来，才意识到已经发生爆炸了。我们俩急忙扑倒在地，紧接着就看见一道闪光，耳边传来猛烈的撞击声，还闻到一股浓烈的火药味道。我们还听见弹片在空中呼啸而过的声音和砖石砸下来的声响。高迪尼跳起来朝着掩蔽壕狂奔。我紧紧地跟在他的后面，还拿着那四分之一的干酪，干酪光滑的表皮上早已蒙上了厚厚的砖灰。掩蔽壕里，三名司机靠着墙壁坐在那里，正在抽烟。

“亲爱的爱国者们，我们回来了。”我大声地说。

“车怎么样呢？”马内拉问。

“车没事。”

“中尉，你肯定被吓得不轻吧？”

“妈的，你猜得太对了。”我说。

我拿出一把小刀，打开后擦了擦刀口，小心地切掉干酪那脏兮兮的表皮。

贾武齐递过那盆通心粉：“中尉，还是你先吃吧。”

“不，”我说，“把它放在地上。我们大家一起吃。”

“可是没有叉子啊。”

“管他妈的。”我操着英语骂了一句。

我把干酪一片片切好，放在通心粉上。

“来，坐下来，大家一起吃吧。”我说。所有人都跟着坐了下了，但都在等别人先伸手。我伸出手，一把抓住通心粉往上一提，黏成一团的通心粉松开了。

“再提高点，中尉。”

我伸直手臂，把那团面提得更高，通心粉面条终于脱离了盆子。我把它们往嘴里送，边吮边咬，大口咀嚼起来；然后又咬了一口干酪，嚼了一下；再拿起饭盒喝了一口酒。酒难喝极了，就好像是生锈的金属一样。我又将装酒的饭盒还给了帕西尼。

“这酒坏了，”他说，“它被我放得太久了。我之前一直将这瓶酒搁在车里。”司机们都在吃面，几个人的下颌都挨在铁盆边了，脑袋尽量往后仰，才好把面条吸进嘴里。我又吃了一口，咬了点干酪，然后用酒漱漱口。我突然感觉到土地震动了一下，有什么东西落在了外面。

“不是420大炮，就是迫击炮。”贾武齐说。

“这么高的山上怎么会有420大炮呢?”我说。

“人家还有斯科达①大炮呢。我看到过那种炮弹在地上炸开的大坑。”

“那是305大炮。”我们继续吃着通心粉。突然我们听到外面传来了一阵咳嗽声，但又有点像是火车头开动的声音，接着是大地被摇撼的爆炸声。

“这个掩蔽壕其实并不深。”帕西尼说。

“那一定是一门巨型迫击炮。”

---

① 斯科达是捷克一个著名的兵工厂，当时的捷克属于奥匈帝国。

“一定是的，中尉。”

我吃完干酪之后又灌了一口酒。各种声音在我的耳边回响，其中我听的最清楚是一阵一阵的咳嗽声，接着是一道明亮的闪光，如同突然拉开熔炉门看到的火光一般明亮，先白后红，紧接着是一阵轰隆声，一股疾风扑面而来。我开始试着努力呼吸，可依然感觉到呼吸困难，仿佛感觉灵魂出窍似的，往外飘啊飘的，一直飘在风中。我的灵魂竟然出窍了，我胡思乱想着我肯定已经死了。可是如果你也像我一样以为我就这样死了，那你肯定就大错特错了。因为我随后飘了起来，不是往前，而是往后溜了回来。我一呼吸，灵魂就溜回来了。地面已经被炸裂开来，头前方径直垂下一块炸裂的木椽。我的头一颤，就听见有人在哭，我以为是有人在哀号。我很想动弹一下，可是一点儿都动不了。我又听见对岸，还有河岸上传来一阵机枪和步枪声。之后是一声响亮的溅水声，我还看见一些照明弹迅速升上天空，然后爆炸，整个苍穹飘浮着一片白光，火箭也射上去了。我甚至还听见了炸弹爆炸的声音，不过这一切都发生在一瞬间，然后我就听见附近有人大叫：“我的妈呀！噢，我的妈呀！”我才开始拼命拔，拼命扭，终于将双腿从泥土中抽出来了，随后转身去摸那个大叫的人。原来是帕西尼，我的手刚碰到他，他就一个劲儿地叫痛。

他的两条腿向我这边伸来，我可以清楚地看到他的两条腿，膝盖往上的部位已经全被炸烂了。而且他有一条腿被炸没了，肌腱和裤子的一部分勉强连着另一条腿，骇人的残肢不停地抖着扭着，仿佛已经脱离了身体似的。他咬了咬胳膊，不停地叫道：“噢，我的妈呀，我的妈呀。”随后他又大嚷起来，“天主保佑我，圣母马利亚。天主保佑我，马利亚。天呢，主啊，快点开枪打死我吧。我的上帝啊，快点打死我吧。我的妈呀，我的妈呀。噢，最最纯洁可爱的马利亚，你快把我打死吧。我不要痛，我不要痛，我不要痛。噢，主啊，噢，可爱的马利亚，不要痛。噢噢噢噢……”紧接着是一阵致命的窒息声，“妈呀，我的妈呀。”然后他渐渐平静了下来，使劲地咬着胳膊，腿的残端却还在颤抖着。

“担架兵，快点，担架兵！”我将双手合拢在一起放在嘴边做成一个喇叭形状，大声地喊道，“担架兵！”我想靠近帕西尼，帮他在腿上绑一条带子止血，可是我也无法动弹。我又努力试了一次，腿才稍微挪动了一点儿。现在我能用双臂和双肘支撑身体把自己往后拖，而帕西尼也已经安静了。我把自己拖到他旁边，解开制服，试图撕下自己衬衫的后摆。但撕不动，我只好用嘴咬着布的边沿再撕，突然，我想起他裹着绑腿布。我一直穿着羊毛袜子，而帕西尼却裹着绑腿布。所有的司机都用绑腿布，不过帕西尼现在只剩下一条腿了。于是，我解下他的绑腿布，一边解，一边想已经来不及了，因为他已经死了。我摸了一下他，真的死了。我想起得找到另外那三名司机。我坐直身子，这才发觉脑袋里好像有什么东西在动，这个东西就像洋娃娃眼睛后面附着的那个会转动的铁块，它在我眼珠后面猛地冲撞了一下。我感觉自己的双腿又暖又湿，鞋子里也是这种感觉。我知道自己肯定受伤了，于是我俯下身子想摸摸膝盖，可我竟发觉我的膝盖没了。我急忙把手伸进去，才发现原来膝盖在我的小腿上。我用自己的衬衫擦了擦手，正好这个时候又有一道照明弹发出的光正缓慢地朝着地面坠落，我趁着这个亮光看了看我的腿，心里实在有些害怕。噢，上帝呀，我心想，救救我，离开这里吧。不过我很清楚还有三个司机。本来有四个，现在帕西尼死了，只剩下三个了。这时，有人从胁下把我抱起来，又有一个人把我的双腿抬起来。

“还有三个，”我说，“死了一个。”

“是我，马内拉。我们刚出去找担架了，但是不幸的是我们没找着。你现在怎么样了，中尉先生？”

“高迪尼和贾武齐呢？他们在哪里？”

“高迪尼在急救站，军医正在给他包扎。贾武齐现在正抬着你的腿。请你抱紧我的脖子，中尉。你是不是伤得很厉害？”

“我伤在腿上，高迪尼怎么样了？”

“他没事。这是一颗大型的迫击炮弹。”

“帕西尼死了。”

“是的。他是死了。”

就在这个时候，又有一颗炮弹降落在了附近，他们俩立即把我扔了下来，扑倒在地上。然后马内拉又很快地站了起来。“对不起，中尉，”马内拉说，“现在抱紧我的脖子。”

“别再把我扔到地上了。”

“刚才我们惊慌失措了。”

“你们俩有没有受伤？”

“我们俩只受了一点儿轻伤。”

“高迪尼还能开车吗？”

“恐怕不行了。”

在到达急救站以前，他们又一次把我摔下。

“狗娘养的。”我骂他们。

“实在对不起，中尉，”马内拉对我说，“我们以后再也不敢了。”

在救护站外面，我跟许多伤员一起在黑暗中躺在地面上，看着他们把伤员抬进抬出。每次打开包扎站的幔子，就能看见里边的灯光，看见他们把死去的搁在一边，看见军医们将袖子撸到肩膀上，满身血污，像屠夫一样。担架已经不够用了。少数伤员在轻声呻吟，但是大多数都默默无声。包扎站门上那些作为遮蔽物的树叶子被风刮得沙沙作响，黑夜越来越寒冷了。不时有担架员走来，随后放下担架，卸下伤员，很快又走了。我一到包扎站，马内拉立马就找来了一位中士军医。军医给我的两条腿上都包上了绷带，还说幸好伤口上沾有污泥，血才没有继续流出来。他还说等会儿有空就再过来医治我，然后他又马不停蹄地回到包扎站里去了。马内拉告诉我，高迪尼的肩头中弹了，他不能再开车了，而且他的头上也受了伤。刚开始的时候，他觉得没关系，可现在肩头绷紧了，他只能坐在附近的砖墙旁边。马内拉和贾武齐各自开了一辆车运走了一批伤员，还好他们俩还能开车。没多久，英国救护队也派来三辆救护车，每辆车上都有两个人。高迪尼领着其中一个司机向我走来，他看上去脸色苍白，一副病容。那个英国人也弯下腰来："你伤得厉害吗?"他问我。这是个高个子英国人，戴着眼镜。

"腿受了伤。"

"但愿不会很严重。抽烟吗?"

"谢谢。"

"他们告诉我你手下的两名司机不中用了。"

"是的。死了一个，另一个就是带你来的这位。"

"真倒霉。把你们的车子给我们开，你看怎么样?"

"我也这样打算。"

"我们一定会很小心的，完成任务以后会原车送回别墅。206号就是你们的地址吧?"

"是的。"

"那可是个好地方。我在以前见过你。我听说你是一个美国人，对吧。"

"是的。"

“我是英国人。”

“真的吗?”

“是，我是英国人。你不会以为我是意大利人吧？我们有支队伍里的确有些意大利人。”

“你们肯帮我们开车，那真是再好不过了。”我说。

“我们一定会很小心的，”他站直了身子，“你的这位司机非常着急，一定要我来看你。”他说这话的时候，拍了拍高迪尼的肩头。高迪尼缩了缩身子，看着我笑笑。英国人突然操了一口流利纯正的意大利语讲起话来：“现在所有的事都安排好了。我已经见过你们的中尉，商量好接管你们的两辆车，你们现在什么也不用担心了。”

他接着又转向我，对我说道：“你放心，我一定会想办法把你从这弄出去。我去找医疗队的大亨，等我们走的时候，你也和我们一起回去。”然后他一步一步地走向包扎站，他走得很小心，担心踩到躺在地上的伤员。我看见他揭开毛毯，走了进去，灯光从里面射了出来。

“他一定会照顾你的，中尉。”高迪尼对我说。

“你还好吧，弗兰哥?”

“我很好。”说着，他在我身边坐下。不一会儿，包扎站门前那块毛毯又揭开了，走出来两名担架员，那个高个子的英国人跟在后面。他们走到我的身边，英国人用意大利语说：“就是这位美国中尉。”

“我还是再等一会吧，”我故作轻松地说，“有很多人伤得比我严重多了。我还可以再等等，我现在感觉还好。”

“行了，我明白了，”他有些不耐烦，“别再该死地逞能装英雄啦。”

接着他又用意大利语吩咐那两个担架员：“你们抬他双腿的时候，一定要加倍小心，他的腿现在伤得很严重。而且他还是威尔逊[1]总统嫡亲的公子。”我被担架员抬进包扎站。包扎站里到处都是人，连每一张桌子上都躺着正在动手术的人。

那个小个子少校倒还认得我，他狠狠地瞪了我一眼，挥挥手里的钳子说：“你好吗？”

“还可以。”

“是我把他带来的，”那高个子的英国人用意大利语说，“他可是那个美国大使的独生儿子。我现在把他放在这里，等你们一有空，记得马上医治他。等你们治好他后，我会让他跟着第一批伤员一起回去。”随后他又弯下腰对我说，“我现在先去找他们的副官，好让他们把你的病历卡填好，这样就不会耽误太多时间了。”一说完后他就低头快步地跨出包扎站的门向外走去。而就在这个时候，少校将钳子丢进了盆子里，我的眼睛随着他的手转动。等他帮伤员扎好绷带后，担架员立马走了过来，将桌子上的人抬走了。

“我来给这位美国中尉动手术。”一名上尉军医说。于是，有人把我抬上桌子，桌面很硬很滑，残留着各种浓烈的气味，有的是化学药品的气味，有的是闻起来甜滋滋的人血的气味。他们把我的裤子褪下，上尉军医一边做事，一边说话，并且命令中士副官把这些话记录下来：左右大腿、左右膝盖，还有右脚上多处皮肤受伤。右膝和右脚有深切口的伤痕。头皮炸伤。他用一根探针探了一下我的头皮。——痛吗？啊哟，痛！“头盖很可能有骨折。伤员在执勤时受伤，一定要加上这一句，省得军法处的人说你自伤，”他对我说，“来一口白兰地怎么样？你到底怎么碰上这倒霉

① 威尔逊是当时的美国总统，这时的英国还没有正式参战。

的事？你准备干什么？自杀？请你先打一针破伤风，把两条腿都画上一个十字记号。谢谢。我来把这伤口弄干净。先得洗一洗，然后再用绷带包起来。哦，你的血凝结得可真好。”

填病历卡的副官抬起了头，问：“受伤的原因呢？”

于是上尉问我：“你被什么东西打中的？”

我无力地闭上了眼睛，回答：“是一颗迫击炮弹。”

上尉一边给我的伤口动手术，他割开肌肉组织时，我觉得很痛，他问我：“你确定吗？”

我感觉到肉被切割，而胃也随之颤抖起来，但尽量安静地躺着：“大概是吧。”

上尉军医在我的伤口里找到了个东西，他颇感兴趣地说：“看，我从你身体里找到了敌军迫击炮弹的碎片。如果你同意的话，我还可以多找一些出来，不过现在还是算了吧。我把你的伤口都涂上药，然后——现在你感觉疼不疼？好了，和后面比起来，现在的疼痛可算不上什么。真正疼痛的时候还没到呢。给他一杯白兰地吧。一时的镇静暂时麻痹了疼痛，但是也没有什么，不用担心，伤口不感染就没有问题。照目前的情形来看，感染的机会不大。你的头怎么样？”

“上帝啊！”我立马叫起来。

“还是少喝一点儿白兰地吧。如果你的头骨有骨折，那可得防止伤口发炎。现在你感觉怎么样了？”

我痛得全身冒汗。

“上帝啊！”我又大叫起来。

“照我看，你的头骨可能真的骨折啦。我帮你把头包起来，省得你的头再撞到其他东西，加重伤情。”

他开始为我包扎，动作很快，扎绷带又紧又稳。“现在好了，祝你好运吧，法兰西万岁！”

“他可是个美国人。”这时，另一位上尉说道。

“我记得你曾经说过他是法国人。他不是讲法语吗？”

上尉说：“我很早就认识他了。我一直都以为他是法国人。”上尉喝了大半杯科涅克白兰地，又命令道：“把重伤的抬过来。多拿些破伤风疫苗。”说完，他对我挥挥手。

我被人抬了起来，出门的时候，挂着的毛毯打在了我的脸上。等他们把我抬到外边的时候，中士副官又跪在我身旁，轻轻地问：“贵姓？你的中名①？教名？你的军衔？籍贯？你是哪一级？属于哪一军团？”他又说：“我很担心你头上的伤口，中尉。希望你不会很难受，现在我把你交给英国救护车队。”

“我没事，”我感激地说，“谢谢你。”我现在感觉到了刚才少校所说的那种疼痛，我对眼前的任何事情都没有兴趣，所有的一切都不重要了。不一会儿，英国救护车开到这里，他们把我放在担架上，然后抬起担架，推进救护车。我看到旁边还放着另外一副担架，担架上的那个人整张脸缠上了绷带，只露出鼻子，像蜡像一般，只听见他沉重的呼吸。在我上边有一些吊圈，那里也搁着一些担架。就在这时候，有个高个子的英国司机绕了过来，探着身子向里张望。“我会尽力把车开得稳当些，”他说，“希望这样你能感觉舒服一些。”引擎启动了，我感觉他坐到了救护车的前座，而且拉开了刹车，接着扳上离合器杆，救护车开动了。我一动不动地躺在担架上，任凭自己的身体被伤口的疼痛吞噬。

一路上，救护车开得都很慢，有时停下，有时又倒车拐弯，然后才迅速爬山。这时，我感觉什么东西滴下来了。刚开始滴得很缓慢很匀称，没过多久，就潺潺地流个不停。我大声向司机嚷

① 西方的习俗，除了教名以外，还有一个位于中间的名字，用来纪念父母或亲戚朋友。

起来。司机停了车，从车座后面那个窗洞向我们这里张望。

“出什么事了吗?”

“我上边担架上那个人正在流血。”

“我们快要到山顶了，而且我一个人是没办法把那副担架抬出来的。”说完，车又开动了。血依然流个不停。在黑暗中，我看不清血是从哪个地方流出来的，我只好尽力把身体挪到旁边，以防血流在我的身上。但并没有用，依然有血打湿了我的衬衫，感觉又暖又黏。我很冷，腿又疼得要命，难受得想吐。又过了一会儿，血稍微缓和了，开始一滴一滴地往下滴落，我感觉到上边的帆布在动，并且听到帆布发出的声音，后来上面那人就没有动静了。

英国人回过头来问道：“他怎么啦？就快到山顶啦。”

“他可能死了。”我回答说。

这个时候血滴得很慢很慢，就好像是夜晚冰柱上滴下的水珠。救护车继续沿着山路往上爬，车里面很冷，车外也寒气森森。当车子停在峰巅的救护站门口时，那副担架被人抬了出去，接着另外一副担架被抬了进来。我们则继续赶路。

第十章

我被送到了野战医院。在病房里，有人告诉我，在当天下午会有人来看我。那天的天气很热，许多苍蝇在房间里飞来飞去。我的护理员把裁好的纸条全都绑在一根小棍上，做了一把简易的蝇帚。他就用这蝇帚嗖嗖地把那些苍蝇赶走，苍蝇被迫在天花板上歇脚。但只要护理员打个瞌睡，蝇帚停止挥动，苍蝇便往下飞扑而来。起初我使劲把它们吹走，可是苍蝇太多，最后只能用双手把脸遮住，迷迷糊糊地睡着了。醒来后，我感觉腿上发痒。我立刻把护理员喊醒，他在我的绷带上倒了些矿泉水。却没想到因此把床弄得又湿又凉。其他在病房里醒着的病人东一个西一个相互攀谈起来。夏天的午后安安静静的。第二天早上，三位男护士和一位医生，挨个儿来巡视病床，他们把病人挨个儿抬到包扎室换药，护士们就利用这个机会重新铺好病床。每天去包扎室换药的过程都让人很不愉快，而直到后来我才明白，就算床上躺着病人，也是同样可以铺床的。护理员在我的绷带上泼了水以后，我躺在床上感觉又凉又舒服，我正吩咐他在我脚底上挠挠痒的时候，一位医生带着雷那蒂走进了病房。他匆匆地跑了过来，在床边弯下腰来吻我。我注意到他的手上还戴着手套。

“你好吗？乖乖。你现在感觉怎么样？你看，我把这个给你带过来了……”

接着他拿出一瓶科涅克白兰地。就在这个时候，护理员把一把椅子抬了过来，于是他挨着床边坐下了。“对了，告诉你一个好消息。你马上就要受勋了。他们说会保荐你得到银质勋章，不过说不准，也有可能只是铜的。”

“为什么要受勋?”

“因为你现在受了重伤。他们还说，只要你能证明自己曾做一些英勇的事，那么得到银质勋章就没有任何问题。否则，你就只能拿铜的。你快和我说说事情的详细经过吧。你都干了哪些英勇的事?”

“我没干什么英勇的事情，”我回答他，“被迫击炮炸伤的时候，我们正在隐蔽壕里吃干酪。”

“别开玩笑了。受伤以前，或者受伤以后，你肯定做过一些英勇的事。你再仔细想想。”

“我没做什么。”

“那么你没救过什么伤员吗？高迪尼说你把好几个人背着救出来，但是急救站的那位少校军医却否认这件事，还说这是不可能的。你的受勋申请书上得有他的签名才行啊。”

“我没有背过谁。我自己动都动不了啊。”

“这也没关系。”雷那蒂一边说着一边脱下了手套。

“我有办法能帮你弄到银质勋章。你之前不是拒绝了比别人先接受治疗吗?”

“但是我并没有拒绝得很坚决。”

“这不要紧。毕竟你受了这样的重伤，他们会考虑到这个因素的。更何况平时你又那么勇敢，你之前不是还总请求到前线最危险的地方吗？而且这次进攻又很顺利。”

“他们顺利渡河了吗?”

“非常顺利，俘获了将近一千名战俘。公报上都已经登载过了，你没看到吗?”

“没有。”

“我带一份给你吧。这是一次顺利的奇袭。”

“那其他各方面的情况怎么样?”

“好极了。大家全都好极了。每个人都夸赞你。把你受伤的经过完完全全地告诉我吧，我相信你肯定可以弄到银质勋章的。说啊，全都告诉我。”他歇了歇，又想了一下，“说不定你还能得到一枚英国勋章。我记得那儿有个英国人，回头我问问他，看他愿不愿意推荐你。他应该有办法。你肯定吃了不少苦吧，来，快喝杯酒吧。护理员，请你帮我们拿个开塞器来。哦，你真该看看我是怎样帮人拿掉他的三米小肠的。我的功夫比起以前来更精湛了。就像《刺血针》[①] 投稿的材料。你帮我译成英文，然后我就寄过去。我现在每天都有进步。可怜的乖乖，现在你感觉怎么样了? 他妈的，开塞器怎么还没有拿来? 你如此勇敢，又如此沉静，我甚至都忘记你正在吃苦了。”他拿着手套拍了拍床沿。

“开塞器拿来了，长官。”护理员走过来说。

“打开酒瓶。去拿个杯子来。来，喝这个，乖乖。你感觉头怎么样? 我刚才看了你的病历卡。你这哪是什么骨折呀，急救站里那个少校真是个杀猪的蠢蛋。如果是我的话，我敢保证你肯定不会吃这些苦头。我可从来不会让任何人吃苦。我已经掌握这个窍门了。现在我每天都在学习，而且越干越顺手，我的技术可是越来越精湛了。乖乖，原谅我吧，我竟啰里啰唆地说了这么多。你要知道，看到你受了重伤，我心里难免过于激动。来，喝这个。这是好酒，花了我十五个里拉呢。这酒肯定不错的，五颗星的。待会儿我从这里回去的时候，就去找那个英国人，他会给你弄到一枚英国勋章的。”

“人家可不会随随便便地颁给人勋章。”

“不用谦虚了。我现在就去找那位联络官。让他去应付那个

① 《刺血针》是英国一本著名的医科杂志。

英国人。”

“你有没有见过巴克莱小姐？”

“我去带她来。我现在就去，带她到这里来。”

“别急，”我说，“你先给我讲讲有关哥里察的情况。那些妞儿都怎么样了？”

“哪还有什么妞儿？那儿已经两个星期没有换过人了。我现在再也不愿意去那里了。实在是太丢人了，她们哪是姑娘啊，分明是我们的老战友啊。”

“你真的不去了吗？”

“当然偶尔还是会去看看有没有新来的姑娘，再顺便休息一下。她们会向你问候。和她们待了那么久，都快成老朋友了，要是再干这样的事可就太丢人啦。”

“姑娘们肯定再也不愿意上前线了。”

“不是这么回事，姑娘有的是。只不过行政管理太差，有人把她们留在后方，这样，那些躲在防空洞里的就可以玩个痛快。”

“雷那蒂，可怜的人，”我说，“孤零零的一个人在前线作战，又没有新来的妞儿陪伴。”雷那蒂又倒了一杯酒。“喝点酒对你没什么害处的，乖乖。来，再喝点。”

我喝了一口后，立马感觉有一团火往下冲。雷那蒂沉默了一会，又给自己倒了一杯。他高高地举起酒杯：“来，为你英勇地挂彩干一杯，并提前预祝你得到银质勋章。告诉我，乖乖，在这么炎热的天气里天天在床上躺着，你有没有冲动过？”

“有时候也有的。”

“一直这样躺着，我简直不敢想象。如果是我，早就疯了。”

“你本来就有些疯疯癫癫的。”

“我真希望你回来跟我一起住。现在没有人再半夜三更地探险回到房间，没有人可以开玩笑，也没有人可以借钞票了。我没有了血肉兄弟，也没有了同住一个房间的伴侣。你到底怎么受伤的呢？”

“你怎么不去找神父呀，你可以找他开玩笑。”

“那个神父？我可没怎么和他开玩笑，上尉倒是老找他。其实我还挺喜欢他的。如果非得有个神父的话，那个神父也可以。他也准备要来看你呢。”

“我也喜欢他。”

“哦，其实我早就看出来了。我有时候甚至想你们俩是不是有点那个，好像阿内奥纳旅第一团的那些番号一样，紧紧地挤在一起。”①

“哼，见鬼去吧。”他站起来，戴上了手套。

“哦，我真的很喜欢取笑你，乖乖。虽然你有什么神父，还有什么英国姑娘，但是骨子里我们还不是一样？”

“不，我们不一样的。”

“是的，我们是一样的。其实你也是个意大利人，你的肚子里装满了火和烟，除此以外，没有什么别的东西了。你不过是假装成美国人罢了。我们是兄弟，相亲相爱的兄弟。”

“我不在你身边时，你要规矩一点。”我说。

“我想想办法把巴克莱小姐给你带到这里来吧。她跟你在一起可比跟我在一起要好得多。你比我纯洁，也更体贴。”

“哼，活见鬼。”

“我把她带来吧，把你那位冷冰冰的女神、美丽的英国女神给你带来。天哪，碰上这样的女人，男人除了向她顶礼膜拜以外，还能做什么呢？这样的英国女人要来有什么用呢？”

“你个愚昧无知、满嘴脏话、龌龊肮脏的意大利佬。”

“你说什么？”

“我说你是个意大利鬼子，一个愚昧无知的意大利鬼子。”

---

① 此处可能暗指同性恋。

“意大利鬼子？你才是冷冰冰的……鬼子。”

“你愚蠢，你笨蛋，”我见他受不了这样的字眼，于是便继续说下去，“你没见识、没经验。所以才总是笨头笨脑。”

“真的？那么我告诉你一点儿事吧，关于你那所谓的好女人的事。你心中的那些女神，搞她们的时候，和搞贞节的姑娘或妇人相比，唯一的不同就是姑娘会痛。我就只知道这一点。”他又用手套拍了一下床沿，“至于姑娘自己是否真的喜欢，你就不得而知啦。”

“别胡说八道。”

“我没胡乱说。我之所以告诉你这些，乖乖，无非是想提醒你，让你省掉一些麻烦。”

“这是唯一不同的地方？”

“是的。只不过还是有许多和你一样的傻瓜不知道。”

“那么感谢你开导我。”

“别斗嘴，乖乖。我实在太爱你了，但是你可别做傻瓜。”

“好吧。我一定学会你的鬼聪明。”

“别生气，乖乖。来，笑一笑，喝一杯。我可真是要走了。”

“你是个老朋友，知心的老朋友。”

“现在你知道了吧。我们骨子里其实是一样的。我们毕竟是战友嘛。吻一下，告别吧。”

“你的感情太脆弱了。”

“不。我只是比你的感情丰富了一点儿而已。”

我感觉到他的气息，他在向我靠近：“再见。以后我再来看你。”他的气息又逐渐远去，“你不喜欢，那我就不吻你了。我会想办法把那个英国姑娘给你带过来的。再见，乖乖。我把科涅克白兰地放在了你的床底下。祝你早日康复。”

他走了。

第十一章

夜幕降临时，神父来了。医院里已经开过饭了，碗盘也已经收拾走了。我静静地躺在床上，望着房间里一排排的病床，望着窗外的树木，树梢在晚风中微微摇晃。窗口吹进一阵晚风，房间里凉爽了一点儿。电灯平时是不开的，只有在有人被送进病房的夜间，或者有事的时候才开。夜幕降临以后，病房里一片黑暗，而这样的黑暗还将延续下去。这忽然使我有种自己还很年轻的感觉，我不禁回忆起了年少时早早地吃了晚饭就上床睡觉的情景。护理员从一张张病床之间走过来，在我的床前停住了脚步。还有一个人跟在他的身后，原来是神父。他就站在那里，个子小小的，黄褐色的脸，一脸羞赧。

“你好吗?”他问道，然后把手里几包东西都放在床边的地板上。

“我还好，神父。”

他就在下午雷那蒂坐过的那张椅子上坐下了。可能感觉有些不好意思，他便将目光转向窗外。我注意到他的面孔显得很疲乏。

“我只能在这里待一会儿，”他对我说，“不早啦。”

“还不算太晚。食堂情况怎么样?”

他冲我微微笑了笑。“人家现在还是喜欢拿我当大笑柄。”我听出他的声调显得我比疲乏，“感谢天主，幸好大家都平安无事。”

“看到你还好，我很高兴，”他又说，“但愿你不会痛得受不了吧。”我发现他似乎非常疲倦，很少看到他有如此疲乏的时候。

“现在已经不痛了。”

“没有你在的食堂，怪没意思的。”

“我也希望能早点回去。跟你交谈的时候，我总是感觉很有趣。”

“看，我给你带了点小东西，”他说着，捡起地板上的那些包裹，“这个是蚊帐，这里有一瓶味美思。你喜欢这个吗？还有些英文报纸。”

“你把他们打开给我看一看。”

他很高兴地解开那些包裹。我用双手捧着蚊帐，又看了看他端起的味美思。然后神父把这些东西放在床边的地板上。我从那捆英文报纸中抽出一张，借着窗外微弱的光，看到报上的大字，《世界新闻报》。“其余的那些都是有图片的。”他解释说。

“看起来非常有趣。你从哪里搞来的？”

“是我托人家特意从美斯特列[①]买来的，以后还有呢。”

“很感谢你特意来看我，神父。你要不要喝一杯味美思？”

“谢了。不过你还是留着给自己喝吧，这可是我特意带给你的。”

“没关系，咱们一起喝一杯吧。”

“好吧。那以后我再带一些给你。”

这时，护理员拿了杯子过来，然后他试着打开酒瓶。可是，他弄碎了瓶塞，就只好把瓶塞的下端使劲地推进酒瓶里去。看得出神父对此有些失望，但他还是温和地说：“没关系，不要紧的。”

“祝你健康，神父。”

“也祝你早日恢复健康。”

---

① 美斯特列是一个海滨城市，位于意大利大陆跟威尼斯岛连接的地方。

我们相互敬酒以后，他仍然拿着酒杯，和我彼此对望。过去我们谈话的时候很融洽，可是在今天夜里却有点拘束了。

“发生什么事了，神父？你看起来好像很疲倦。”

“我确实很疲倦，但是我不应该是这样的。”

“可能是因为天气太热了吧。”

“不是。现在才是春天呢，我感觉沮丧极了。”

“也许是因为讨厌战争。”

“那倒不是。不过我确实憎恨战争。”

“我也很讨厌战争。”我说。

他摇了摇头，一言不发地望着窗外。

“但是你看起来似乎一点也不在乎。你不明白的，原谅我，我知道你受了很严重的伤。”

“受伤只是偶然的。”

“你的确是受了重伤，但是你还是不明白。其实我自己也不太明白，但是我知道。因为我还是能稍微感觉到一点儿的。”

“听着，我受伤的时候，我们正在谈论这个问题。帕西尼正在发表议论。”神父放下酒杯，似乎在想着别的事情。

“我了解他们，因为我其实也像他们那样过。”他说。

“你可是不一样的。”

“其实我跟他们没什么区别。”

“可是那些军官却一点儿也不明白。”

“有的军官是明白的。有的军官非常敏感，比我们任何一个都更难受呢。”

“大部分的军官都是不明白的。”

“这个问题不是教育或者金钱的原因造成的，有其他的原因。像帕西尼这样的人，受过良好的教育，也很有钱，但他不想当军官。我也不想当军官。”

“可你是列入军官级别的。而我也是军官。”

“严格地说，我不算。你甚至连意大利人都不是，你只是个外国人。不过相比而言，你更接近军官。”

“那到底有什么区别呢?”

“我也说不清楚。有一种人总是企图制造战争。在这个国家里这种人多的是。但还是有一种人他们可不愿意制造战争。”

“但是第一种人一定会强迫他们作战。”

“是的。”

“可我却在帮助第一种人。”

“你只是个外国人，你是爱国人士。”

“那么不愿制造战争的那些人呢? 他们有什么法子停止战争吗?”

“我不知道。”

他又把脸转向窗外，我却一直注视着他的脸。

“历史上有没有记载过，他们曾经用过什么办法停止了战争?”

“如果他们没有组织，就没有办法让战争停止。当他们有了组织的时候，往往又被他们的领袖出卖了。”

“也就是说没有希望了?”

“不能说永远都没有希望。只是有的时候，我觉得没办法让希望的火苗不被现实扑灭。我总是告诉自己一定会有希望的，不过有时候却觉得真的很难。”

“也许战争很快就要结束了。”

“我也希望是这样。”

“战争结束以后，你打算做些什么呢?”

“可能的话，我要回到我的故乡阿布鲁息去。”

神父那张褐色的脸一下子露出愉悦的表情。

“你爱阿布鲁息!”

“是的，我非常爱它。”

“那么你应该回去。”

“那这样就太幸福了。但愿我能够一直在那里生活，爱主，终身侍奉主。”

“而且还能受到人们的尊重。”我补充道。

“是的，能够受到人们的尊重。为什么不呢?”

“当然没有不会的理由啦。你本来就应该受到人们的尊重。”

“即使不那样也没关系。在我们那里，每个人都可以爱主，而绝不至于被人家当作龌龊的笑柄。”

“我明白。”

他看着我笑了笑。

“你明白的，虽然你并不爱主。”

“我的确不爱。”

“一点也不爱吗?”他又问。

“黑夜里，有时候我很怕他。”

“你应该爱他。”

“我本来就是一个没什么爱心的人。”

“你有的。”他说，“你有爱心的。你曾经告诉我那些有关夜晚的事，其实那不是爱，只是情欲罢了。等你心中有爱的时候，你就总会想着能为别人做点什么。那个时候你宁愿牺牲自己也愿意为别人服务。”

“我不会爱的。”

“你会的，我知道你会的。当你真正有爱的时候，你会感到非常快乐。”

“我很快乐。我一向都感到快快乐乐的。”

“那是另一回事儿。你没有这样的经历，就无法明白其中的奥秘。”

“好吧，”我说，“一旦我有了这样的经历和感受，一定会告诉你。”

“我已经来很久了，也和你说了不少话了。”他开始显得局促不安起来，他可能真的觉得和我待的时间太久了。

“不，你别走。爱上一个女人到底是怎么回事？如果我真正爱上了一个女人，和你所说的感觉是不是一样的？”

“这我就不知道了。因为我没有爱过任何一个女人。”

“那么你母亲呢？”

“我肯定爱我的母亲。”

“你一直都爱主吗？”

“从我还是小孩子的时候，我就已经爱上主了。”

“嗯，”我不知道还能说什么，“你一定是个好孩子。”

“没错，我的确是个好孩子，”他说，“不过现在你还是叫我神父。”

“那是出于礼貌的需要。”

他微微地笑了。

“我得走了。”他说，“需要我给你带什么东西吗？”他满怀希望地问。

“不用了，谢谢。你来跟我说说话就可以了，代我问候食堂里的朋友们。”

“我会的。”

“谢谢你带来的这些好东西。”

“那不算什么。”

“记得多来看看我。”

“我会的，再见。”他拍拍我的手，向我道别。

“再见。”我也用土语说。

病房里已经很黑了，就在这时坐在床边的护理员站起身来把带他了出去。我喜欢神父，希望他能回到故乡阿布鲁息去。在食堂里虽然他的态度很好，他的生活实在太苦。我甚至很想知道他回到故乡以后的生活会怎么样，我想那应该是一个很美好的场景吧。他和我说过，在卡勃拉柯达镇有一条小溪，小溪里有鳟鱼。到了夜晚，那里是不允许吹笛子的。青年人可以唱唱小夜曲，但就是不许吹笛子。我问他原因，他说据说少女们在夜晚听到笛声是不好的征兆。那里的庄稼人都会把你尊称为“堂”①，他们跟你一见面就会摘下帽子。他的父亲每天都会出去打猎，而且常常就直接在当地的庄稼人家里休息、吃饭。在那里他们处处受到人们的尊重。假如有外国人想要去那里打猎，那他就必须得有证明书，而且证明书上还要写明他从来没被逮捕过。在大撒索山②上还有很多熊，就是可惜距离太远了；而阿奎拉③则是个风景宜人，气候舒适的城市。而阿布鲁息的夏夜则十分凉爽，春天的意大利也是最美的地方。但是最快乐的事还要算是秋天的时候去栗树林打猎。连树林里的鸟都那么有意思，它们平时吃葡萄。打猎的时候也不用带饭，当地的庄稼人会请你到他们家做客，而且他们还都认为这是一件很光彩的事。就这样慢慢地，我睡着了。

① 堂，就像中国称呼“大爷”“老爷”，是西班牙人和葡萄牙人对男人的尊称。

② 大撒索山是意大利中部的一座山，科诺是大撒索山的主峰，也是亚平宁山脉的最高峰。

③ 阿奎拉是位于阿布鲁息地区一个著名的城市。

第十二章

我住的那间病房很长，右边是一排窗户，窗户的尽头有一扇通往包扎室的门。我们的病床朝着窗子排成一排，窗下还有另一排朝着墙壁的病床。如果你侧着身子向左躺着，就能看见包扎室的门。在病房另一头也有一扇门，有时候会有人从这里出入。假如有人快死了，他那张床就会用屏风圈起来，没人能见到他是怎么死去的，只看见屏风下面露出医生和男护士的鞋子，还有他们的绑腿，有时候还能听见他们窃窃私语。随后神父从屏风后面走出来，男护士们就走到屏风后面，把盖着毛毯的尸体抬出来，从两排病床中间的过道抬出去，然后有人过来折好屏风，拿走。

有一天，负责我这个病房的少校问我，是否愿意去米兰，在那里我能得到更好的治疗。我答应了，因为我喜欢米兰。而且我也知道，他们需要给医院腾出空余的床位。少校告诉我，明天清晨就会送我走。

窗外，花园里有些新坟。一名士兵正坐在通往花园的门旁边做十字架，然后写上埋葬在花园里那些人的姓名、军衔、他们所属的部队等。他平时也在病房做做打杂的活儿，利用空闲时间他还给我做了一个打火机，打火机是用一颗奥军的步枪子弹壳做的。

那天晚上，雷那蒂和食堂的那位少校到医院来看我。他们告诉我，我会被送进米兰一所新设置的美国医院。美国正派出几支救护车队到意大利来，米兰的这个医院将会给我们最好的照应，当然还包括其他正在意大利战场服役的美国军人。

美国已经正式对德宣战，只是暂时还没有对奥国宣战[①]。但是他们相信美国一定会对奥宣战。意大利人看到任何一个美国人，甚至红十字会里的美国人来到意大利，都感到十分兴奋，因为他们很希望美国能够尽快对奥宣战。我告诉他们那只是时间问题。虽然我不知道美国跟奥国有什么过节，不过美国既然已经对德宣战，理所当然也会对奥宣战。他们还问我美国会不会对土耳其宣战。我说这可说不准，因为美国的国鸟是火鸡[②]。可是这句笑话翻译成意大利语的时候不太像样了，这句话把他们弄得莫名其妙。于是我说，大概美国也会对土耳其宣战的。

“那么他们会对保加利亚宣战吗?”

喝了几杯白兰地以后，我也有点兴奋：“天啊，说不定美国也会对保加利亚宣战，而且还可能会对日本宣战。”

他们感到非常惊奇：“日本不是英国的盟国吗？这些该死的英国人，我们还能信任他们吗?”

“日本想要争夺夏威夷。”我说。

“夏威夷在哪?”

“夏威夷在太平洋中间。”

“日本人为什么要争夺这个地方?”

“日本人其实并不真想占领这个地方，”我又说，“都是些流言罢了。日本民族是个矮小的民族，他们喜欢跳舞、喝点淡酒，真的很奇妙。”

雷那蒂说：“我们要从法国人手里夺回尼斯和萨伏伊，我们还要夺回科西嘉岛，以及亚得里亚海整个海岸线。”

---

① 1917 年 4 月 6 日，美国对德宣战，而对奥匈帝国宣战却一直拖到同年 12 月。

② 在英语中，火鸡和土耳其是同一个词，而火鸡是美国圣诞节的贵重食品。

“我们意大利人要恢复到古罗马时的荣耀。”少校又说。我告诉他，其实我并不喜欢罗马，那里的天气很热，也有很多虱子。

“你不喜欢罗马？噢，不，我爱罗马，古罗马乃是万国之母。我永远无法忘记罗穆卢斯饮台伯河水①的故事。我们都去罗马吧，今晚上就去，再也不回来了。”少校感叹道。

罗马是个美丽的城市。“是万国之母，也是万国之父。”我补充道，“罗马这个词语是母性的。”

雷那蒂说：“它不能同时又是父亲。”

“那么谁才是父亲呢？是圣灵吗？”

“不，别亵渎圣灵。”

“我可没有亵渎圣灵，我只不过是想要增加一点儿见识罢了。”

“你醉了。”

“是谁把我灌醉的？”

“是我干的，”少校说，“是我把你灌醉你的，我真爱你，因为美国也加入了这场战争。”

“是的，全都被卷了进去。”我有些丧气地说道。

“明天早上你就要走了，”雷那蒂说，“去罗马。”

“不，我是去米兰。”

“去米兰？”少校问道，“去水晶宫，去科伐，去坎巴雷，去宓妃，你还可以去大拱廊②那儿走走。你这个幸运的人。”

“要是去意大利大饭店的话，在那里我可以去找乔治③借钱。”

---

① 罗穆卢斯是传说中创建罗马城的人，他和孪生兄弟雷穆斯在婴儿时就被抛入台伯河中，后来由牝狼乳哺育成人。

② 大拱廊是一条很长的连环拱廊，320码长，宽16英尺，高94英尺，镶着玻璃屋顶，拱廊两边都是商店、咖啡店、饭店等。前面提到的宓妃、坎巴雷等都是米兰著名的饭馆。科伐是一座咖啡店，在米兰歌剧院旁边。这里提到的水晶宫可能是指那座穹隆形的玻璃塔，位于大拱廊中央。

③ 乔治是茶房头目，在米兰一家大饭店工作。

“去歌剧院吧。”雷那蒂说，“你一定要去歌剧院。”

“我每天晚上都会到那里去。”我说。

“每天晚上都去，你可没有那么多钱。”少校说道，“歌剧院的票很贵。”

“我会开一张即期汇票，从我祖父的户头上开。”我说。

“开一张什么？”

“给我开一张即期汇票。要是我的祖父不给我付款的话，我就只能去坐牢了。银行里的甘宁汉先生就是这样给我一直支款的。而我也是一直靠这种即期汇票混日子。”

“做祖父的怎么会让一个如此爱国的孙子，一个为了意大利而差点牺牲生命的孙子去坐牢呢？向美国的加里波的①致敬。”雷那蒂说。

“向即期汇票致敬。”我说。

“小点声。”少校提醒我们，“人家已经好几次要求我们讲话声轻一点儿了。不过明天你真的要走了吗，弗雷德里克？”

“我不是跟你说过，他要去美国的医院了吗？”雷那蒂说，“去那些美丽的护士身边，那里的护士可不是在野战医院里面长胡子的那种。”

“是啊，是啊，”少校说，“我知道他就要去美国医院了。”

“我倒不在乎那些护士们的胡子，”我说，“如果她们喜欢留胡子，随她们去好了。为什么你不留胡子呀，少校？你是害怕有了胡子没法戴上防毒面具吗。放心，你能够戴上的。防毒面具里什么都能装进去。我还曾经在防毒面具里呕吐过。”

“小声点。”雷那蒂说，“我们全都知道你是从前线回来的。你就要走了，你走了以后我该怎么办呢？”

---

① 加里波的（1807—1882），一位意大利爱国志士。

少校说："我们得走了。"这时候我们突然都伤感起来。"听着，我还要告诉你一个好消息。你那位英国姑娘，就是那位你每天夜里去医院找她的英国姑娘，她也会去米兰，她跟另外一位护士一块儿被调到美国医院去了，因为美国的护士还没来到意大利来。今天我跟他们的负责人谈过了，他们说有太多的女人在前线，决定调一批回去。你认为这个消息怎么样，不错的好消息吧？你去米兰，住在那个大城市，还有你喜欢的英国姑娘跟你亲热。唉，为什么受伤的不是我呢？"

"也许你会受伤的。"我说。

"我们真得走了，"少校说，"我们在这里喝酒，叫叫嚷嚷的，打扰了弗雷德里克。"

"别走。"

"不，我们得走了。以后再见吧，祝你好运！一路顺风！再见。"

"再见。"

"再见。你可要早点回来啊，我的乖乖。"雷那蒂吻我，"再见吧。"

"再见。"少校拍了拍我的肩膀。他们俩蹑着脚走出去了。这时，我发现自己已经相当醉了，并且很快睡着了。

第二天一大早，我们就动身出发了，经过四十八小时以后，我们到达米兰。但是途中并不顺利，我们在美斯特列的时候，火车停在侧线上好长一段时间，引得一些小孩跑过来向车厢里张望。我招呼一个小孩，让她帮我买一瓶科涅克白兰地。她很快回来了，说只有格拉巴白兰地。我让她去买了格拉巴白兰地，剩下的钱给了她，然后和邻座的人喝得酩酊大醉，一直睡到维琴察城都过来了才醒来，接着在地板上大吐。其实这也没问题，因为坐在我身旁的那个人已经在地板上吐了好几次了。后来，因为十分口渴，实在忍不住了，到维罗那城外调车场的时候，我招呼一个正在列车边周旋的士兵，于是他弄了点水给我喝。我立刻喊醒了乔吉蒂，就是那个跟我一起喝醉的小伙子。叫他也喝一点儿水。他让我把水倒在他的肩膀上，说完这句话以后他又睡去了。这时，那个士兵给我买来一个柔软多汁的橘子，但是他不肯接受我为了感谢他而给他的一分钱。我一边吃着橘子，一边看那个士兵在一节货车旁走来走去，没过一会儿，我就感觉到火车抖动了一下，启动了。

第二部

第十三章

我们一早就到了米兰，在货车场下了火车，然后我上了一辆救护车，它会把我送到美国医院去。我躺在救护车厢里的担架上，根本不知道救护车经过了城里哪个区，但是当他们把我的担架抬下来的时候，我看见了一家市场，还有一家已经开门的酒店，一个年轻的姑娘正把店里的垃圾扫出去。有人在街头洒水，空气中还能闻到清晨时分，清香的气息。担架被放下来之后，他们很快走了进来，还把一个门房给带过来了。这个门房蓄着灰色小胡子，头上还戴着一顶门房的制帽，但是他并没有穿上衣。他们没法把担架抬进电梯，于是就在那讨论着是先把我抬下担架，然后再乘电梯上去，还是直接抬着担架爬楼梯？我一言不发地听着他们讨论。最后他们决定乘电梯，于是我就被从担架上抬了下来。“慢点，”我说，“轻点。”

电梯的空间不是很大，我们只能在电梯里挤成一团，我的腿一直弯着，我感觉自己痛得厉害。“把我的腿伸直。”我说。

“中尉，不行啊。没有地方啊。”抱着我的人回答。我的胳膊紧紧地搂住他的脖子，感觉一股浓烈的大蒜和红酒的气味从他嘴里冲向我的脸。“你小心点。”另一个人说。

“他妈的，现在是谁不小心哪！”

“但我还是要再说一次，小心点。”抬我脚的那个人又说了一次。

我看着电梯的门慢慢关上，电梯外边的铁格子也渐渐拉上，门房按了四楼的按钮。看起来门房好像非常担心，不过电梯还在慢慢往上爬。

“很重吧?”我问那个抱着我的有满口大蒜味的家伙。

“还行。”他回答，但是脸上直冒汗，混浊的声响从他的喉咙里发出来。幸好电梯上升得很稳定，终于在四楼停住了。之前抬我脚的那个人打开了房门，接着第一个走了出去。我们一起来到了阳台上，在那里还有好几扇门，每个门上都有铜把手。抬我脚的那个人按了按门铃，我们都能听见门里边电铃的响声。但是没有人来，门房走的是楼梯，现在也到了。

“里面的人去哪了?”抬担架的那个人问他。

“我不知道，”门房回答，“他们睡在楼下。”

“赶快找个人来。”

那个门房按了按铃，又敲敲门，随后门打开了，他走了进去。他再次出来的时候带来一个戴着眼镜的老妇人。老妇人蓬松的头发有一半垂了下来，她穿着护士制服。“我听不懂他们说什么，”她说，“我根本不懂意大利语。”

“没关系，我能说英语，”我告诉她，“他们需要有个地方能来安置我。”

“可是这里的房间都还没有准备好，这里还没准备好收容任何病人。”她绾了一下头发，睁大眼睛看着我。

“请你给他们找一间可以安置我的房间。”

“这我可不知道，”她说，“我们这里还没开始接收病人。所以现在还不能找个房间安置你。”

“随便什么样的房间都行。”我说，随后用意大利语告诉门房，“去找间空的房间。”

“所有的房间都是空的，”门房回答，“你还是这里的第一位病人呢。”他把帽子拿在手里，看着那位老护士。

“看在主的分儿上，你赶快给我找个房间吧。”我的腿由于蜷曲着，感觉越来越痛，简直痛入骨髓。门房又走了出去，他的后面跟着那位灰头发的护士，没过多久，他们就回来了，他对我说道：“跟我来吧。”于是我被他们抬着，和他一起走过了一条很长的走廊，到了一间百叶窗关着的房间。房间里有一张床，还要一个镶着镜子的大衣柜，空气中到处弥漫着新家具的味道。他们把我放到了病床上。

“我可没有办法帮你铺被单。”妇人说，“所有的被单都锁起来了。”

我没有回答她的话，而是对着门房说：“我口袋里有些钱，就在那个扣好的口袋里。”门房从我的口袋里掏出钱来。这时，那两个抬担架的人就站在我的床边，帽子拿在手里。“给他们每人五里拉，然后你自己再拿五里拉。我的病历卡放在另一个口袋里，你把它拿给护士。”

抬担架的两人向我行礼道谢。“再见。”我说，“多谢多谢。”他们再次行过礼，出去了。

我对护士说：“在我的病历卡上清楚地写了我的伤情，也写明了之前曾接受过的治疗。”那个护士拿起我的病历卡，戴上眼镜仔细地看了看。一共有三张病历卡，全都对折着。

她说：“我不知道应该怎么办，我根本看不懂意大利文。如果没有医生的吩咐，我根本不知道该怎么办。”她竟然哭了起来，把病历卡放进衬衫的那个口袋里，“你是美国人吧？”她几乎是哭着问的。

“是的。那这样的话请你把我的病历卡放在床边那张桌子上。”

房间里很阴暗，也很凉爽。我躺在床上，能看见房间另一端的那面大镜子，却看不清镜子里那些东西。门房正站在床边。他一脸和善，很是和气。

“现在你可以走了。”我对他说。

我又对护士说：“请问你贵姓？”

“华克。”

“你也可以走了华克太太。让我睡一会儿吧。”

房间里只剩下我一个人的时候，我感觉很凉爽，这里没有医院那种难闻的气味，床垫也很稳固、舒服。我一动不动地躺着，屏住了呼吸，腿也没有那么痛了，感觉很舒服。没过多久我想喝水了，就四处看了看，然后我发现床边垂着的一条电线可以拉响电铃。于是，我拉响了电铃，但是没有一个人来。没办法，我只能睡觉了。

醒来的时候，我四下打量，还是那张大衣柜、空空的四壁和两张椅子。阳光从百叶窗之间洒进来。我的双腿绑着污秽的绷带，只能笔直地伸在床上。我小心地躺着，两条腿动都不敢动。我实在口渴了，又伸手按铃。终于听见门打开的声音，抬头一看，来了一位年轻漂亮的护士。

“早上好。”我向她打招呼。

“早上好。”她说着走到我的床边，“还没有找到医生呢，他去科莫湖①了。谁也不知道这时候有病人要来。你到底得了什么病啊？”

“我受伤了。腿上、脚上，都受了伤，我的头也受伤了。”

“你叫什么名字？”

“亨利。弗雷德里克·亨利。”

“让我先给你清洗一下吧，不过我们可不敢动你的伤口，得等医生来。”

---

① 科莫湖在意大利北部边境上，有35英里长，3英里宽，是一个著名的风景区。

“请问巴克莱小姐在这里吗？”

“不在。我们这里没有姓这个的人。”

“我进来的时候那个哭哭啼啼的老女人是谁？”

护士立刻大笑起来：“那是华克太太，是值夜班的。昨天她睡着了，没想到会有病人来。”

我们谈话的时候，她帮我脱了衣服后又给我擦了身子，她的态度温和柔婉。擦完以后，我整个人感觉舒服了很多。她还帮我把头上绷带旁边的地方都洗了洗。

“你在哪儿受伤的？”

“在伊孙左河上，就在普拉伐的北面。”

“那是哪里呀？”

“哥里察的北面。”

我看得出来，她对这些地名全都很陌生。

“还很痛吗？”

“现在没那么痛了。”

她把一支体温计放进我嘴里。

“意大利人可都是放在腋下的。”我说。

“别说话。”

她拔出体温计看看，又甩了一甩。

“几度？”

“你不用知道这些的。”

“告诉我吧。”

“还算正常。”

“我从不发烧。我的两条腿里装满了破铜烂铁。①”

“这么说是什么意思？”

---

① 这句话可能是暗喻耶稣被钉在十字架上。

“我的腿里边装着迫击炮弹的碎片，还有旧螺丝钉床的弹簧等。”

她摇摇头，笑了笑：“如果你的腿里边真有这些异物的话，你的伤口就会发炎，你整个人也会发烧的。”

“那么好吧，你等着瞧吧。”我说。

她走出房间，很快又跟早上看到的那位老护士一起走了进来，她们俩开始铺床，我仍旧躺在床上。我对她们这种铺床的方法感到很新奇，也很佩服她们。“谁是这儿的主管？”

“范坎本女士。”

“这里一共有多少个护士？”

“目前只有我们两个。”

“不是还有人要到这里来吗？”

“还有几位，就快到了。”

“她们哪天能到呢？”

“我不知道。你是一个病人，现在你已经问得太多了。”

“我没有病，”我反驳道，“我只是受了伤。”

她们把床铺好后，我躺在床上盖着干净光滑的被单。这时华克太太走了出去，不久之后她又拿来一件睡衣。她们给我换上了，那睡衣又干净又舒服。

“你们对我太好了。”我说。那个名叫盖琪小姐的护士又笑了笑。“我想喝杯水可以吗？”我问。

“当然可以。我们还可以给你拿点早点来。”

“我还不想吃早点。请你帮我把百叶窗打开好不好？”

百叶窗一打开，房间立刻明亮起来。我从窗口望出去，看见了窗外的阳台，对面那幢瓦房的屋顶和烟囱。我又看看天空，风轻云淡，天高气爽。

“你们连别的护士什么时候到都不知道吗？”

“你为什么老是问这个问题，难道我们有什么做得不好?”

“你们做得很好。”

“你需要用便盆吗?”

“我先试试看吧。”

她们扶我坐起来，我试了一下，但是不行。我又躺下来，从敞开的门往外面的阳台望去。

“医生什么时候才来?”

“等他回城以后就来。我们已经设法打电话去科莫湖找过他。”

“没有其他医生了吗?”

“他是这个医院的驻院医生。”

盖琪小姐给我拿来一瓶水，一个杯子，让我接连喝了三杯水以后，她们才走。我又向窗外望了一会儿，不知不觉睡着了。午饭的时候，我吃了一点儿东西。吃过饭，范坎本女士，也就是医院的负责人到房间里来看我。看得出她不喜欢我，而我也不喜欢她。她是个小个子的女人，动作麻利，做一个医院的负责人可能委屈了她。她盘问了我很久，那口气似乎认为我参加意大利军队是一件让人丢脸的事。

“吃饭的时候我可以喝酒吗?”我问道。

“除非医生同意。”

“医生没有到来之前，我不能喝了，是不是?”

“绝对不能喝。”

“你还是打算要找医生来的吧?”

“我们已经打电话去科莫湖找过他了。”

她走了，盖琪小姐来到房间。

“为什么你对范坎本女士这么无礼?”她麻利地帮我做了一些

事情，然后问道。

“我不是存心这样对她的，可她实在太傲慢了。”

“她倒是说你蛮横跋扈。”

“怎么会？不过医院里没有医生，这是怎么回事？”

“他就快到了。她们打电话去科莫湖找过他了。”

“他在科莫湖干什么？游泳？”

“不。他在那里有个诊所。”

“那为什么不找其他医生来？”

“嘘！嘘！乖乖的，做个好孩子吧，他就快来的。”

我让人去把门房叫来，然后用意大利语告诉他去酒店买一瓶辛扎诺牌的味美思，再买一瓶基安蒂红酒，一份晚报。他回来的时候用报纸包着酒，我又让他拔掉瓶塞，然后把红酒和味美思全都放在床底下。做完这些事，他走了，又剩下我独自一人。我躺在床上看了一会儿报纸，了解到前线的消息，也看到了阵亡军官的名单，以及他们所受的勋章。我从床底下拿起那瓶味美思，把瓶子笔直地放在我的肚子上，肚子感觉到了玻璃瓶的冰冷。我一小口一小口地呷着酒，让酒瓶底把我的肚皮印上一个圆圈。天渐渐暗了，燕子在空中转圈儿。这时，盖琪小姐进来了，她端着一个玻璃杯，盛满了蛋奶酒。我赶忙把味美思放到了床的另一边。

“范坎本女士吩咐我在这里边掺了些雪利酒。”她告诉我，“你不应该对她那么不客气。她年纪大了，还要一人承担医院的责任；华克太太又实在太老了，根本没法帮得上忙。”

“她是个出色的女士，我很感谢她。”

“那么我给你把晚饭端来。”

“别急，”我说，“我不饿。”

不过她还是端来了晚饭，并把它们放在了床边的那张桌子上，我向她道谢后就开始吃了起来。吃完饭以后，天已经完全暗了下来，空中探照灯的光柱在不停地晃动，我很快就睡着了。这一晚，我睡得很沉，只惊醒过一次，但很快又睡了。鸡鸣的时候，我又醒了过来，之后就再也睡不着了，然后就那么一直躺着。直到天边发白的时候，我才再次疲倦地进入了梦乡。

第十四章

睡醒以后，明亮的阳光让我以为自己又回到了前线。于是我伸了一下身子，没想到双腿忽然间疼痛了起来，低头一看，腿上还包扎着那肮脏的绷带，这才明白自己身在何处。我伸手拉响了电铃，走廊上的电铃响了起来，又听到有橡皮底鞋子的声音向房间走来，是盖琪小姐来了。阳光是那么明亮，而她看起来却有一些苍老了，而且面色也不是太好看。

“早上好，”她跟我打招呼，“昨天晚上睡得好吗？”

“很好，谢谢你。”我说，“我能叫理发师来吗？”

“刚才我来看你的时候，你正抱着这个东西在床上呼呼大睡。”

她打开柜子，拿出那瓶味美思，酒已经差不多喝光了。“我把你床底下另外一瓶也放进柜子里了。”她说，“你为什么不向我要个杯子呢？”

“我怕你不让我喝酒嘛。”

“其实我也可以陪你喝一点儿。”

“你真是个好姑娘。”

“一人喝酒可不好，”她说，“以后可别再这么做了。”

“好的。”

“你的朋友巴克莱小姐来了。”她说。

“真的？”

“当然是真的。不过我不喜欢她。”

“你一定会喜欢她的。她是个非常好的人。”

她摇了摇头：“她当然是好人。你往这边挪一下好不好？行了。我给你洗一洗吧，准备吃早餐了。”她拿着肥皂和一块布，倒了些温水给我洗脸，“把你的肩膀抬起来，”她吩咐我，“这样可以啦。”

“早饭以前让理发师来行吗？”

“我让门房给你叫去。”她走了出去，不久又走了回来，“他去叫理发师了。”她一边跟我说，一面把手里的布浸在水盆里。

门房带着理发师进来了。这是个大约五十岁，留着两撇翘胡子的男人。盖琪小姐帮我洗好脸以后，就出去了。理发师走到我身边，在我脸上涂上肥皂泡，开始刮胡子。他是个很严肃的人，做事的时候一声不响。

“听到什么消息了吗？”我问。

“什么消息？”

“随便什么消息都行。城里发生了什么事吗？”

“现在是战争时期，”他平和地说，“到处都有敌人的耳目。”

我不禁抬头看了看他。“请你别动，”他一边说，一边继续给我刮胡子，“我什么都不会说。”

“你到底怎么啦？”我问。

“我是一个意大利人，我不会跟敌人通信息的。”

我只得默不作声，由他去了。如果他是疯子，那么我认为还是让他的剃刀早点离开我的脸更好。

有一会儿，我想要好好地看一下他。“当心，”他提醒我，“剃刀很锋利的。”修过脸，我把钱付给他，又给了他半个里拉作为小费。他却把小费退给了我。

“我不能收这个钱。我虽然没有上前线，但我仍然是意大利人。”

我骂了一句脏话。

“那么我走了。”他说完，把半个里拉放在床头的桌子上，拿报纸包好那把剃刀，走了出去。我又拉响电铃。盖琪小姐走来。

“麻烦你让门房过来。”

“好的。”

门房来了，一副忍俊不禁的样子。

“那个理发师是不是个疯子?”

“并不是这样的，长官。他搞错了。他没听懂我的话，以为你是奥国的军官。”

“噢。”我恍然大悟。

“哈哈哈……”门房笑个不停，“他这个人真是有趣。他还说只要你再动一下，他就……”他伸出食指在喉咙处划了一下。

“呵呵呵，”他竭力忍住笑，“后来我告诉他，你根本不是奥地利人。呵呵呵。”

“呵呵呵，”我埋怨道，“如果他真把我喉咙割断的话，那就更好笑了。呵呵呵!”

“不会的，长官。他很害怕奥地利人。呵呵呵。”

“呵呵呵，”我越想越气，“滚你的。”

他走出去后我还听见走廊上传来他的笑声，又听见有人从走廊向房间走来。我看向门口，是凯瑟琳·巴克莱来了。她走进房间后，又来到了我的床边。

“你好，亲爱的。”她轻轻地说。她看上去又年轻又美丽，我从来没有看见过这么美丽的人。

“你好。”一看到她，我立马高兴起来。我被她迷得神魂颠倒，我知道我爱上她了。她向门口看了看，没有看到其他人，于是她就在床沿上坐了下来，然后弯下腰来吻我。我抱住了她，感到她的心怦怦地跳得很厉害。

“亲爱的，”我说，“你竟然能到这里来，这难道不是一件很奇妙的事情吗?”

“其实要来并不是很困难，但是要一直待在这里，可能就不容易了。”

“你非待在这里不可。”我说，“噢，这真是太奇妙了。”我爱她，爱得简直快疯了，我此时竟有点不敢相信她现在真的出现在了我的面前，我再一次紧紧地抱住她。

“别这样。”她轻轻地推开我，“你的身体还没有完全康复呢。”

“没关系，没有任何问题的。来吧。”

“不。你还没有完全好呢。”

“我行，我行的，求你了。”

“你真的那么爱我吗?”

“我真的很爱你，为了你我快要发疯了，请你快过来吧。”

“我们的心都跳得很厉害呢。”

“我不管什么心，我要的是你，我是因为太爱你了才会如此发疯。”

“你确定是爱我的吗?”

“别总是说这个了。来吧，求你了，求求你，凯瑟琳。”

“好吧，不过只能来一会儿。”

“好的，”我很高兴，“关好门。”

“你不能这样做，你不该这样做。”

“来吧，别说话了，赶紧来吧。”

那股疯狂劲儿过去以后，我觉得愉快无比。凯瑟琳就坐在床边的那张椅子上。门开着，还能看见外面的走廊。

她问我："现在你相信我是爱你的吧？"

"噢，你真可爱。"我说，"你非待在这里不可。他们不可以让你走，我简直爱你爱得快疯了。"

"我们必须非常小心，刚才那样的情况真是发疯，我们不应该这么做的。"

"夜里来还是可以的。"

"我必须非常小心。你在别人面前也要多留神。"

"我会注意的。"

"你一定得小心。你讨人喜欢。你是真的爱我，不是吗？"

"凯瑟琳，别说这个了。你不知道这样说对我有多大的影响。"

"那么我以后更加小心一些就是了。我必须得走了，亲爱的，我真得走了。"

"什么时候再来啊。"

"能来的时候我就来。"

"再见。"

"再见，亲爱的。"

她出去了。我本来不想爱她的，因为我根本不想爱任何人，可是谁知道我竟然爱上了她。当我躺在米兰这家医院里的时候，百感交集，各种各样的念头一下子全都涌进我的脑子，不过我却感到从未有过的愉快和幸福。不知道什么时候，盖琪小姐来了。"医生就快到啦。"她告诉我，"他从科莫湖打电话来了。"

"他什么时候到？"

"今天下午。"

第十五章

从这以后，再也没发生什么事。到了下午，医生来了，他是个瘦小而沉默的人，似乎战争搞得他很伤脑筋。他的动作轻巧，可是脸上却显出嫌恶的神情。他从我的大腿里取出了几块小的钢弹片，又给我打了一针叫作“雪”[①] 或其他什么名字的局部麻醉剂，麻醉肌肉组织，然后用探针探伤。病人能清清楚楚地看到探针穿过皮肤，也能清楚地知道什么地方是被麻醉过的。过了一会儿，医生说，还是拍 X 光片吧，用探针探伤的方法效果不太好。

我们在马焦莱医院拍了 X 光片，那个拍片的医生很能干，也很乐观。他设法抬高我的两个肩膀，这样我就可以从 X 光屏幕上看到自己的大腿里那些比较大的异物。他告诉我，洗好的片子马上就能送过来。医生还请我在他那个袖珍笔记簿上写下姓名、我的部队番号和一些感想，他说我身体里的那些异物真是丑恶、卑鄙、残暴。他说，奥地利人完全就是浑蛋。他还问我杀了多少敌人。我根本一个都没有杀过，不过为了讨好他，我就说杀了许多敌人。盖琪小姐当时也在场，医生用胳膊搂着她，说，比起克娄巴特拉来，她更美丽。她懂吗？克娄巴特拉可是古埃及的女王。不过还真是这样子，她真的比克娄巴特拉女王更美丽。我们搭乘救护车回到医院，被人抬了一阵以后，我终于又躺在房间里的那张床上。拍好的 X 光片当天下午就送到了。那位医生说他当天下午就能够拿到 X 光片，现在他果然拿到了。凯瑟琳·巴克莱把它

① 这里指可卡因。

拿给我看。她从红色的封套里取出那张 X 光片，迎着光竖起来让我看："那是你的右腿，这是你的左腿。"看完，她把片子又装进那个红色的套子里。

"把那个拿开。"我说，"你到床上来。"

"不，不行。"她说，"我只是拿 X 光片来给你看的。"

她走了出去，把我丢下不管了。我躺在病床上，因为天气炎热，我的心情有些厌烦，于是打发门房帮我去买报纸，并且吩咐他把所有能买到的都买来。

在门房回来之前，有三位医生一起来到我的房间。凡是医术不高的医生，总喜欢找更多的人来为病人会诊。就好比，如果有一个不会做割阑尾手术的医生，那么他必定会给你推荐另一位医生，而他所推荐的这位医生肯定不会做割扁桃体的手术。而现在进来的这三位医生就刚好是这一类人。

"这一位年轻人就是了。"那个做手术非常轻巧的驻院医师说。

"你好。"其中一个瘦瘦的、留着胡子的高个子医生跟我打招呼。第三位医生捧着那些装有 X 光片的红色封套，一声不响地看着。

"可以解开绷带了吧?"留着胡子的医生问。

"当然。护士小姐，请你解开绷带。"住院医生吩咐盖琪小姐。盖琪小姐慢慢地解开绷带，我低头看着。在野战医院的时候，我看到自己的两条腿有点像不大新鲜的汉堡牛排；但现在，两条腿都结了痂，膝盖也发肿变了颜色，小腿的皮肤下陷，还好没有脓。

"嗯，很干净，"住院医生满意地说，"很干净，很好。"

"嗯，不错。"胡子医生也说。第三位医生站在他们后面，也越过驻院医生的肩头看着我。

“请把膝盖动一下。”胡子医生对我说。

“不能动。”

“试试他的关节好吗?”胡子医生问道。这时，我发现他的袖管上除了有三颗星以外，还有一条杠，原来他是上尉。

“当然可以。”驻院医生说。于是，他们俩谨慎地抓住我的右腿，然后把它扭弯。

“痛。”我忍不住说道。

“再弯下去一些。”

“不行，不能再弯了。”我叫起来。

“部分连接不良。”上尉直起身，“医生，请你再把片子给我看看行不行?”第三位医生递给他一张片子。“不对，请把左腿的片子给我。”

“这就是左腿的片子，医生。”

“嗯，你说得对。刚才我看错了一个角度。”他递回片子，又拿着另一张片子看了一会儿，“你看到了吗，医生?”他指着X光片上一块异物，那形态在光线的衬托下非常清楚。他们拿着片子一起研究了半天。

“我敢肯定那只有一点，”胡子上尉说，“这是时间的问题。三个月，也许要六个月才行。”

“但到那个时候，关节滑液肯定又形成了。”

“当然。这是个时间的问题。像这样的情况，在弹片还没有结成胞囊的时候，让我来动手术，可真是对不起良心。”

“我赞成你的看法，医生。”

“为什么要等六个月?”我问。

“需要六个月的时间才能让弹片结成胞囊，那时候给膝头动手术才会安全。”

“我不信。”我果断地说。

“年轻人，难道你不想要自己的膝盖了吗?”

“不要。”我再次肯定地说。

“什么?”

“把它截掉算了。”我说，“以后装个钩子上去也方便。”

“你说这话是什么意思，什么钩子?”

“他在开玩笑了。”驻院医生轻轻地拍了拍我的肩膀，“膝盖当然是要的。这是个非常勇敢的青年，他已经获得银质勋章的提名了。”

“恭喜恭喜。”上尉说着，和我握了握手，“但是，我只能告诉你，你这样的膝盖，至少得等六个月之后再动手术才够安全。当然了，如果你感觉时间拖得太久了那你也可以另请高明。”

“多谢你的建议，”我说，“我会尊重你的建议。”

上尉看了看自己的表。“我们必须走了。”接着他又对我说，“祝你好运。”

“我也祝你们好运，同时非常感谢你们。”我说，接着我又同第三位医生握了握手，“你是伐里尼上尉吧？噢，不对，你是亨利中尉。”于是三位医生都走了出去。

我大喊“盖琪小姐”，她走进房间，“麻烦请你让那位驻院医生回来一下。”

很快，那位医生又走进了房间，手里拿着帽子，站在床边：“怎么了，有什么问题吗?”

“是的，医生。我的天啊，医生，你试想过在床上一直躺六个月吗？所以我可不能再等六个月才动手术。”

“也不一定所有时间都躺在床上，你受了伤也需要晒晒太阳。

你还可以拄着拐杖到处走走。”

“一定要等六个月以后才能够动手术吗?”

“这是最安全的一个办法。我们必须让那些异物有足够的时间结成胞囊，等待关节滑液重新形成，那时候做手术才最安全。”

“你真的认为我能等那么久吗?”

“这样才是最安全的。”

“那么谁是上尉?”

“他是米兰优秀的外科医生。”

“他只是上尉，不是吗?”

“是的，不过他也是一位很优秀的外科医生。”

“我可不想我的双腿被上尉来胡搞。如果他真行的话，他早就当少校了。医生，我很清楚上尉这个军衔到底意味着什么，所以……”

“他是一位很优秀的外科医生，他的诊断比我认识的任何一位医生都要高明。”

“能不能再请一位外科医生来为我会诊?”

“如果你需要的话，那当然可以。但是就我个人来说，我还是倾向于采纳伐雷拉医生的建议。”

“你能不能现在就请一位外科医生来给我看看?”

“那么我去请瓦伦蒂尼来给你看看吧。”

“他是谁?”

“瓦伦蒂尼是马焦莱医院的一位外科医生。”

“好的，非常感谢你所做的一切。医生，如果让我在床上一直躺六个月实在是太难受了。”

“你不必总是躺在床上的。你可以先尝试日光疗法，然后做些轻松的体操，增强体质，等到异物结成胞囊，就可以动手术了。”

“但是我不能在这里一直等六个月的时间啊！”

医生把拿着帽子的纤细的手指张开，笑了笑对我说：“你就这么急着回前线去吗？”

“为什么不呢？”

“那就太好了。”他说，“你真是个高贵的青年。”他弯下腰，轻轻地吻了一下我的前额。“我立刻派人去请瓦伦蒂尼。你不用担心，不过也不要太兴奋。做个好孩子。”

“来杯酒吧？”我问。

“不用了，谢谢你。我从来都不喝酒。”

“就一杯，尝尝看。”我按响电铃，告诉门房把杯子拿来。

“不，不用了，谢谢你。有人在等我呢。”

“那么，再见吧。”我说。

“再见。”

两个小时以后，瓦伦蒂尼医生走进我的房间。他好像很匆忙的样子，胡子的两端向上翘着。他佩着少校军衔，脸孔被晒得黝黑，却总是在笑。

“你怎么受了这么严重的伤？”他问我，“把 X 片交给我看看。嗯，是的，是的，就是那个。你有像山羊一样健康的身体。这位漂亮的姑娘是谁？她是你的女朋友吧？看，我一猜就猜着了。这难道不是一场该死的战争吗？你感觉这里怎么样？你真是个好孩子。我一定会把你弄得跟受伤前一样好。这样疼吗？当然是很疼的。这些医生最喜欢的就是让你疼痛。他们到底对你做了些什么啊？姑娘不会说意大利语吗？她真该好好学一学。噢，多么可爱的姑娘。我倒可以教她说意大利语。我也来这里当病人吧？不，还是等将来你们生儿女的时候，我再来免费接生吧。她能听懂吗？她会为你生一个好孩子的，生一个像她一样，有着好看的金色头发、蓝色眼睛的孩子。这就行了，没有问题。多么可爱的姑娘呀，问问她愿不愿意陪我吃晚饭。噢，不，我不能抢你的。谢谢你。这位小姐，多谢多谢。好了，检查结束了。”

“我想要知道的已经足够了。”他拍了拍我的肩膀，“扔掉绷带吧，不用再包上了。”

“喝杯酒怎么样，瓦伦蒂尼医生？”

“一杯酒？当然要喝啦。但是我要喝十杯，酒在哪里呢？”

“在柜子里。让巴克莱小姐去拿。”

“来，干杯，干杯，小姐。噢，多么可爱的姑娘呀。我给你带来了一瓶上好的科涅克白兰地。”他抹了抹那两撇小胡子说。

“你认为什么时候可以给我动手术？”

“明天早上，再早了可不行。动手术以前得先把你的肠胃弄干净，还要先灌肠。所有的手续我会吩咐楼下那位老太太办好。再见，等明天见面的时候，我会给你再带一瓶上好的科涅克白兰地来。在你这里感觉很舒服。再见，明天见，今晚好好地睡一觉，明天一早我就来。”他站在房间门口向我招手，小胡子朝上翘着，褐色的脸仍然在笑。因为他的袖章上有一颗星，我知道他是一位少校。

第十六章

就在那天夜里，有一只蝙蝠从阳台上敞开的大门飞了进来。从那扇门向外望去，米兰的夜空很明朗。房间里很暗，只有城市上空那一点儿微弱的夜光透进来，因此蝙蝠毫不惧怕，照常觅食。我和凯瑟琳静静地躺着看它，它却没发现我们。蝙蝠飞出去以后，一道探照灯光柱开始在天空中移动，很快又灭了，恢复黑暗。夜里，一阵微风吹来，我们听见了隔壁屋顶上那些高射炮队员谈话的声音。夜有些凉，他们都穿上了披风。我有些怕别人闯进房间来，凯瑟琳告诉我不用担心，因为他们都在睡觉。不知什么时候，我们都睡着了，睡醒了以后我才发现她不在我的身边，可是没过一会儿我就听到了有人沿着走廊走进房间的脚步声。门开了，她走过来躺到床上并告诉我，她刚才下楼看过了，他们都在睡觉，她还在范坎本女士的房间外面站了一会儿，听见了她的鼾声才回来的。第二早晨，天蒙蒙亮的时候我又睡着了，等我醒来，她已经不在了。等再一次看到她进来的时候，我仍然觉得她是那么的清新可爱。她坐在我床上，拿出体温计让我衔着。太阳出来了，我们闻到了屋顶上露水的气息，还有隔壁屋顶上高射炮队员们正在喝的咖啡的香味。

“我真希望我们可以一起出去散步。”凯瑟琳说，“如果我们有轮椅的话，我可以把你推着出去走走。”

“可我怎么才能坐到那种轮椅上去呢?”

“总会有办法的。”

“我们可以去公园，我们还可以在露天的花园里吃早餐。”我望着阳台外的景色喃喃地说。

“我们现在最应该做的事情就是先帮你做好准备，然后等你的朋友瓦伦蒂尼医生来给你动手术。”

“我认为他是个非常了不起的人。”

“我倒没有你那么喜欢他，但我想他比较应该还是很不错的。”

“到床上来吧，凯瑟琳，求你了。”我说。

“那么今天夜里你能不能再值夜班?”

“也许可以。但是你不会需要我的。”

“不，我肯定会需要你。”

“不，你不会的。你从来没有动过手术，你根本不知道手术以后的人会是什么样的。”

“没问题的。”

“手术以后你一定会感到非常恶心，很难受，所以我就不能再给你了。”

“那现在就到床上来吧。”

“不行。”她说，“我得先把体温表填好。然后，亲爱的，我还得再帮你做好准备。”

“你不是真心爱我的，否则你一定会到床上来。”

“真是个傻孩子。”她吻了吻我，“这对体温是没有影响的。你的体温一直很正常。”

“你每样东西都那么可爱。”

“别这么说。你有一个可爱的体温，我感到很光彩。”

“我想我们的孩子也会有可爱的体温。”

“我倒认为我们的孩子大概会有一个很坏的体温。”

“还需要为手术做什么准备？”

“事情不多了，不过比较麻烦，这让人很不愉快。”

“我希望这样的事情不需要你来做。”

“本来不是我做的，不过我不想别人碰你。只要他们一碰你，我就想发火。”

“甚至是弗格逊？”

“尤其是那个弗格逊、盖琪，还有一个叫什么来着？”

“华克？”

“对啦。现在这里已经有四名护士了，太多了。如果病人的数量不再增加的话，我们就会被撵走了。”

“也许会有病人来的。四名护士其实也不算多，这可是一所很大的医院啊。”

“我也盼着会有病人来。如果他们让我走，我怎么办呢？病人不增加的话，他们准会撵我走的。”

“那么我也走。”

“别胡说，你还不能走呢。你最好赶快康复。亲爱的，然后我们一起去别的地方。”

“那以后呢？”

“以后也许战争就结束了，这仗总不会一直打个不停吧？”

“我会康复的。”我说，“瓦伦蒂尼会把我治好的。”

“他有那不一样的小胡子，他一定能行的。对了亲爱的，当你接受麻醉的时候，想什么都可以——但千万别想我们之间的事。因为你接受了麻醉以后，会把什么话都说出来的。”

“那么我可以想什么呢？”

“随便什么都可以，除了你和我之外，无论什么都行。想想你的家人吧，或者还可以想想另外一个女人。”

“不行。”

“那么你就默念祷告文吧，这样你就会给别人留下一个很好的印象。”

“也可能我不说话了。”

“这也是有可能的，经常有些人不会说话。”

“我就不会说。”

“别吹牛，亲爱的，请别吹牛。你已经做得很好了，不用再吹嘘了。”

“我一句话都不会说的。”

“这就是在吹嘘了，亲爱的，你知道你不用吹嘘的。待会儿吩咐你做深呼吸的时候，你就开始默念祷告文，也可以背诵一首诗歌，或者别的什么东西。这么一来你就会很可爱，我也会觉得很有光彩。无论如何我都会为你而感到光彩的。你有那么可爱的体温，你睡觉的时候像个小孩儿，你的胳膊抱着枕头，还以为抱的就是我，也或者以为抱着别的哪个姑娘吧，一个漂亮的意大利姑娘？”

“是你，不会是别人的。”

“当然是我啦。我真的很爱你，瓦伦蒂尼一定会还给你一条很好的腿。幸好动手术的时候我不用在场。”

“你今天夜里还值夜班？”

“是的。不过对于你来说，这是无所谓的。”

“你等着瞧吧。”

“好了，亲爱的。现在告诉我你到底爱过多少人？”

“一个都没有。”

“那也没有爱过我了？”

“不，我只爱过你一个人。”

“说真话，你还爱过多少人？”

“一个都没有。”

“那么又有多少人跟你——你们会怎么说——好过？”

“没有一个人。”

“你撒谎。”

“没有，真的是这样的。”

“不过就算你撒谎也没关系，我就要你这么做。那些姑娘都长得漂亮吗？”

“我可从来没跟别的姑娘好过。”

“对了，她们都很迷人吗？”

“我确实什么也不知道。”

“你只会属于我一个人，因为你从来没有属于任何人。其实我并不是太在乎这些，而且我根本不担心她们，但是你可别跟我提起她们来。一个男人在跟一个姑娘好的时候，姑娘何时会说出价钱的事情来呢？”

“我不知道。”

“你自然是不知道的。她也会说她爱他吗？告诉我吧。我想知道这个。”

“如果他要求她说的话，她就会说。”

“那么他会不会也说爱她呢？请告诉我，这个很重要。”

“如果他想说的话，他也会说的。”

“可是你却从来没有说过，对吧？”

“没有说过。”

“真的吗？说老实话。”

“没有说过。”我撒了谎。

“你不会说的。”她似乎有些不甘，又似乎有些满意，“我知道你不会说的。哦，亲爱的，我爱你。”

太阳已经升得老高了，我看见了阳光照耀下的大教堂的尖顶。现在我里里外外都弄得干干净净的，只等着医生的到来。

“原来就只是这样吗?”凯瑟琳又问，“她只说那些他要她说的话?”

“也不一定。”

“但是我一定会这么做的，而且你要我说什么我就会说什么，你要我做什么我就会做什么，这样的话你就不会再爱上别的姑娘了吧?”她望着我，很快乐的样子，“而且我只做你让我做的事，说你喜欢听的话，这样子我就一定能成功了，对吧?”

“哦，是的。”

“现在你已经全都准备好了，还需要我做什么呢?”

“你再到床上来。”

“好的，我这就来。”

“哦，亲爱的，哦，亲爱的，亲爱的。”我语无伦次地说。

“你看，”她说，“你喜欢我做什么我就会做什么。”

“你真可爱。”

“我想要的就是你所需要的，现在我已经不存在了，只有你的需要。”

“你实在太可爱了。”

“我行吧？这样子以后你不会再爱上别的姑娘了吧?”

“不会的。”

“你看，我能行。你喜欢我怎么样我就会怎么样。”

第十七章

手术过后，我苏醒过来，知道自己并没有离开过。医生只是要让你窒息，而不是死，麻醉药也会让你感到窒息，从而失去知觉。事后就像喝醉酒似的，只是呕吐的时候只能吐出胆汁来，吐过了也并不觉好受。我看见床尾放着一些沙袋，堆在石膏下面那些突出的管子上。又过了一会儿，我看见了盖琪小姐，她问我："现在你感觉怎么样?"

"好多了。"我回答道。

"他在你的膝盖上，给你做了一场很神奇的手术。"

"我动手术花了多少时间?"

"大概是两个半小时。"

"我有没有说什么奇怪的话，或者一些不伦不类的话?"

"没有，一句都没有。你现在别说话了，先安静地休息一会儿吧。"

我感到非常的恶心和难受，果然不出凯瑟琳所料，现在谁值夜班对我来说都一样。医院里又多了三个病人，一个瘦瘦的，红十字会的。据说是佐治亚州①人，患了疟疾。另一个也很瘦，倒是个很不错的人，纽约州人，患了疟疾和黄疸病。第三个也是个好人，他想拧开一颗炸弹的雷管做纪念品，没想到自己因此受了伤。那是颗榴霰弹和烈性炸药的混合弹，山间那些奥军就用这种榴霰弹，弹头是铜的，即使炸弹爆炸以后仍然不能碰它，一碰就

① 在英国的东南部。

会发生第二次爆炸。护士们现在都喜欢凯瑟琳·巴克莱，只要她愿意，每天都能值夜班。除了那两个患疟疾的人需要她花费很多时间外，她其实并不是很忙。而且那个拧雷管的青年很快也和我们成了好朋友。除非万不得已，他从来不在夜里拉铃。夜里，凯瑟琳除了工作，就是跟我在一起。我非常爱她，她也爱我。白天我都在睡觉，醒来的时候就写信联系，弗格逊是我们的送信人。弗格逊真是个好人，虽然我不清楚她的事，只知道她有个在第五十二师服役的兄弟，还有个兄弟在更远的美索不达米亚①，她对凯瑟琳很好。“我们举行婚礼的时候你来吗，弗基②?”有一次，我这样问她。“你们永远也不会结婚的。”

“我们会结婚的。”

“不，你们不会结婚的。”

“为什么呢?”

“在结婚前你们就会吵架的。”

“可是我们从来都没有吵架过。”

“以后的时间还长着呢。”

“我们不吵架的。”

“结了婚你就要死了，不是吵架就是死去。人们都是这样子，所以他们不结婚。”

我伸手抓住了她的手。“你别抓我的手。”她说，“也许你们俩的确没有问题。但是你要小心点，别给她惹出什么事来，如果惹出事来我会叫你去死。”

“我永远都不会给她惹事。”

“那你得小心点。而且我也希望你们俩好好的，希望你们每

---

① 美索不达米亚是一个古地区名，位于中东，当时属于土耳其的一个行政省，在第一次世界大战以后，这个地区成为英国托管下的独立的伊拉克的一部分。

② 在这里，弗基是弗格逊的爱称。

天都过得很快乐。”

“我们俩在一起是很快乐的。”

“那么你就不要跟她吵架，也不要给她惹事。”

“我不会惹事的。”

“你还要记住，我不希望她有一个出生于战争时期的私生儿。”

“你真是个好姑娘，弗基。”

“过奖了，你也用不着奉承我。你感觉腿怎么样了？”

“很好。”

“那么你的头呢？”她摸了摸我的头顶，动作很轻。

“我的头从来都不难受。”我说。

“头上顶着这么一个肿块，也许弄得你神经错乱了。你真的从来都感觉不到疼吗？”

“不觉得。”

“你真是好运的年轻人。你的信写好没有？我就要下楼去了。”

“在这儿。”我递给她。

“你应该让她暂时别值夜班了，她现在看起来越来越疲劳了。”

“好的，我会跟她说的。”

“我本来想接替她值夜班，但她不肯。别的人倒乐得由她去值夜班，但是你该让她好好地休息一下才行。”

“好的。”

“范坎本女士说，你每天上午都睡觉。”

“她就会说这样的话。”

“你最好让她暂时别值夜班了。”

“我也正要让她这样做。”

“如果你真能让她停止值夜班的话，我才看得起你。”

“我会叫她停止上夜班的。”

“我不信。”她揣好字条走出去了。我拉响电铃，不一会儿，盖琪小姐走进房间。

“什么事？”

“我有件事情想跟你谈谈。你认为巴克莱小姐是不是应该暂时停止值夜班？她的模样十分疲倦，为什么总是她值夜班？”

盖琪小姐瞪大了眼睛望着我。“我跟你们是朋友，”她说，“你不用跟我说这样的话。”

“你这话是什么意思，我不明白。”

“别装傻了，你叫我来就是谈这个吗？”

“喝一杯味美思怎么样？”

“好吧，但是喝完我就要走的。”她从柜子里取出了一只杯子。

“你用杯子，”我说，“我就拿着瓶子喝。”

“这杯敬你的。”盖琪小姐说。

“范坎本女士是不是说什么我总是上午睡到很晚？”

“她不过是唠叨唠叨罢了。她说你是我们这里拥有特权的病人。”

“让她见鬼去吧。”

“她倒不见得是个恶劣的人，”盖琪小姐说，“她不过有点老还有点怪，而且她一向都不喜欢你。”

“是的，我知道。”

“嗯，我倒是挺喜欢你的。而且我和你是朋友，千万别忘记这一点。”

“你对我太好了。”

“也不见得。我很清楚你心中最好的是哪个，不过我仍然会做你的朋友。你的腿现在觉得怎么样了?”

“很好。”

“我去拿些冷的矿泉水给你洒一洒，一直洒到石膏底下，腿一定很痒吧。外面的天气很热的。”

“你真好。”

“腿痒吗?”

“不，很好。”

“我把那些沙袋给你摆好。”她弯下腰来，又说，“我是你的朋友。”

“早就知道啦。”

“不一定吧，不过总有一天你会明白的。”

凯瑟琳·巴克莱那天没来值夜班，但只停了三个夜晚，第四天晚上她就过来了，而此时我们的心中都怀着好像是各自长途旅行以后重逢的那种喜悦。

第十八章

那一年的夏天我们俩都感觉非常幸福。等到我可以下床走动了，我们就去公园坐马车玩。我至今还记得马车的样子，记得在前面慢慢走着的马，还有高高的车座上坐着的那个车夫的背影，他永远戴着一顶亮闪闪的高帽子，当然也不会忘记坐在我身边的凯瑟琳·巴克莱。如果我们的手相互碰到了，哪怕我的手只是轻轻地碰了一下她的手，我们都会非常兴奋。后来我能够拄着拐杖走路了，我们就去宓妃或意大利大饭店，我们坐在屋外的拱廊上吃饭，看服务员进进出出，看街上的行人来来往往。再后来我们会发现意大利大饭店比较好，因为那里的侍者头目乔治会给我们留一张桌子，我们会经常去那里。乔治真是一个很好的服务员，我们总是让他替我们点菜，而我们只管看着来往的人们，看着黄昏里的大拱廊，有时候只是默然相对。我们喜欢喝冰在桶里的卡普里白葡萄酒，而且是不加甜味的。尽管我们试过很多酒，比如飞来莎、甜白葡萄酒和巴勃拉①，但卡普里白葡萄酒始终是我们的挚爱。由于战争的原因，饭店里没有雇专门管酒的服务员，我就得跟乔治点酒。每次我一点飞来莎这一类酒的时候，乔治就会不好意思地笑一笑，说："你们想想看，有一个国家，把所有带点草莓味的东西都酿成了酒。""为什么不呢？"凯瑟琳奇怪地问，"这酒的名字听起来倒是很好听的。"

"如果你想尝试一下的话，那么就试试吧。"乔治说，"我去

① 巴勃拉是一种红葡萄酒，出产于意大利西北部的皮德蒙州。

拿一小瓶法国的玛谷葡萄酒给中尉吧。"

"我也试试那个飞来莎吧，乔治。"

"先生，这个我可不敢向您推荐，这种酒甚至连草莓味都没有呢。"

"我想不一定吧，"凯瑟琳说，"如果有草莓味那当然最好。"

"我这就去拿。"乔治说，"等凯瑟琳小姐试过以后我再拿走。"

那酒果然不像是酒，也正如他所说的一样，那酒甚至连草莓味都没有，所以最后我们还是喝卡普里。有一天晚上，我带的钱不够，乔治还把他的钱借给我，他借给了我一百里拉。"没关系的，中尉，"他对我说，"我明白的。每个人都难免会有手头不方便的时候。如果先生或小姐有什么需要，只管说一声就是了。"

吃完晚饭以后，我们会穿过拱廊一起散步。我们经过附近的酒家饭店，经过那些已经装上了钢窗板的店铺，最后停在一个小摊前面。这是一个卖三明治的小摊，我们买了一个火腿生菜三明治、一个鳀鱼三明治。鳀鱼三明治用一种很细的褐色面包卷做成，面包卷还涂了糖。这种三明治只有手指那么长，我们准备了些点心，准备在夜晚饿的时候再拿出来吃。走出拱廊，我们雇了一辆停在大教堂前面的敞篷马车回去。到医院门口，门房出来了，他帮我拄起拐杖；然后我付了车钱，一起坐电梯上楼。到了护士居住的那一层，凯瑟琳走出电梯，我继续坐电梯到我住的那一层。然后拄着拐杖从走廊穿过，走进自己的房间。有时候我会立刻脱下衣服上床睡觉，有时候我会坐在阳台上，将受伤的腿搁在另一张椅子上，一边看着燕子绕着屋顶盘旋，一边等待凯瑟琳到来。她到楼上来的时候，仿佛长途旅行过后刚回家似的带着很多东西，我就拄着拐杖陪着她从走廊的一个房间走到另一个房间。我帮她拿盆子，然后在病房门外等她，有时候也跟她一起进去。就这样一直到她做完所有的工作，我们才能在房间的阳台上坐一坐。随后我会躺在床上，等她巡视病房。直到所有的病人都睡着了，再也没有人喊她的时候，她才会走进来。我喜欢慢慢地解开她的头发。她就那么坐在床上，一动不动，偶尔也会突然吻我一下；我一根根取下她的发针，放在被单上，让她的头发散开来。我目不转睛地看着她，她仍然那么一动不动地坐着，直到最后的两根发针被我取下，她的头发就全部垂下来。这时，她会把头一低，让我们俩都藏在头发里，那种感觉就好像在帐幕里或躲在一道瀑布的后面。

她的头发很美，借着阳台上透进来的光线，我看着她慢慢地卷起了头发。在夜里，她的头发也那么发亮，就像天快亮以前的水一样闪闪发亮。她的脸很可爱，身体也很可爱，光滑的皮肤也很可爱。我们常常躺在一起，我会用指尖轻轻地抚摩她的脸颊、前额，然后是眼睛下面、下巴和喉咙，我说："光滑得就像钢琴的琴键。"

她也会用手指轻轻地摸摸我的下巴说："光滑得就像一张砂纸，用它来摩擦琴键可真不好受。"

"很粗糙吧？"

"没关系，亲爱的，我不过开个玩笑。"

夜晚真是宜人，我们哪怕互相接触一下，也会觉得幸福快乐。除了那些欢乐的时刻以外，我们还会玩很多谈情说爱的小游戏。有时我们故意不在一个房间，想靠意念来相互联系，没想到竟然也有成功的时候，大概当时我们所想到的正是相同的房间吧。

我们这样跟自己说，也跟对方说，从她来到医院的那天起，我们就结婚了。算起日子来，我们已经结婚好几个月了。我的确很想举行一个真正的结婚仪式，凯瑟琳却不赞成。她说，如果我们举行仪式的话，她就会被调走；只要我们开始办理手续，别人就会注意到她，然后想方设法拆散我们。可是，如果我们要结婚，就不得不遵守意大利的法律，而那些繁杂的礼节，也实在让人惊奇。我很想正式跟她结婚，因为我担心她已经有了孩子，不过我们假装已经结婚了，所以也并不急于去办这件事，而且我本人很可能还贪恋着没结婚的快乐。记得有一天夜晚，我们谈到这件事的时候，凯瑟琳说："如果结婚的话，亲爱的，他们就会把我调走的。"

"也许不会的。"

"会的。他们一定会打发我回国，那么我们就得等到战后才能见面了。"

"我在休假期间也可以去找你。"

"你的休假时间那么短，怎么可能来回苏格兰一趟呢？而且，我不想离开你。现在结婚对我们来说还有什么好处呢？实际上我们已经算是结婚了，所以有没有仪式都一样。"

"我要结婚其实是为你打算的。"

"现在哪里还有我，因为我就是你，所以别再让我成为孤单的一个人了。"

"我以为姑娘们总是希望结婚的。"

"你猜得很对。但是，亲爱的，其实我已经结婚了，我早就和你结婚了。我这个妻子还不错吧？"

"你是个非常可爱的妻子。"

"你知道吗，亲爱的，我已经有过一次等待结婚的经历。"

"关于那件事，我并不想听。"

"你知道我不爱别的任何一个人，我只爱你。你不应该在乎曾经有个人爱过我。”

“我确实是很在乎。”

“我所有的一切都是属于你的，那人早就死了，你不应该妒忌他。”

“我不是妒忌，不过我也不想听到这件事。”

“你真是个可怜的宝贝。其实我也知道你曾经跟哪些女人厮混过，不过我并不在意。”

“我们能不能想个办法私下结婚？这样，即使我有什么三长两短，或者你有了孩子，也不用担心了。”

“我们要是结婚的话，就一定得通过教会或政府。不过其实我们已经私下结婚了。你知道吗，亲爱的，要是我信仰什么教的话，那么我准会认为结婚就是最重要的事情，只可惜我不信任何宗教。”

“你给过我一个圣安东尼像。”

“那不过是个吉祥物罢了，而且还是人家送我的。”

“那么你真的一点儿都不担心吗？”

“我只会担心被调走和你分开。而你就是我的宗教，就是我的一切。”

“那好吧。如果哪一天你想结婚的话，我们就结婚。”

“亲爱的，看起来你好像认为只有跟我正式结婚，才能保全我的体面似的。我是个体面的女人，无论什么事情，只要你感觉幸福并且引以为傲，那么就不用难为情。你现在不是很幸福吗？”

“但是，以后你都不能离开我，或再去找别的男人。”

“不会的，亲爱的。我永远永远都不会离开你去找别的男人。但是我想，我们也可能会遇到各种各样可怕的事情。不过你的那些担心完全没有必要。”

“我不担心。但是我实在太爱你了，而你以前爱过别人。”

“那么那个人现在怎么样呢?”

“他死啦。”

“这就对啦。如果他还活着的话，我根本不会遇见你。我不是一个不忠的人，亲爱的，虽然我有很多缺点，但我是非常忠诚的，我担心因为我太忠诚了，你会觉得腻。”

“我很快就得回前线了。”

“你走的时候再说吧。你知道我很快乐，亲爱的，我们是那么幸福。在相当长的一段时间里，我都没有快乐过。我刚刚认识你的时候，几乎都快发疯了，也许已经发疯了。不过现在我们非常快乐，非常幸福，而且彼此相爱。我们只要这样就足够了。你也很快乐，是吧？我有没有做什么你不喜欢的事情，或者我还能做些什么你喜欢让我做的事呢，你要不要再把我的头发散下来，你不是最喜欢这样的吗?”

“要，你到床上来。”

“好的。等我看完其他的病人马上就过来。”

第十九章

那一年的夏天就这样过去了。具体的细节我已经记得不大清楚了，只记得那时的天气非常热，报纸上又刊登了很多胜利的消息。我的身体很健康，腿也恢复得很快，没过多久我就可以用手杖走路了。于是我去马焦莱医院，开始接受机械治疗，以便更好地恢复膝部弯曲功能。我在医院那个装满镜子的小房间里晒紫外线，接受按摩、沐浴等。我一般下午到那边去，做完治疗就去咖啡店喝点酒，然后看看报纸。我从来不在城里乱逛，去过咖啡店以后就想回医院了。我一心只想快点看到凯瑟琳，而其余的时间我就随便消磨。一般上午我都睡觉，午后有时去跑马场玩一会儿，接着去医院接受机械治疗；有时我也会到英美俱乐部去待一会儿，就坐在窗前一张有皮垫的椅子上，在那里翻翻杂志。可是，自从我不用拐杖以后，医院就不允许凯瑟琳陪我一起出去了。因为像我这样看起来已经是一个不需要别人照顾的病人，还让护士陪着的话就太不成体统了。所以，午后的时间我们通常不在一起。不过有时候弗格逊会陪着我，然后我们一起出去吃饭。

现在范坎本女士已经承认我跟凯瑟琳这种好朋友的关系了，因为凯瑟琳为她办事很卖力，她认为凯瑟琳一定出身于有优良传统的上等家庭，也慢慢地喜欢她了。范坎本女士一直很钦佩高贵家庭出身的人，因为她本人就出身高贵。而且医院里的事务繁忙，她也没有多余的时间来管我们这些事。那一年的夏天实在是燥热难耐，虽然我有很多朋友在米兰，但是每到傍晚我就总想着赶快回医院去。在前线，意军正在卡索高原上步步挺进，他们已经占领了位于普拉伐河对面的库克，又向培恩西柴高原发动了进攻。在西线，战争的情况可没有这么好，战争已进入僵持阶段。我们美国也已经参战，但我想，如果要运输大批战士过来，还要训练他们作战，那么非得花一年的时间不可。也许明年会比现在顺利得多，不过也有可能会很麻烦，这个谁也说不准。现在意军的伤亡人数已经达到了一个惊人的数目，我不知道他们该怎么熬下去，还能熬多久。就算意军攻占了培恩西柴高原和圣迦伯烈山，奥军还是仍然占领着众多的高峰。我曾经亲眼看到过，在无数的山峰之后，还隐藏着数不清的崇山峻岭。目前意军正在向卡索高原进军，在高原下面的海边旁，有一片沼泽地。如果拿破仑来指挥的话，他肯定在平原上就直接把奥军击溃了，而不会选择在山间作战。他百分之百会让战士们到山下去，他准会直接在维罗纳的附近就开始迎头痛击敌军。但是在西线，我们根本没听到过谁痛击谁的消息，也许到现在，战士对于战争的胜负已经无所谓了，可能战争会一直打下去，成为一场百年战争。我将报纸重新放回到了架子上，然后离开了俱乐部。在下石级的时候，我很小心，然后沿着曼佐尼大街慢慢走。在大旅馆的前面，我遇见了迈耶斯老头，还有他的妻子，他们刚从跑马场回来，正下马车。这位夫人胸围宽大，穿着一身黑缎衫裙。迈耶斯却又矮又老，留着白色的小胡子，手里拄着根手杖，正一步步地在后面挨着。

“你好吗？”她跟我握手。

“哈喽。”迈耶斯也打招呼。

“跑马的财运怎么样？”

“还不错，挺好玩的。我已经赢了三次。”

“你呢？”我问迈耶斯。

“不错。我也中了一次。”

“他从来不跟我说他赌马的输赢怎么样。”迈耶斯太太跟我说。

“我的运气还不错。”随后迈耶斯又亲切关心地说，“你应该去玩玩啊。”他说话的时候你会觉得他从来不看你，或者以为他认错了人。

“我会的。”我说。

“我们正打算去医院探望你们。”迈耶斯太太又说，“我有些东西想给我的孩子们，如果你们都是我的孩子的话。你们可真是我的好孩子。”

“见到你大家一定非常高兴。”

“那是些好孩子，你也是。你也是我的好孩子。”

“我得回医院去了。”我说。

“代我向所有的好孩子问候吧，我这里还有很多东西要给他们带去。而且我还有一些很好的马萨拉酒①和蛋糕。”

“再见。”我说，“大家见到你一定会很高兴的。”

“再见。”迈耶斯也说，“你到拱廊来玩玩吧，我的桌子在那里，你是知道的，每天下午我们都在那儿。”

我和他们告别以后继续沿着街道往回走，我走进了科伐，给凯瑟琳买了一盒巧克力，在等女店员包糖的空当儿，我走到里面的酒吧间，有两个英国人，还有几名飞行员坐在那里。我点了一杯马丁尼鸡尾酒，独自喝完。然后付了账，快跑到外面柜台，拿着那盒巧克力就返回医院。我在歌剧院旁边街上的小酒吧外面，遇见了几个熟人，其中有两个学唱歌的家伙，他们一个是副领事，一个是从旧金山来的意大利人，他的名字是爱多亚·摩里

---

① 马萨拉是一个海滨城市，位于西西里岛西部，这里指的是由这个地区出产的白葡萄酒。

蒂，他现在正在意大利服兵役，于是我们就在酒吧一起喝了杯酒。还有一位歌唱家叫拉夫·西蒙斯，他唱歌的时候，会把自己的名字改成意大利的姓名：恩利科·戴尔克利多。我并不知道他唱得怎么样，可他总说立刻就有一件伟大的事发生。他看起来很胖，一副饱经风霜的可怜相，就好像是个枯草热[①]的患者。他刚刚从皮阿辰扎城回来，在那他演唱了歌剧《托斯加》[②]。他说自己歌唱的成绩很好。“可惜你没有听过我唱歌。”他说。

“你什么时候在这里演唱？”

“今年秋天的时候我会在那个歌剧院里面表演。”

“我敢打赌，你准会被扔凳子的。”爱多亚说，“你们听说过他在摩得那演唱的时候被人扔凳子的事吗？”

“不可能的，怎么会有那种事情呢。”

“观众拿起凳子来扔他，”爱多亚又说，“当时我也在场，我也扔了六只凳子。”

“你不过是个从旧金山来的意大利佬。”

“他连意大利语的音都发不准。”爱多亚说，“而且他经常被人家扔凳子。”

“皮阿辰扎的歌剧院可是意大利北部最难对付的一座歌剧院。”另一个男高音说道。“坦白说，那座小歌剧院确实很难对付。”这个男高音叫艾得加·桑达斯，他在台上歌唱的时候会把名字改为爱德华多·佐凡尼。

“我真的很想在那儿看看你被扔凳子的情景。”爱多亚摆摆手说，“用意大利语唱歌，你差得远了。”

“他是个傻瓜。”艾得加·桑达斯说，“他只知道扔凳子。”

---

① 患上枯草热的人，很容易因为伤风而流鼻涕。

② 《托斯加》是意大利伟大的作曲家普契尼（1858—1924）的代表作之一，这部歌剧于1900年首次在歌剧院演出。

“要是听到你们俩唱歌，观众也会朝你们扔凳子的。”爱多亚说，“以后你们要是回到美国，肯定会到处吹嘘你们曾经在米兰歌剧院获得过多大的成功。其实你们在这儿演唱的时候，连一句都没唱完过。”

“我很快就要在这个歌剧院演唱了。”西蒙斯说，“十月份我会在这里唱《托斯加》。”

“我们一定会去的，对吧，麦克？”爱多亚向副领事说道，“他们得找些保镖。”

“也许还得开出美国军队去保护他们。”那位副领事说，“再喝一杯吧，西蒙斯？你还要一杯吧，桑达斯？”

“好吧。”桑达斯回答。

“听说你会获得银质勋章。”爱多亚对我说，“你会得到什么样的嘉奖呢？”

“我什么都不知道，我也不知道我会不会得到勋章。”

“你会得到勋章的。到那时候，科伐的姑娘们一定认为你非常了不起，她们甚至还会以为你足足杀死了两百名奥兵，或者独自一人占领了一条战壕。嗯，看来我得努力得到勋章了。”

“你已经得到几枚勋章了，爱多亚？”副领事问道。

“他什么都有啦，”西蒙斯嘲讽地说，“战争就是为了他这种人才发动的。”

“我应该得到两枚铜质勋章，三枚银质勋章。”爱多亚说，“不过公文上说只有一枚能够通过。”

“其余的那些怎么啦？”西蒙斯问。

“战败了。”爱多亚说，“战役一失败，就把我所有的勋章都扣住了。”

“你受了几次伤，爱多亚？”

“我受了三次重伤，看到没，我这里有三条受伤的杠杠。”他扭过袖管给大家看。所谓的杠杠就是缝在袖管上的黑底和三条平行的银钱，就缝在他肩头下面大约八英寸的地方。

“你也会有一条的。”爱多亚对我说，“戴上这东西真的很好，比勋章还要好得多。小伙子相信我吧，等你有了三条杠的时候，你就显得特别厉害了。不过只有受了必须住院三个月的重伤，你才能够得到这种杠杠。”

“你哪里受伤了啊，爱多亚？”副领事问他。

爱多亚把袖子拉起来。“这里。”手臂上留下了深深的、光滑的红色疤痕，“腿上还有。不过这可不能看，因为我打绑腿了；还有一处伤在我脚上。我的脚上有一根死骨头，直到现在还发臭呢。每天早晨我都捡些小骨头出来，但还是时常发臭。”

“是什么东西打中你的？”西蒙斯问。

“手榴弹。就是那种马铃薯捣烂器[①]。它炸掉了我一只脚。你看到过那种马铃薯捣烂器吗？”他转过头问我。

“当然啦。”

“我看见那狗杂种扔过来的。”爱多亚说，“但我还是一下子被炸了，当时我都以为死定了，可没想到那个该死的马铃薯捣烂器里什么都没有。我就用我的步枪把那个狗杂种打死了。因为我随身总是带着一支步枪，这样敌人就看不出我是个军官了。”

“他当时什么表情？”西蒙斯问。

“他手里只有那颗手榴弹。”爱多亚说，“我也不知道他为什么扔它。我想他可能仅仅只是想要扔出去罢了，也许他第一次打仗。我一枪就结果了这狗杂种。”

“你开枪的时候，看到他的神情是怎样的？”西蒙斯又问。

---

① 指9英寸长的一种德国木柄手榴弹。

“见鬼，我怎么知道。”爱多亚说，“我瞄准他的肚子打，打他的头我担心打不中。”

“你当军官多久了，爱多亚？”我问他。

“有两年了，我就快要升上尉了。你当了多久的中尉？”

“快三年了。”

“你没法子当上尉的，因为你对意大利语不够熟悉。”爱多亚对我说，“你只会讲意大利语，看和写都不大行，而要当上尉就得受过相当好的教育。不过你为什么不参加美国军队？”

“我也许会转过去的。”

“我倒盼望着老天肯让我去。噢，好家伙，麦克，一个上尉的官俸是多少啊？”

“我不太清楚。总会有两百五十元左右吧。”

“主啊！两百五十元，花起来可就太舒服了。弗雷德，你也赶快转入美国军队吧。再看看有什么办法把我也拉进去。”

“好啊。”

“我能用意大利语指挥一个连队，改用英语指挥的话，我学起来也很容易。”

“你会当上将军的。”西蒙斯说。

“不，以我的知识来说，还不配当将军。将军得知道多少的事情啊。你们这些家伙，总是把战争当作儿戏。老实说，凭你的脑子，你们连个中士也不配。”

“谢谢上帝，可我还不至于一定要当兵才行。”西蒙斯说。

“你们这些逃避兵役的人全都会被抓起来，这样你就得去当兵了。哦，好家伙，最好再把你们俩都安排到我的那一排。麦克，你也来吧。我会让你当我的勤务兵的，麦克。”

“你真是个好人，爱多亚。”麦克说，“不过恐怕你是个军国主义者吧。”

“在战争结束之前，我一定要当上校。”爱多亚信誓旦旦，“要是人家没把我打死的话，我一定能当上校。”

“敌人打不死我的。”他的拇指和食指摸了摸他领子上的徽星，“你们看见我的这个动作了吗？谁要提起被打死的话，就摸摸自己领子上的星。”

“西蒙斯，走吧。”桑达斯说着，站了起来。

“好吧。”

“再见，”我说，“现在我也得走了。”酒吧间里挂着的那个时钟，时针已经指向六点差一刻了。“再见了，爱多亚。”

“再见，弗雷德，接下来你很快就要得到银质勋章了，这可是个好消息。”爱多亚说。

“我还不知道能不能拿到勋章呢。”

“你肯定能得到的，弗雷德。而且我早就听说你得到勋章是十拿九稳的事。”

“好的，再见吧。”我说，“请珍重，爱多亚。”

“你不用为我担心。我不喝酒，也从不乱搞，我既不是酒鬼，也不是嫖客，我很明白什么事情对我是有益的。”

“再见。”我说，“听说你也将很快被提升为上尉了，恭喜你。”

“我根本不用别人来提拔，凭我的战功就足以当上尉。你知道的，领章上镶着三颗星，还有一只皇冠，两把交叉的刀，那才是我。”

“祝你好运。”

“我也祝你好运。什么时候你会再回前线去？”

“快啦。”

“好吧，哪天我会来看看你的。”

“再见。”

“再见。”

我走上那条后街，那是到达医院最近的路。爱多亚今年二十三岁，跟着旧金山的叔父长大，战争开始的时候，他正好回到意大利的都灵来看望他的父母。他还有个妹妹，以前也曾经和他一起去过美国，他们都住在他的叔父那里，而且今年就从师范学校毕业了。爱多亚是名副其实的英雄，不过并不讨人喜欢。凯瑟琳觉得他难以忍受。“我们也有自己的英雄，”她说，“但是普遍来说，亲爱的，他们要安静多了。”

“我却不在乎。”

“我对他并不在乎，如果他不那么骄傲、那么讨厌的话。”

“我也很讨厌他。”

“你能这么说真是太好了，亲爱的。其实你完全没有必要附和我。你最能想象出他在前线时的英勇模样，你也知道他很多英勇的事迹，不过他像极了我不喜欢的那种男人。”

“嗯，我知道。”

“你知道，你真是太好了。我也曾经尝试着喜欢他，不过他的确是个非常非常讨厌的家伙。”

“今天下午他说他快要升上尉了。”

“这样也好，”凯瑟琳说，“这样的话，他总该高兴了吧。”

“你难道不喜欢我也升职吗？”

“不，亲爱的。我只希望你的军衔能够进出那些比较好的酒店就足够了。”

“我现在这一级正好就可以。”

“你的军衔实在是好极了。我不需要你升职，我害怕你会因此傲慢起来。哦，亲爱的，我非常喜欢你从不自高自大。就算你是个自负的人我仍然会嫁给你的，不过一个丈夫不那么自负的话，生活就会太平很多。”

我们俩坐在阳台上轻声地说着话。月亮本该升起来了，可是因为起了雾，看不到月亮。“那太好了，因为我最怕雨。”

“为什么呢?”我已经昏昏欲睡，雨仍然哗啦啦地下个不停。

“我也不知道，亲爱的。可是我好像一直都很害怕雨。”

“我倒很喜欢雨。”

“我喜欢在雨里散步。但是对于恋爱来说，雨总是很不利的东西。”

“我永远都爱你。”

“我爱你，无论下雨，还是下雪，甚至下冰雹——还有会下其他的什么吗?”

“我不知道，但是现在我的眼睛都要睁不开了。”

“睡吧，亲爱的，无论如何，我都爱你。”

“你不是真的怕雨吧?”

“我跟你在一起就什么也不怕了。”

“可是为什么你会怕雨呢?”

“我也不知道的。”

“你告诉我为什么吧。”

“别让我说这个。”

“告诉我。”

“不。”

“告诉我吧。”

“好吧。我害怕雨，因为我有时候我会看到自己在雨中死去的情景。”

“哪会有这样的事情啊!”

“还有，有时候我也会看见你在雨中死去。”

“这倒很有可能。”

“不，不可能的，亲爱的，我会保护你的。我知道我可以救你的，但是没有人可以自己救自己。”

“请别说了。今天夜里我可不希望你再发苏格兰人的那种怪脾气，疯疯癫癫的。要知道我们在一起的时间已经不会太久了。”

“不，可我本来就是苏格兰人，本来就是疯疯癫癫的，不过我不发脾气就是啦。这一切其实都是在胡闹。”

“是的，我们都在胡闹。”

“都是胡闹，也只是在胡闹。我不怕雨，我一点儿都不怕。哦，哦，上帝啊，但愿这是真的，我什么也不怕。”她哭了。我柔声安慰她，直到她停止了哭泣。雨仍然哗哗地下着。

第二十章

有一天下午，我们约好一起去跑马场。弗格逊也去，还有克罗威·罗吉斯，也就是被炮弹雷管炸伤了眼睛的那个年轻人。午饭以后，姑娘们都去打扮换衣服了，克罗威和我都坐在他房间那张床的床沿上，翻一翻赛马报纸，谈论每匹马过去的成绩，也猜猜今天的结果。克罗威的头上还绑着绷带，所以他也不关心赛马，整天无所事事，没事的时候才看看赛马的报纸，偶尔留意一下每匹马的情况和变化。他说虽然今天跑的马都不太好，但是我们也只有这些马可以赌赛。迈耶斯每次赛马都看，而且几乎每赌必胜，不过他不会轻易告诉别人。因为一旦买那匹马的人多了，赢得的彩金就会少很多。但是老迈耶斯很喜欢他，会经常透漏一些内部消息给他。这里的赛马界非常腐败，因为无论哪个国家因跑马犯规而被开除的骑师都可以在意大利继续干跑马的工作。虽然说迈耶斯往往能得到相当准确的情报，但是我不愿意问他。因为他不太高兴回答这些事情，而且你能看得出他告诉你这些的时候，总会显得非常为难不想说出口。但是，如果他觉得有义务告诉一些让我们知道的时候，特别是告诉克罗威时，他就一点也不会为难。原因就是克罗威受伤的是两只眼睛，其中一只还是重伤，而迈耶斯的眼睛也有问题，所以他喜欢克罗威。可是迈耶斯的消息，从来都不会告诉他的妻子。因此，他的妻子有时赢有时输，但常常是输，然后没完没了地唠叨。

我们四个人乘一辆敞篷马车去了圣西罗。那天的天气真好，我们的马车穿过公园，然后沿着电车轨道来到城外满是尘土的路上。城外的别墅都围着铁栅，我们看见了花草蔓生的大花，也看见了流着水的沟渠，还看见了青翠的菜园，不过菜叶上都积着厚厚的尘土。我们的马车越过平原，看见了农民的屋子，看见了丰腴青翠的田地，还看见了农场的水沟，以及北边的崇山峻岭。一路上，我们看见了很多往跑马场方向去的马车。当我们到达的时候，守门的人看见我们身穿军装，所以并没有检查人场证，就让我们进去了。我们下了马车，买好节目表，接着穿过内场，再跨过那铺得很平、很厚的跑马道，一直来到停马的围场。用木头搭成的大看台早已陈旧不堪，看台底下设有卖马票的窗口，长长的一列，排在马房旁边。一群士兵正靠在内场的围栏边上，围场上同样有很多人。大看台后面，树木底下，有个人拉着马在绕着圈子遛，让马活动活动。我们遇见了一些熟人，想办法弄了两把椅子让弗格逊和凯瑟琳坐下，观察那些参加比赛的马。

马夫们牵着马在走，一匹跟着一匹，每一匹马的头都耷拉着。参加这次竞赛的马，没有一匹赢过一千里拉或是有更远距离的比赛。克罗威他还指天发誓说那匹紫黑色的马肯定是染出来的，我们仔细地看了一下，还真的感觉那颜色很可能是染上去的。直到上鞍铃摇了以后，这匹马才被拉出来。我们仔细看那马夫胳膊上的数字，再对照节目表才知道这是一匹阉过的黑马，叫作贾巴拉克。凯瑟琳也认为那匹马的颜色不是真的，弗格逊则说她不敢肯定，我认为那匹马确实有点可疑。不过我们都同意买这匹马，于是一齐凑了一百里拉，根据规则，如果这匹马跑赢的话，我们的每里拉就会赚到三十五里拉。克罗威被派走买马票，我们却看着骑师们骑着马又绕了一个圈，然后陆续从树底下走上跑道，再慢慢地跑向起点。就在这个时候，我们来到了大看台这边观望比赛。在那个时候圣西罗还没有装上弹性起跑栅，所以必须得由主持起跑的人先把马排成一行——从遥远的跑道上看，这些马都很小——他长鞭一挥，只听啪的一声，所有的马都开始飞奔起来。那些马从我们面前经过的时候，我看见那匹黑马竟然处于领先的位置，等到了转弯的地方，它依然遥遥领先，将所有的马都撇在了后面，远远地向最前方跑去。我拿着望远镜向远处望去，只见那匹马的骑师正死命地拉着缰绳，但是他仍然控制不住那匹马，等到进入决胜的那段跑道时，这匹马竟然把其余的马抛下了十五个马身的距离。到了终点以后，这匹黑马还转了一个弯后才停下来。"太棒了。"凯瑟琳特别兴奋，"没想到我们竟然赢了三千多里拉，这可真是一匹好马。"

"我只希望他们那马的颜色别在付钱以前掉了。"克罗威说。

"它的确是一匹可爱的马，一匹货真价实的好马。"凯瑟琳说，"不过不知道迈耶斯先生有没有买这匹马。"

"你买那匹赢了的马没有？"我大声地问迈耶斯。他点点头。

"可我没有。"迈耶斯太太大声地说，"孩子们，你们买了哪匹马呀？"

"贾巴拉克。"

"真的吗？赌注可是三十五对一啊！"

"因为我们都很喜欢它的颜色，所以我们买了它赢。"

"我可不喜欢，我只是看它的样子不大对，别人都叫我不要押它。"

"赢不了多少钱的。"迈耶斯说。

"可是牌价上分明写了三十五对一的啊。"我说。

"不会赢多少钱的。比赛开始的时候，"迈耶斯说，"有人在这匹马身上押下了一大笔钱。"

“谁?”

“肯普顿，以及他那帮人。你们等着看吧，这匹马甚至连二对一都付不到。”

“那么我们就赢不了这三千里拉了。”凯瑟琳看起来有些失望，“像这样作弊的赛马，可真让人讨厌。”

“不过别太沮丧，我们也许还能得到两百里拉呢。”

“可那和三千里拉比起来就太少了。那点钱有什么用呢？我原本以为我们能得到三千里拉了。”

“这么腐败的赛马，实在是太令人讨厌了。”弗格逊说。

“当然了，”凯瑟琳说，“我们不也是因为它形态可疑才押它的吗？但是我真的很想得到三千里拉呢。”

“走吧下去喝杯酒，然后看看他们到底能付给我们多少钱。”克罗威说道。于是我们来到了摇铃付款的地方，看见贾巴拉克名字后面清清楚楚地写着每十里拉可以得到十八个半里拉。换句话说，也就是二比一都不到。

我们走进了大看台下面那间酒吧，每人要了一杯威士忌苏打。在那里，我们遇到了两个认识的意大利人，还有副领事麦克·亚当斯，我们一起上楼去找女士们。那些意大利人都彬彬有礼，当麦克·亚当斯跟凯瑟琳谈话的时候，我们又下去押马，看到迈耶斯正在派彩处①的附近站着。

“你去问问他会赌哪匹马。”我跟克罗威说。

“你赌哪匹马呢，迈耶斯先生？”克罗威问道。迈耶斯拿出他手中的节目表，用铅笔在第五号那里指了指。

“那我们也买它吧，怎么样，没问题的吧？”克罗威问。

---

① 这种跑马比赛，在每场马票停止售卖以后，场方会把押在每匹马上的全部彩金，在扣去相当比例的手续费以后，算出这匹马跑的名次和每张马票所分到的钱，然后公布在派彩处。

“买吧，尽管买。可别跟我妻子说是我告诉你们的。”

“来杯酒吧？”我问。

“不用了，谢谢。我从来都不喝酒。”

我们先用一百里拉下在五号马身上，赌它跑头马，又用一百里拉赌它跑二马，接着一人要了一杯威士忌苏打。我感到非常高兴，又结识了两个意大利人，我跟他们每人喝了一杯酒，然后去找女士们。这两个意大利人同样彬彬有礼，跟刚才认识的那两个一模一样。没过多久，就没人安稳地坐着了。我把马票递给了凯瑟琳。

“你买了哪匹马？”

“买的马迈耶斯先生选的，我并不了解。”

“难道你不知道马的名字吗？”

“不知道。你去节目表找吧，好像是第五号。”

“你有那样的信心真可爱。”她说。结果五号马果然赢了比赛，但是付的钱同样很有限。迈耶斯先生非常恼火。“你必须得花两百里拉才可以赢得二十里拉。”他说，“买十里拉的马票只能得到十二里拉。太不值了，我妻子一次就输了二十里拉。”

“我们下去走走吧。”凯瑟琳对我说。这时候几位意大利人也都站了起来，我们一起走下了大看台，然后走向停马的围场。

“你喜欢这赛马吗？”凯瑟琳问道。

“是的。我想我喜欢。”

“我认为，这也不错啊。”她说，“不过，亲爱的你要我见那么多的人，我总是感觉不太好。”

“我们其实也没见多少人哪。”

“人倒是不多。不过那对迈耶斯夫妇，还有那位银行主任，以及他的妻子和女儿们。”

“是他兑给我即期支票。”我解释说。

“那很不错，不过如果他不兑的话，别人也会兑给你的。最后那四个小伙子更让人难以忍受。”

“那么我们就在这里看比赛吧。”

“好啊。对了，亲爱的，我们在买另外的一匹马吧，一匹没听过名字的马，一匹迈耶斯先生根本不会买的马，而且说不定我们买的这匹马就能够跑赢呢。”

“好啊。”

于是，我们把钱押在了一匹“点燃我”的马身上，结果跑的时候，这匹马处于比赛的五匹马中第四位。我们靠在围栏上，看着赛马从前面跑过，嗒嗒的马蹄声渐渐远去，我们看见了遥远的山峰，看见了树木和田野后的米兰城。

“我感觉好多了。”凯瑟琳说。这时，赛马都回来了，从大门走过，每匹马身上都湿漉漉的，全是汗水。骑师们试图让这些赛马安静下来。他们把马带到了树底下，纷纷准备下马。“来喝杯酒吧？我们可以在这里一边喝酒一边赏马。”

“我去拿。”我说道。

“不用去，伙计们会把酒送来的。”凯瑟琳说。然后挥了挥手，在马房旁边那个正在卖酒的凉亭上跑出来一个小伙计。于是我们坐在一张圆形的铁桌旁边。

“你有没有觉得我们俩单独相处会更好一些？”

“是的。”我回答。

“跟他们在一起，我反而会觉得很孤单，很寂寞。”

“这儿倒是很好。”我说。

“是的。这里的赛马场真是好看。”

“确实不错的。”

“别扫我的兴了，亲爱的。什么时候你想回去，我就跟你一起回去。”

“不，”我说，“我们就在这里喝酒，过一会儿我们再去越水障碍那里去，看障碍赛马。”

“你对我真好。”她说。

我们俩单独待了一会儿以后，她又愿意去见其他人了。于是，我们尽兴而归。

第二十一章

九月的天气不但夜里阴凉，白天也变得阴凉起来了，而且公园里的树叶也渐渐褪去青翠的绿色，我们知道夏天已经结束了，秋天正慢慢向我们走来。前线传来失利的消息，他们无法攻占圣迦伯烈山，而培恩西柴高原上已经结束了战争，九月中旬的时候，圣迦伯烈山的战事也即将结束，他们也无法攻占这座山峰。爱多亚已经回到前线，马匹也都运往罗马，这时候的米兰没有赛马了。现在，克罗威也去罗马了，而且准备从那里回美国。米兰城里发生了两次骚乱，都是因为反对战争；都灵也发生了一次激烈的骚乱。在俱乐部里，一位英国少校告诉我，就在培恩西柴高原、圣迦伯烈山两处战争以后，意军损失了十五万人。他还说，他们也在卡索高原上损失了四万军士。喝了一杯酒之后，他又扯开了话题。他说今年这里的战事已经结束了，是意军贪心想多吃一口，可是他们消化不了。他说看起来在法兰德斯的总攻也没什么希望[①]。如果盟军还像今年秋天这样用士兵的性命去拼的话，一年之内他们就会垮掉。他说我们大家其实都垮了，不过只要大家还没有意识到就不要紧。我们其实都垮了，只不过假装不知道而已。哪一个国家拼死熬到最后发现这一点，哪个国家就能打赢这场战争。我们又一起喝了一杯酒，我是谁的参谋吗？当然不是。不过他是。“这全都是胡闹。”我们俩一起靠在俱乐部里的那

---

① 比利时西部和法国北部都属于法兰德斯地区，这里的总攻指的是1916年英法联军跟德军沿索谟河的那场争夺战，联军当时运用了新式武器——坦克，但是仍然没有什么成就。

张大皮沙发上，他那双暗色皮靴被擦得闪闪发亮，看起来非常漂亮。他又说："真是胡闹。上级军官们只想着师团和人力，他们为了师团不断争吵，可一旦把师团调拨给他们，他们就拿去拼个精光。他们早就已经垮了，现在是德国人赢得了胜利。天哪，那些德国佬才像个真正的军人。但是他们也快垮了。"我又问他俄罗斯的情况，他说俄罗斯也不行了。其实我宁愿看到俄罗斯和奥军垮掉。要是他们有几个师的德国兵的话，估计早就可以打胜仗了。他们会不会在今年秋天发动进攻呢？肯定会吧。意军现在已经垮了，谁能想到意军这么快就垮了呢。一旦德国佬冲下特兰提诺地区，把维琴察的铁路切断，那么意军就只能束手就擒了？"一九一六年的时候他们就试过了。"我说。

"那一次德军没有一起来。"

"是的。"我说。

他又说："他们也许不会这么做的。这样就太简单了，他们一定准备来个我们都想不到的，把我们彻底击垮。"

"我得走了。"我说，"我得回医院去了。"

"再见。"他说，然后又似乎很愉快，"一切顺利！"他对世界如此的悲观，和个人的乐观性格形成一种强烈的对照。

我走进一家理发店，休息了一下，修了脸才回到医院。我的腿经过长时间的疗养以后，现在的情况已经很好了。三天前我进行了一次检查后，医生说我还得去几趟马焦莱医院，接受机械治疗。我特地寻找走小路来练习走路，避免以后走路一瘸一拐的。有个老头儿正在一条拱廊下面给人家做剪影，我停下来看他剪。两位姑娘正站在一起做模特，他剪得很快，一边剪一边侧着头看着她们。姑娘们都笑个不停。他剪好了侧面像，先拿给我看，随后贴在白纸上递给了姑娘们。

“她们很美。”他对我说，“你来吗，中尉？”

姑娘们看着她们手里的剪影，一路笑着走了。她们都很漂亮，其中一个就是医院对面那个酒店里的女店员。

“好啊。”我答应了。

“快把帽子摘掉吧。”

“算了，还是戴着吧。”

“那就不太好看了。”老人说，“不过，这样倒更有军人的气派。”

他在一张黑纸上剪来剪去，然后把这两层厚纸分开，把剪下的侧面像贴在了一张卡纸上，递给我。

“要多少钱？”

“不，不要钱。”他摆了摆手，“我很乐意能为你服务。”

我掏出了几个铜币，“当作茶钱吧。”

“不用。我只把剪纸当作一种娱乐。你留下给你女朋友吧。”

“多谢了，再见。”

“再见。”

我回到医院，看见我的一些信件，有一封公函，还有其他的信件。公函通知我还有三星期的“疗养休假”，三星期以后就得回前线了。我仔细地读了一遍公函，其实这样也好。从十月四日算起，我的机械治疗也正好在那天结束。三个星期就是二十一天，那么在十月二十五日那天，我就得走了。我说了一声我要立刻出去一趟，就到医院斜对面的一家饭店吃晚饭，同时看信件和晚报。我的祖父也寄来了一封信，信里面说了些家里的事，还有一些让我为国尽忠的话等，他还附了一张两百元的汇票给我，还有一些剪报在里面。以前食堂的那位神父也寄来一封沉闷的信。还有一个朋友，他参加了法国空军，也寄来一封信，他说现在有一帮野朋友，信里说的都是些荒唐事。雷那蒂也寄来了一封短笺，他问我还要在米兰躲到什么时候，有没有什么新闻。他还要我带些唱片回去，并且开了唱片的单子。我一边吃饭，一边喝了一小瓶基安蒂酒。吃过饭后，喝了一杯咖啡，又喝了一杯科涅克白兰地。我读完那些晚报，在桌上搁上报纸和小账，又把信件揣进口袋，就走了。回到医院的时候，我在房间里换上了睡衣和便袍，接着又拉下通往阳台的门帘，然后就坐在床上看那些波士顿的报纸——那是迈耶斯太太特意留在医院里让她的“孩子们”看的报纸，有一大沓。芝加哥的“白短袜”队获得了美国联赛的冠军，而纽约“巨人队”在全国联赛上一直领先。那时候宝贝鲁思[①]正在波士顿队做投手。那些报纸其实很沉闷，所报道的消息都不够客观，而且又陈旧过时，关于战事的报道也全是过期的。美国新闻讲的全是训练营里的情况，幸好我没有去训练营。报纸上还能看到的只有棒球比赛的消息了，可是对于这些我全都没有兴趣。我把一大堆报纸翻来翻去，觉得毫无意思。虽然它们已经不是新闻了，但我还是看了一会儿。我心想：不知道美国是不是真的卷入这场战争了，美国会不会停下这两大联赛呢？也许不会吧，意大利的战事够糟了，在米兰还不是一样有赛马可以看？法国都停止赛马了，那匹贾巴拉克其实就是从法国运来的。要到晚上九点钟，凯瑟琳才会来值夜班。刚到九点的时候，我就听见她在我所住的这一层楼走动的声响，有一次我还看见她从门外的走廊上经过，到过几间病房以后，她才走进我的房间。“亲爱的，我来晚了。”她对我说，“刚才有好多事要做。你现在怎么样？”

我把收到的公函和休假快结束的消息都告诉了她。

“那好极啦。”她说，“接下来你准备去哪儿呢？”

“哪儿都不去。我就待在这儿。”

---

① 宝贝鲁思后来曾以全垒打闻名棒球界，是美国棒球史上一位杰出的运动员。

“那你太傻了，你去什么地方？我跟你去。”

“你怎么可以跟我去？”

“不知道。不过我会去的。”

“你真行。”

“过奖了。如果你不太认真地去计较一些事情的话，那你的一生还有什么问题是不能解决的呢？”

“你这话是什么意思？”

“没什么。我只是在想以前遇到的那些困难，当时我们感觉是很难克服的一些困难，现在回想起来，其实也不过是一些小小的阻碍罢了。”

“我认为有一些是很难克服的。”

“没有什么大事，亲爱的。最多是我一走了之，但现在还没有必要走到那一步。”

“那么我们去哪里呢？”

“去哪里都行。你想去哪里都可以，只要是一个没有熟人的地方。”

“我们去哪里你都不在乎吗？”

“无所谓。去哪里都行。”

她的模样看起来很烦躁，又很紧张。

“怎么啦，凯瑟琳？”

“没什么，没事。”

“一定有事。”

“没有，真的没事。”

“我知道一定有事。亲爱的，你可以和我说的。”

“没什么。”

“告诉我吧。”

“我不想说。我害怕说了以后你会不高兴或者会担心。”

“说吧。”

“真的说吗？我倒不担心，只怕你担心。”

“你不担心的事我当然也不会担心的。”

“我还是不想说。”

“说吧。”

“一定要说吗？”

“一定要说。”

“我有了孩子，亲爱的，已经差不多有三个月了。你不用担心的，没关系。”

“那么好吧。”

“真的没事吗？”

“当然没事啦。”

“我真的没问题，亲爱的，我并不担心他①。所以你也不要担心，或感觉不舒服。”

“我只是担心你。”

“你也不用担心我。世界上每时每刻都有人生孩子，而且每个女人都会怀孕，所以我觉得这是一件很自然的事。”

“你真行。”

“别这样说，不过你千万别为我操心，亲爱的。我一定想办法不给你添麻烦，我知道现在我给你惹了麻烦。但是这件事以前，我难道不是个好姑娘吗？你难道不是完全知道吗？”

“我不知道。”

“以后就这样吧，你完全不用担心，我能看出你在担心。别担心了，很快就好了。不想喝杯酒吗，亲爱的？我想你喝了酒以

① 指凯瑟琳怀着的那个孩子。

后，兴致就会好起来。”

“不用，我兴致很好。你真行。”

“亲爱的，不管你去什么地方，我一定会想办法和你一起过去的。十月的天气一定非常好，所以请相信我，我们一定能过上幸福的日子。亲爱的，等到你上了前线，我还会天天给你写信。”

“那到时候你一个人去哪里呢？”

“现在我还不清楚。但是一定会有个好地方去的，我会自己想办法的。”

我们沉默了一会儿，谁都不再开口。凯瑟琳静静地坐在床沿上，我看着她，却并不挨着她。我们中间仿佛有了距离，仿佛有第三者突然闯了进来，彼此之间都觉得很不自然。她伸出手来把我的手抓住了。

“你不生气吗，亲爱的？”

“不生气。”

“你不会觉得是中了圈套吧？”

“也许会有一点儿，但不是中了你的圈套。”

“我没说是我设的圈套，别那么傻头傻脑的。我的意思只说你有没有一种被骗的感觉。”

“从常理来看，你一定会觉得自己被骗了。”

她的心已经跑得很远了，但她的身体并没有动弹，手也放在原位。

“‘一定’这两个字听来可真不好。”

“对不起。”

“好吧，我从来没有怀过孩子，我也从来没有爱过别人。我一直在想办法做你喜欢做的事，可你现在却说‘一定’这样的话。”

“那我割掉自己的舌头吧。”我说。

“哦，亲爱的！”她似乎从那个遥远的地方回来了，“你千万别太认真。”于是，我们又挨在一起，刚才那种距离感很自然地消失了。“我们俩本来就是一个人，可不要故意产生什么误会。”

“不会的。”

“可是其他的情侣也都是这样的。他们总是先相爱，然后故意产生误会，接着争吵，最后两人的感情就忽然变了。”

“我们不会争吵的。”

“我们不应该争吵。因为我们只有两个人，反对我们的却是全世界的人。如果我们之间有了隔阂，那么我们就完蛋了，别人就能把我们征服了。”

“别人无法征服我们的，”我说，“你是那么勇敢，勇敢的人一定不会有事的。”

“死却总是要死的。”

“不过死也只有一次。”

“谁说的这句话？”

“是‘懦夫死千次，勇者只有一死’这句话嘛！”

“是的，就是这句话，是谁说的？”

“不知道。”

“大概是个懦夫说的这话，”她说，“他很熟悉懦夫，却全然不知道勇者。如果勇者是个聪明人的话，也可能会死两千次。只不过他不说出来而已。”

“这很难说，要想了解勇者的内心却不是那么容易。”

“对啦。勇者就是不会吐露自己内心的。”

“你像个权威似的。”

“你说得对，亲爱的。应该是权威。”

“你很勇敢。”

“不，我不勇敢。”她说，“但是我非常想做一个勇敢的人。”

“我并不是勇者。”我说，“我非常明白自己的地位。我一个人在外面混了这么久，所以我也看清楚自己了。我就像个棒球队员，我知道自己击球的成绩最多只能达到两百三十，即使再努力也不会再提高了。”

“击球成绩达到两百三十的球员到底是个什么样的人呢？听起来倒是蛮神气的。”

“这算什么。对于真正的棒球队员来说，这样的成绩很普通。”

“不过就算普通，也是个击球手的水平啊。”她逗我。

“在我看来，我们两个都是自命不凡的人。”我又说，“不过你确实很勇敢。”

“我才不勇敢呢，不过我倒是希望自己能做个勇敢的人。”

“我们俩都勇敢。”我跟她说，“我要是喝杯酒后就更勇敢了。”

“我们两个都很棒。”凯瑟琳一边说一边走到柜子的旁边，她拿了一瓶科涅克白兰地，接着又递给我一个杯子，“亲爱的，喝杯酒吧。”她说，“你的态度可真是太好了。”

“我现在其实并不想喝酒。”

“喝一杯。”

“好吧。”我把科涅克白兰地倒在喝水玻璃杯里，倒了三分之一，然后一口喝干。

她说，“我可知道白兰地是英雄们喝的，不过你也别喝太多。”

“战争结束以后我们去哪里住呢？”

“可能会在一家养老院吧，”她说道，“三年来，我总是那么天真地想战争会在圣诞节那天结束。现在看来，要等到我们的儿子当上海军少校以后再说了。”

“他也许还会当将军呢。”

“如果是百年战争的话，他倒有足够的时间在海陆两方面都试试。”

“你真的不想喝杯酒吗?”

“不想。亲爱的，酒会让你感到高兴，却只会让我感到头昏。”

“你从来都不喝白兰地吗?”

“不喝，亲爱的。可能我是个很保守的老婆。”

我从地板上拿起酒瓶，又倒了一杯酒。

“现在，我还是去看看你的那些同胞吧。”凯瑟琳站起身，“你看看报纸，等我回来。”

“一定要去吗?”

“现在不去，待会儿还是要去的。”

“那好吧。还是现在去吧。”

“我很快就回来。”

“到那时，我的报纸就看完了。”我说。

第二十二章

那天夜里天气变冷了，第二天还下了雨。从马焦莱医院回来的时候，雨很大，我匆忙赶回房里的时候，全身都湿透了。房间外面的阳台上，风雨交加，猛烈地打在玻璃门上。我换了干净的衣服以后，又喝了一点儿白兰地，不过白兰地喝起来味道真心的不怎么样。那天夜里我就感觉有点不舒服，第二天早饭过后竟然开始呕吐。

“没什么大问题。”住院医师说，“看他的眼白，小姐。”

盖琪小姐凑过来看了看，又拿了一面镜子让我自己看。我看到自己眼白发黄，原来是患上了黄疸病。这黄疸病害得我病了两个星期，所以我没能跟凯瑟琳一起“疗养休假”。原本我们的计划去马焦莱湖的巴兰萨游玩。秋天那里的树叶变黄的时候，一定很好玩。那里有可以散步的幽径，有可以拖钩钓鳟鱼的湖。那可是个比施特雷沙好得多的地方，因为那里的人更少。而施特雷沙和米兰都是交通方便的地方，总会在那里碰上熟人的。巴兰萨那个地方还有个好村庄，可以划船去渔夫居住的那些小岛，在那岛中，最大的一座上面还开设有一家饭馆，可惜因为生病的原因最后我们没去成。因为得了黄疸病我就只能静静地躺在床上，有一天范坎本女士走进了房间，她打开柜子看到了里面那些空空的酒瓶。我想起曾经让门房帮我拿走一批空酒瓶，一定被她碰巧看到了，因此上来再次搜查。这些瓶子大多是味美思的酒瓶、马萨拉葡萄酒瓶，还有卡普里酒瓶、吉安蒂酒瓶、科涅克白兰地酒瓶。

门房先拿走的是那些比较大的瓶子，是味美思酒瓶和用稻草包好的那种基安蒂酒瓶，柜子里剩下了些白兰地酒瓶，准备下次再拿走的。范坎本女士现在查到的正是这些剩下的白兰地酒瓶和一个狗熊形态的酒瓶。那个狗熊形态的酒瓶特别让她恼火。她拿起来这个酒瓶看了看，酒瓶上的狗熊蹲着，前爪向上，瓶塞就安在玻璃熊头上，底部还粘着一些玻璃珠。

“这可是伏特加酒，”我笑着说，“最好的伏特加才会用这种瓶子来装，而且这是俄国产品。”

“那些难道不是白兰地酒瓶吗？”范坎本女士问我。

“我只看见一些，”我说，“不过也许都是吧。”

“你这样偷偷地喝酒有多长时间了？”

“这都是我自己出去买了带回来的。”我说，“经常都有意大利军官过来探望我，我不得不准备一点儿白兰地招待他们。”

“你自己难道不喝吗？”她问。

“我自己偶尔也喝一点儿。”

她说：“这里十一个空的白兰地酒瓶，还有那瓶狗熊酒。”

“那可是伏特加酒啊。”

“我叫人把这些酒瓶拿走，所有的空酒瓶都在这里吗？”

“目前为止好像就只有这些。”

“我原本还很同情你得了黄疸病呢，现在看来，你真是白白浪费了我的同情心。”

“不过还是要谢谢你。”

“你是不愿意去前线吧，不过这也难怪。可你为了患上黄疸病而故意酗酒，这也太傻了点。”

“你说我故意干什么？”

“故意酗酒，你明明听得很清楚嘛。”

我一声不吭。

“除非你能找到其他的借口，要不然你的黄疸一好，你就必须返回到前线去。我不相信你没这样伤害自己，让自己患上黄疸病，就有资格继续享受疗养假期。”

“你不信吗？”

“我不信。”

“你有没有患过黄疸病，范坎本女士？”

“我没有，但是患这种病的人我却是见过不少。”

“你认为这种病人好受吗？”

“就算是不舒服，那也总比去前线好点吧。”

“范坎本女士，”我诚恳地说，“你有没有听说有人为了逃避兵役而踢自己的阴部？”

范坎本女士根本没有在意我这个十分实际的问题。她并不理会，否则她就得离开我的房间。但是很显然她并不愿意就这样走掉，她从来就不喜欢我，现在正好可以趁机好好数落我一顿。“我知道有很多人为了逃避上前线，故意让自己受伤。”

“问题的关键是故意弄伤自己的人我也看到过。我的问题是：你有没有听说有人为了逃避兵役而踢自己的阴部？因为这样的感觉和黄疸最相近。在我看来，女人一般都没有过这种经历，所以我问你有没有患过黄疸病，范坎本女士，因为……”没等我把话说完，范坎本女士走出了房间。不久，盖琪小姐进来了。

“你对范坎本说了什么呀，把她给气坏了。”

“我们无非比较了一种生病的感觉。我还正想说她还没有生小孩的经验……”

“你真是个傻瓜。”盖琪说，“她会要了你的命。”

“她已经要我的命了，”我说，“她要把我的休假取消了，她还要把我告上军事法庭。她实在太卑鄙了。”

“她一直都不喜欢你。”盖琪说，“到底为什么吵啊?”

“她说我为了逃避上前线，故意酗酒造成黄疸。”

“呸!”盖琪说，“我会发誓说你从来没有喝过酒，每个人都愿意发誓为你证明你没有喝过酒。”

“她找到了那些空酒瓶子。”

“我不是三番五次地和你说过，一定要记得把那些瓶子拿出去扔掉吗?现在那些瓶子呢?它们在哪?”

“还在柜子里面。”

“你有没有手提包?”

“没有。你把那些空瓶子装在我的帆布包里吧。”

盖琪小姐拿出背包，把瓶子全都装在了里面。“我去把他们拿给门房。”一说完这句话，她就向门口走去。

“等一下，”范坎本女士在门口截住了她，“你把瓶子交给我吧。”她已经叫来了门房。“那你拿着吧。”她说，“我打报告的时候，还要让医生看一看。”

她走出房间，沿着走廊下楼去。门房在后面提着背包跟着，显然他知道背包里面有什么。

第二十三章

我要回前线去了，在回前线去的那个晚上，我打发门房到车站去等火车，等火车从都灵开到这里的时候，我让他上车去给我占个座位。火车是半夜开出的，到米兰大约夜里十点半，然后一直停在车站，直到午夜才开走。要想有座位的话，就得在火车一到站就上去。门房把他的朋友也拉上了。这是一个机枪手（原来是裁缝），他正在休假。他们两人合作，应该能够抢到一个座位。我把买站台票的钱给了他们，准备把行李也交给他们带去，那不过是一个大背包和两个野战背包。下午五点钟左右的时候，我跟医院的人一一告别，然后走出了医院。我把行李放在门房的屋里，对他说，半夜我才到火车站去。他的妻子一贯叫我“少爷”，这时竟然哭了。她擦了擦泪水，跟我握握手，然后又哭了。我轻轻地拍拍她的背，她哭得更厉害了。以前都是她给我补东西，又矮又胖，总是笑嘻嘻，头发全白了，一哭起来，她整个脸就好像碎了一般。告别门房和他的妻子后，我独自走到街角拐弯处的那家酒店里。我静静地坐在酒店里，望着窗外。外面的街道很黑，很冷，还有雾。我付了一杯咖啡钱和一杯格拉巴酒的钱，然后借着窗口透进来的光，向外面张望，看来往的行人。看到凯瑟琳走过来，我敲了敲窗户。她向这里望了一下，看到是我，笑了一笑。我走出去接她。她身上披着一件深蓝色的斗篷，头上戴着一顶软软的毡帽。我们一起沿着人行道，走过街上的酒店，又穿越市场，走到了大街上，接着又过了那道拱门，最后我们来到大教堂广场。有一截电车轨道从广场上穿过，过了广场就能看到大教堂了，隐藏在晨雾里的教堂看起来很白，而且湿漉漉的。我们跨过了那个电车轨道，左边的商铺有着明亮窗口和拱廊的入口。整个广场被浓雾笼罩着。我们走到大教堂前面的时候，才发现这个教堂非常宏伟，教堂的墙壁是石头砌成的，在大雾里也是湿漉漉的。

“想进去吗?”

“不去。”凯瑟琳说。于是我们继续往前走，看见一位士兵和他的女朋友站在前面一个石头扶壁的暗影里。当我们经过他们身边的时候，他们正紧紧地靠着石壁站着，士兵还用自己的披肩把她包裹住了。

“他们也像我们那样。”我说。

“没有人像我们这样。”凯瑟琳说。听她的语气可感受不到生活的快乐。“我希望他们能找到个好地方去。”

“对他们来说，这样也不见得有什么好处吧?”

“那倒也难说。每个人都得有地方去才好。”

“他们可以去大教堂啊。”凯瑟琳说着，我们已经过了那个大教堂。我们走过广场另一头的时候，回头又望了望大教堂，在雾里，教堂的确很美。我们这时正好站在皮货铺前面，我看见商店的橱窗里摆着马靴，里面还有一双滑雪靴与一个背包。橱窗里面的每件物品都单独陈列着；背包摆在中间，马靴和滑雪靴放在两边。这些皮件的皮呈暗色，油敷得它们像旧马靴一样光滑，橱窗里的灯光照在这些暗色的皮件上面，每一件都亮闪闪的。

“我们什么时候可以去滑雪?”

“两个月以后就可以去缪伦①滑雪了。”凯瑟琳说。

---

① 缪伦位于瑞士中部，是著名的旅游胜地。那里海拔5415英尺，风景秀丽。

“到时候我们就去那里吧。”

“好的。”她回答。我们沿着这些店的窗户走过，拐进了一条小街。

“我从来没走过这条街。”

“我去医院做机械治疗的时候就走这条路，这条路更近。”我说。那是一条狭窄的街道。我们靠着街道右边往前走，有很多人在雾中来来往往。沿街都是商店，商店的窗里都透出灯光。看到一个商店的橱窗里放着一碟干酪，我们在橱窗外张望了一下。后来我们又停在一家枪械铺前面。“进去看看吧，我得买支枪。”

“要买哪一种枪？”

“手枪。”我们走进商店，我解下了身上的皮带，还有空的手枪套，把它们搁在柜台上。两个站在柜台后面的女人拿出了几支手枪。

“要买一把能够配上这个手枪套的枪。”我一边说一边打开了自己的手枪套。那是个灰色的皮套，是我从旧货摊买来的，在城里佩带。

“她们这里有好的手枪吗？”凯瑟琳问道。

“每一支应该都差不多的。我可以试试这支枪吗？”我问店里的一个女人。

“我们这里可没有试枪的地方。”她说，“我们这里的枪都是很好的，你买这样的枪包准没错儿。”

我扳了一下扳机，又把弹机往回拉。虽然弹簧紧了一点儿，却很顺手。我瞄准了，啪地把扳机扳了一下。

“这把枪是用过的，”那女人说道，“这把枪原来是一位军官用的，他的枪法很准。”

“也是你卖给他的吗？”

“当然是的。”

“你又怎么把它收回来的呢?”

“从他勤务兵的手里拿回来的。”

“那说不定你把我的枪也收回了。”我说,“多少钱?”

“很便宜,五十里拉。”

“好吧。我还要两只弹夹,再要一盒子弹。”

她从柜台里拿出这些东西来。

“你还要佩刀吗?”她又问,“我有几把别人用过的佩刀,很便宜的。”

“我可是要去前线的。”我说。

“哦,那么你也用不着佩刀了。”

于是,我把子弹钱和手枪钱给了她,接着把子弹装进弹仓再插好,又把手枪装进手枪套,还把另外两个弹夹装满了子弹。等我把弹夹插进手枪套的皮槽里后,我才把皮带系上。在皮带上的手枪感觉沉甸甸的。不过,我觉得最好还是能佩上军队规定的手枪,这样我就完全不用担心子弹的来源。

“我现在全副武装了。”我说,“还有一件很重要的事。在来医院的时候,我的那把来复枪被人拿走了。”

“希望这是一把好枪。”凯瑟琳说。

“还需要别的什么东西吗?”那女人问道。

“应该没有了吧。”

“手枪上还有根扣带的。”她说。

“我看到了。”

“你确定不需要个哨子吗?”那女人还想向我兜卖别的东西。

“我想用不着吧。”

我们向那个女人道别以后,便走了出来,来到外面的人行道上。凯瑟琳回头望望那家商店，那个女人也向外张望，并且向我们欠了欠身。

“那些木头镶的小镜子是干什么的?”

“是用来吸引那些飞鸟的。他们拿着这种小镜子在田野里走来走去，镜子的光会把云雀引出来，这时意大利人就会开枪打它们。”

“真是一个很有心思的民族。”凯瑟琳说，“亲爱的，在美国你们不会打云雀吧?”

“没有人会故意去打的。”

我们走过了街道，到了街的另一边。

“现在我感觉好点了，”凯瑟琳说，“刚才出发的时候我很难受。”

“我们在一起就会觉得舒服些。”

“我们永远都会在一起。”

“是的，不过今天夜里我就得走了。”

“不要再去想它了，亲爱的。”

我们继续沿着街走，大雾让街灯看起来有些发黄。

“你不累吗?”凯瑟琳问我。

“你呢?”

“我没事，散步倒是很有趣。”

“可是不能走得太久。”

“是的。”

我们拐进了一条没有灯光的街道，又走了一会儿后我站住了，我吻着凯瑟琳。我感觉到我在吻她的时候，她的手也搭在了我的肩膀上，她把我的披肩拉过去罩在她的身上，于是我们两人都被披肩裹住了。我们站在街上紧紧地靠着那道高墙。

“我们去找个地方吧。”我对她说。

“好啊。”凯瑟琳回答。我们沿着街走，一直走到了运河边的一条街道。这条街比较宽阔，街的另一边是一些建筑物与一道砖墙，而此时正好有一辆电车在过桥。

“我们可以去那座桥上雇一辆马车。”我说。于是，我们站在雾中的那座桥上等待马车。好几辆电车都开过去了，车里满载着回家的人。很快有辆马车急急地驶来，可是车里坐着个人。现在雾已经转成了雨。

“我们步行或者坐电车去吧。”凯瑟琳说。

“肯定会有一辆马车过来的。”我说，“因为马车一向都从这里经过的。”

“来了一辆。”

车夫停下马车，把车上的出租招牌放了下来。马车的车篷早就罩上了，车夫的外衣上还淌着雨水。他那顶礼帽很有光泽，在闪闪发亮。我们坐在车里，将身子往后靠着，因为马车罩着车篷，所以马车里面很暗。

“你告诉他去哪儿。”

“火车站。火车站对面有一家旅馆，现在我们就去那里。”

“我们就这样去吗？没有行李？”

“是的。”我回答。

马车冒着雨走在一些狭窄的小街上，现在这里离火车站有相当远的一段路程。

“我们不去吃晚饭吗？”凯瑟琳问道，“等一会儿恐怕要饿肚子了。”

“我们也可以在旅馆的房间里吃饭呀。”

“我没带衣服，连睡衣也都没有带。”

“那就去买一件吧。”说完我就告诉车夫，“先绕到曼佐尼大街上。”车夫点点头，马车到了拐弯的地方向左转，一直到了曼佐尼大街，凯瑟琳便留心看着寻找街边的店铺。

“这里就有一家。”听到她的话，我赶紧叫车夫停下马车，凯瑟琳下车以后走进那家店铺，我坐在马车里等她回来。外面还在下雨，我闻到空气中残留着被打湿的尘土的热气，还有马儿在雨中喷出的温热的气味。很快，她夹着一小包东西回到车上，马车又走了。

“亲爱的，我有点太奢侈了。”她说，“但是这里睡衣的质量确实很不错。”到了旅馆前我先让凯瑟琳在马车里等我，我到旅馆去找经理，从他那我知道旅馆的空房间还有很多后，我又回到马车那里付了车钱，然后带着凯瑟琳一起走进了旅馆。旅馆的服务员捧着那包睡衣跟在我们后面，经理点头哈腰在前面领路，他带着我们往电梯那里走。旅馆里有很多红色的长毛绒的帷幕，还有很多黄铜装饰品。经理陪着我们一起乘电梯上楼去。“两位是在房间里用饭吧？”

“是的。麻烦你把菜单送来吧。”我说。

“先生、太太喜欢吃点特别的东西吗，来点野味或来一客蛋奶酥怎么样？”

每上一层，电梯都嘀嗒响一下，终于到了第四层，电梯嘀嗒一声停下了。“你们有什么样的野味？”

“有野鸡，还有山鹬。”

“那还是来只山鹬吧。”我说道。出了电梯我们走在走廊上，走廊上的地毯已经破烂不堪了。经理在一个房间前面停下来，拿出钥匙打开了房门，“就是这里了，这是一个可爱的房间。”

旅馆的服务员在房中央的桌子上放下包裹。经理拉开窗帘。

“外面有雾。”他说。这个房间有红色的长毛绒帷幕，还有很多镜子，一张铺着缎子床罩的大床和两把椅子，还有一扇门连接浴室。

“我这就去拿菜单点菜。”经理说完，鞠了一躬，出去了。

我走到房间的窗户前向外望了望，然后拉上了长毛绒的厚窗帘。凯瑟琳坐在床上，呆呆地望着枝形的玻璃吊灯。她的帽子已经拿下了，在灯光下，头发闪闪发亮。在一面镜子里，她看到了自己的影子，便伸手理了理头发。我在其余的三面镜子里看着她。她显得闷闷不乐，斗篷掉在床上也不知道。

“亲爱的，怎么啦?”

“以前，我从来没有这种当妓女的感觉。”她说道。

“你不是妓女。”

“亲爱的，这个我当然知道。可是我感觉现在自己就像个妓女一样，这可真不是一件让人愉快的事。”她的声音非常冷淡，也非常单调。

“这算是一家最好的旅馆了。”我说。我又望着窗外，看见广场对面火车站里的灯光。有马车从街上走过，还能看见公园里的树木，湿漉漉的人行道映照着旅馆的灯光。哼，真是见鬼，我心想，难道到了现在我们还要吵架?

“请到这里来。”凯瑟琳对我说。她那种单调的语气已经完全消失了，“请过来吧，我又变成那个好姑娘了。”我回过头，向床上望了望，她微笑着。

我走了过去，挨着她坐下，然后吻她。

“你就是我的好姑娘。”

“当然，我当然是你的。”她说道。

吃过晚饭以后，精神特别愉快。后来，我们俩都感到快乐自由，仿佛这个房间就是我们的家。医院里的那个房间曾经像我们的家一样，现在旅馆里的这个房间也同样像是我们的家。

我们吃饭的时候，凯瑟琳的肩上还披着我的军装。我们的晚餐是一只山鹬、蛋奶酥、马铃薯，再加上一盆沙拉，晚餐的点心是意式酒蒸蛋糕。我们都觉得很饿，菜的味道又特别好，于是我们喝了一瓶卡普里酒，还喝了一瓶圣伊斯特菲酒。我喝了大部分的酒，凯瑟琳也稍稍喝了一点儿，她喝过酒以后感觉很愉快。“这是个很好的房间。”凯瑟琳说，“这真是个可爱的房间，原本我们应该一直住在这里。”

“房间装饰得虽然很奇怪，但是总体来说它还算是个不错的房间。”

“这样的行为很奇怪，”凯瑟琳说，“但是经营这种行业的人似乎趣味并不低。你看，红色长毛绒的装饰正好，还有这些镜子，也让人很喜欢。”

“你真是个可爱的姑娘。”我又倒满了一杯圣伊斯特菲酒，“如果在早晨醒来时看到这样的房间，我不知道会有什么感觉。但这里的确是个好房间。”

“其实我倒希望我们是在做一件真正不道德的事。”凯瑟琳对我说，“我们现在所做的每一件事都天真而单纯，我们也没有做过什么不好的事。”

“你真是个很了不起的姑娘。”

“我感觉好饿。我快饿坏了。”

“你是个很好又很单纯的姑娘。除了你，还没有别的人有这么好。”

“以前我刚刚认识你的时候，我曾经用一个下午的时间想象我们一起去加富尔大旅馆的情景。”①

---

① 当时的旅馆饭店是有等级的，只接待上流社会的人。

“你真是太会想象了。这里不就是加富尔吗?”

“不是的。他们不会接待我们的。”

“总有一天他们会接待我们的。亲爱的，这就是你跟我不同的地方，我从来都不会去想象。”

“你真的什么都没想过吗?”

“想过一点儿。”我说，又倒了一杯酒，“哦，你真的是个可爱的姑娘。”

“我很简单的，而且还是个笨姑娘。”凯瑟琳说。

“刚开始时我不这么想。我还以为你就是疯疯癫癫的呢。”

“以前我确实有点疯，不过我并不复杂，还没有把你弄糊涂吧，亲爱的?”

“喝酒真是一件很不错的事情。”我说，“而且喝酒还可以让你忘记一切糟糕的事情。”

“酒确实很可爱。”凯瑟琳说，“可是我父亲却因为喝酒患上了痛风。”

“你的父亲还在世吗?”

“还在。”凯瑟琳回答道，“不过他患上了痛风，你不必见他。你的父亲还在世吗?”

“不在了，”我说，“不过我有个继父。”

“你喜欢你的继父吗?”

“你也不必见他的。”

“我们的生活真是美满。”凯瑟琳说，“现在我对其他的事情都没兴趣了，因为我已经非常幸福地跟你结婚了。”

这时，侍者进来端走了餐具。我们都安静了下来，只听见屋外滴滴答答的雨声。街上又传来汽车的喇叭声。我说：“可是我随时都感觉到时间之车在我背后张着翅膀快速向我们逼近。”

“我读过这首诗，”凯瑟琳说，“这是马韦尔[①]的诗。不过这首诗描述的是一个姑娘并不愿意同那个男人住在一起。”

此时，我的头脑还很冷静，也很清楚，我认为是时候谈谈正经事了。

“你去哪里生孩子呢？”

“现在还不知道，不过我会尽量找个好地方。”

“你会怎样安排生活呢？”

“亲爱的你不用担心我，我会尽我所能地找个好地方。也许在战争结束以前我们就会有好几个孩子了呢。”

“快到启程的时间了。”

“我知道。”

“亲爱的，你多久给我写一封信？”

“我每天都写。你收到的信件会被检查吗？”

“他们不懂英文，让他们看看也没关系。”

“我会把信写得极其混乱。”凯瑟琳说。

“也别写得太乱了。”

“稍微有一点儿乱就行了。”

“我们该出发了吧？”

“好的，亲爱的。”

“我真的舍不得离开我们这个美好的家。”

“我也是。”

“但是我们得走了。”

“多可惜呀，我们不能在这里长久地住下去。”

“放心，将来我们会的。”

---

① 安德鲁·马韦尔（1621—1678）是一位英国诗人，这两句出自他的爱情诗，脍炙人口的《致我的腼腆的情人》。

“你回来的时候，我一定给你一个好好的家，在家里等着你。”

“也许我很快就会回来。”

“也许你的脚上会受一点儿小伤。”

“或者是耳垂上受一点儿小伤。”

“不，我希望你的耳朵完完整整的。”

“我的脚呢？”

“你的脚已经受过伤了。”

“我们必须得走了，亲爱的，真得走了。”

“嗯，走吧。”

第二十四章

我们走下楼到大厅，楼梯上地毯也已经破烂不堪了。服务员在送晚餐的时候我已经付过饭钱了，我跟着服务员走进一个小房间又付清了房钱。看来旅馆经理还认得我这个朋友，所以没让我先付房钱，但他还是让一名服务员守在旅馆门口，提防我溜走。这样的事我见过很多而且像旅馆经理这样的朋友也不能信任。因为战争时期的朋友实在太多了。

我让服务员去雇一辆马车。我们站在那个小房间里向窗外望去，从窗口我们看见他过了街。

“你感觉怎么样，凯瑟琳?”

“我想睡觉。”

“我倒觉得饥饿难耐。”

“你有吃的东西吗?”

“有，都放在我的野战背包里。”

这时候我找的马车走了过来，停在了旅馆门口，拉车的马儿在雨中低垂着头。旅馆服务员从马车上下来，撑开了伞，走进了旅馆。我们也来到旅馆大门口，撑着雨伞沿着打湿的通道走出去，上了那辆马车。

“座位上放着你们的包裹。”服务员对我们说。等我们上了车，他打着雨伞站在外面等着拿小费。

“多谢多谢，路途愉快。”他说。车夫拉紧了缰绳，马车走了，撑着雨伞的服务员也转身回到了旅馆。我们的马车沿街一路向前，又左转弯，然后再右转，就到了火车站。车站的路灯下有两名宪兵站着，正好站在雨淋不到的地方。路灯的灯光又恰好映照着他们的帽子。雨丝在灯光的照耀下清晰透明。有个搬行李的工人恰好从车站的拱廊下走出来，他没带伞，缩着脖子，迎着雨。

“谢谢，不用帮忙。”我说。

他又走到拱廊下躲雨去了。我转身看凯瑟琳，她的脸隐没在马车的暗影中。

“我们还是就在这里告别吧。”

“我不可以进去吗？”

“不行。再见，凯特。”

“你把医院的地址告诉车夫了吗？”

“好的。”

我把医院的地址告诉车夫后，他点了点头表示知道了。

“再见，”我说，“多保重，还有小凯瑟琳。”

“再见，亲爱的。”

“再见。”说完，我踏进雨中，马车也走了。凯瑟琳探出头来，在灯光下，她的脸看得清清楚楚。她笑了笑，又挥挥手。马车沿着街道向前驶去，凯瑟琳指了指拱廊。顺着她指的方向望去，正好是那两名宪兵躲雨的位置，原来她示意我到那里去躲雨。我走过去了，站在那里，一直看着马车，直到它转弯再也看不见。然后我穿过车站，去找我要乘坐的火车。

这个时候，医院的门房正在月台上等着我。我同他一起上了火车，挤过人群之后，我们又顺着车厢通道一直往前走。穿过一道门以后，我看见有一个机枪手正沉默地坐在单间的一角，那个单间里坐满了人。他把我的背包和野战包全都放在头顶的行李架上。车厢的通道上也全都是人，等我们进去那一瞬间，单间来的每个人都盯着我们看，因为车里没那么多座位，每个人似乎都对我们充满了敌意。

机枪手站了起来让我坐下。这时，有人拍了拍我的肩膀。回头一看，一个瘦削高个子的炮兵上尉站在我的后面。他的下巴上那条红色的伤疤非常明显。通过走廊的玻璃窗，他朝这里看了看，然后跟着我走了进来。

“你想怎么样?”我转身面向他。他的个子比我高，帽舌的暗影遮住了他的脸，很瘦，那条伤疤又新又亮。这时候，单间里每个人都盯着我。

“这样可不行啊，”他对我说，“你可不能让士兵帮你占座位。”

“但我已经这么做了。”

他使劲地咽了口唾沫，喉结一上一下。那个机枪手依然站在座位的前面，而走廊上的其他人都通过玻璃车窗向里张望，单间里的其他人一句话没说。

“你可没这个权力，要知道我可比你早到两个小时。”

“那你说，你想要什么?”

“我要座位。”

“我也要。”

我盯着他的脸，能够明显地感觉到单间里所有的人都在反对我。虽然他有道理，但是我还是要座位。

哼，见鬼去吧，我想。

“坐吧，上尉。”我让机枪手走开了，高个子上尉立刻坐下。他看了看我，他的脸好像挨了一下似的，不过总算有座位了。列车已经满了，我很清楚已经找不到座位了。于是我拿了二十里拉分给了医院的门房和机枪手，他们每人拿了十里拉，沿着走廊回去了，他们还在月台上朝各个车窗张望，但仍然没有看到空的座位。“到了布里西亚可能有人下车的。”门房说。

机枪手立马表示反对，他说：“到了布里西亚，上车的人更多。”我和他们道别，我们互相握握手，我看着他们走远了。火车开了，火车出站的时候我一直看着车站的灯光和车场。雨还在下，不一会儿，玻璃窗也湿了，外面的景物也都看不见了。后来，我迷迷糊糊地在通道的地板上就睡着了。不过在睡觉之前，我把藏着金钱和证件的皮夹子拿了出来，塞进裤子里面马裤的裤腿位置。这一夜我都在睡觉，过了布里西亚，又到了维罗那，更多的人上了火车，我醒了片刻，很快又睡着了。野战包被我枕在了头下面，另一个包则被我紧紧抱着，同时，我还得摸着背包。别人跨过我的身体，我也不介意了，只要他别踩着我就行。这班火车一直以来都是十分拥挤的，在通道的地板上到处都躺着人。还有的人站着，紧紧地握着窗上的铁杆子，或靠在通道的门上。

第三部

第二十五章

树叶枯落，只剩下光秃秃的枝干，道路泥泞不堪，秋天已经到了。我到了乌迪内，在那里乘军用卡车去哥里察，沿途我们也遇见了其他的军用卡车。一路上桑树秃了，路边一排排的树木也秃了，路上全是湿漉漉的落叶而田野里则是满目褐色。一路上也有人在修路，他们从堆积在路边树木之间的碎石堆里搬来石头填补车辙。渡河而过的时候，我发现河水也涨了许多，应该是高山上正在下雨。浓雾笼罩着哥里察城，甚至遮断了高山峻岭。我们终于进了城，经过了一些工厂，然后是房屋和别墅，又有很多房屋被炮弹打中，毁掉了。在一条狭窄的街上，我们看到一辆英国红十字会的救护车驶过。司机戴着帽子，瘦削的脸，皮肤被晒得黑黑的。在大广场镇长的屋前，我下了车，接过司机递过来的背包背在身上，又拿上两个野战背包径直走向我们的别墅。我走在用潮湿沙砾铺成的路上，从树木的缝隙间向别墅望去，所有的窗子都关着，只有一扇大门是敞开的，可是我却丝毫没有那种回家的感觉。我走了进去，房里空空如也，只有一名少校坐在桌旁，墙上挂着的地图和打字机打出来的布告。

“哈喽，你好吗?”

“我很好，这里的情况怎么样?”

“现在没事了。”他说，“放下行李吧，来，坐一坐。”我放下背包和两个野战包，把它们搁在地板上，把帽子缠在背包上，然后从墙边拉过一把椅子，坐了下来。

“今年夏天不是很好，现在你的身体康复了吧？”少校说。

“很健康。”

“你有没有得到勋章？”

“受勋了。我顺利地收到勋章了，还得感谢你。”

“拿出来看一看吧。”

我拉开披肩，给他看那两条勋表。“用匣子装的勋章也收到了吗？”

“没有。我只收到了证书。”

“以后会收到匣子的，不过那得等一段时间。”

“少校，我的工作是什么呢，你还有什么吩咐？”

“救护车都开走了，有六辆正在北部的卡波雷多。你熟悉那里的情况吧？”

“熟悉。”我回答。我记得那是一座山谷里的小城镇，白色的，城里还有一座钟楼。那是个干干净净的小城，在城市的广场上还有个很出色的喷水池。“他们把那个地方作为根据地了。现在有很多我方的伤病员，不过战斗倒是结束了。”

“那么其他的车都在哪里？”

“山里有两辆，培恩西柴高原还有四辆。另外两个救护车队正在卡索高原，他们跟第三军在一起。”

“那么你要我做什么工作呢？”

“你可以去培恩西柴高原接管那的四辆救护车，吉诺已经在那儿很长时间了。你还没去过那里吧？”

“没有。”

“夏天的战斗打得很糟糕，我们损失了三辆救护车。”

“我听说了。”

“对啦，雷那蒂有没有给你写过信？”

“雷那蒂现在在哪里?”

“他正躺在这儿的医院里。整个夏天和秋天他都在忙碌。”

“我相信一定很忙碌的。”

“夏天的情况很糟糕，”少校说，“糟得你都不敢相信。我常常想你那次中弹了真是幸运。”

“我知道我是幸运的。”

“明年的情况可能会更糟。”少校说，“也许现在他们就会发动进攻，据说还要发动总进攻，不过我不太相信，因为河水上涨了，现在这个时间进攻已经太晚了。”

“看见啦，河水已经涨了。”

“雨季已经开始，我不相信他们现在还会发动进攻。这里过不了多久就要下雨了，贵国同胞们怎么样？除了你之外，还有别的美国人来吗?”

“我们正在训练一支有一万人士兵的军队。”

“法国人肯定会把他们抢光的，我是希望能够调派一部分军队到这里来，但是很可能我们一个人都得不到。好吧，今天夜里你就在这里睡吧，明天我派个识路的人跟你一起开那辆小汽车过去，然后把吉诺调回来。虽然最近敌人有时还会炮轰一阵，不过战争已经过去了，我想你一定会喜欢看见培恩西柴高原的。”

“再次回来和你在一起，我非常高兴，因为这样的机会很难得。”他笑了笑，“如果我能离开这里的话，我肯定不想回来的。亏你还能说得这么好，而我是早已烦透了这场战争。”

“真的这么糟吗?”

“就是这么糟，而且实际情况还要更糟。你去洗个澡吧，然后去找你的朋友雷那蒂吧。”我出了门，背上背包上楼。房间里没有雷那蒂，他的东西却都在。我坐在床上，解开绑腿，脱掉了右脚的鞋子，然后躺在床上。我很疲倦，右脚痛得厉害。不过像这样光着一只脚躺在床上，未免有点滑稽，于是我坐起来，把另一只鞋子的鞋带也解开，让鞋子自己掉在地上，然后又往毯子上一倒，等雷那蒂回来。房间的窗户关着，闷得透不过气来，可是我实在太疲倦了，不想起来开窗。我的东西都堆在房间的角落里，天渐渐黑了，我的脑子里想着凯瑟琳。我本来想好，除了临睡以前，就再也不去想她了。可我现在实在太累，什么也不想做，只能躺着想想她而已。我正在想她的时候，雷那蒂回来了，模样没有一丝改变，也可能稍微瘦了一点儿。

“哈喽。”他对我说。他跑到我身边，坐下，伸出一只手臂抱住我，“好乖乖。”他又用力地拍拍我的背，我也抱住了他的双臂。

“让我看看你的膝盖吧。”他又说。

“那我得把裤子脱下来才行的。”

“那就脱掉裤子吧。我们这里全都是熟人，而且我也很想看看他们那边的治疗效果怎么样。”我站了起来，解下裤子，又拉开护膝。雷那蒂就坐在地板上，来来回回地弯我的膝盖。他的手指又沿着伤疤往下，还用双手的拇指一齐牢牢地按在膝盖骨上，其余的手指则轻轻地摇着膝盖。“你的关节就只恢复到这样吗？”

“是的。”

“真是的，这样就把你送回前线了吗。他们应该等到关节的连接完全恢复的时候，才把送你回来的呀。”

“我已经比刚动完手术的时候好多了，那时候腿硬得像块木板。”

雷那蒂再次把我的膝盖往下弯。我一直注视着他的双手，那是一双外科医生的好手。我又看他的头顶，头发梳得很整齐，也很光亮。他把我的膝头使劲往下弯。“哎哟!”我叫了出来。“你应该再做几次机械治疗。”雷那蒂对我说。

“比以前可是好多了。”

“这我看得出，在这方面我知道的比你多得多。”他站了起来，坐在床沿上，“膝盖的手术确实很成功。”他看完了膝盖说，“告诉我一切吧。”

“没什么好说的。”我平静地说，“很平淡。”

“你这样子可像是一个已经结婚的人。”他说，“你怎么样了?”

“没什么。”

我又问:“你呢，怎么样啦?”

“这场战争折磨死我了。”雷那蒂说，“它把我弄得郁郁寡欢。”

“哦，怎么了?”我说。

“怎么？难道我连普通人的冲动都不能有吗?”

“不能。而且我看得出你的日子过得很不错，告诉我吧。”

“整个夏季，还有秋季，我一直都在动手术，我时时刻刻都在工作，而且他们把最难的手术留下来给我。我的主啊，我现在成了一个人见人爱的外科医生了。”

“这才像样啦。”

“我从来都不思考。主啊，我不思考，我只管开刀。”

“这才对嘛。”

“但是现在，所有的工作都做完了，我现在不用开刀了，心里反而有点闷得慌了。这场战争实在太可怕了，这是真话，相信我。现在你回来了，真让我高兴。你带唱片来了吗?”

“带来了。”

唱片装在一只纸板匣里放在我的背包中，不过我是真的很累了，都懒得起身去拿。

“难道你自己过得不好吗?”

“我感觉糟糕透了。”

“这场战争实在太可怕了。”雷那蒂说，“喝酒吧，我们俩都喝个一醉方休，我们待会儿再找点什么来解闷，这样就会感觉好过一些。”

“我患过黄疸病，不能喝醉的。”

“哦，没想到你回来以后竟然变成这样一个人。你一本正经的，没想到居然还会患黄疸病。”

“虽然我不能喝醉，不过来一杯倒是可以的。”雷那蒂走到房间的另一头，在洗脸架前，他拿来两只玻璃杯，又拿来一瓶科涅克白兰地。

“这是奥国货。”他说，“是七星白兰地。在圣迦伯烈山战役缴获的就是这种酒。”

“你也去过那边吗?”

“没有，我一直都待在这里动手术，我哪里都没去。你瞧吧，这个是你以前的漱口杯，我一直都保存着。”

“恐怕还能让你时常记起刷牙吧。”

“不，我有我自己的漱口杯。我之所以保存这个杯子，其实是为了提醒自己，你每天是怎样试图用牙刷刷掉那种‘玫瑰别墅’的气味，你总是一边咒骂，一边吃阿司匹林，同时诅咒那些妓女。每次我看到那只杯子，就想起你是怎样试图用牙刷来刷干净你的良心。”他又走到床边，“亲我一下，告诉我你其实不是真的一本正经。”

“我不会亲你的。”

“我知道，其实你是个又善良又规矩的小伙子，盎格鲁—撒克逊小伙子；我知道的，你是个会悔过的小伙子，我就等着看你怎样用牙刷把妓女刷掉吧。”

“把科涅克白兰地倒在杯子里。”

我们喝酒碰杯，雷那蒂朝我大笑。

“我灌醉你，然后挖出你的肝，再换上一个意大利人的好肝，使你更像个男子汉。”

我又要了一杯白兰地。天黑了，我端着那杯白兰地走到窗前打开了窗子。雨停了可是更冷了，浓雾在树木间弥漫。“别把白兰地往窗外倒，你喝不了那么多就倒给我吧。”

“见鬼去吧。”我说。其实见到雷那蒂我感到非常高兴，虽然两年来他时常笑我、逗我，但我都无所谓，因为我们彼此十分了解。

“你结婚了吗？”他坐在床上问我。

这时，我正靠在窗边的墙壁上站着：“还没有。”

“你已经恋爱了吧？”

“是的。”

“就是那个英国姑娘？”

“对。”

“可怜的家伙，她对你好吗？”

“当然很好。”

“我的意思是说，她那方面怎么样？”

“闭上你的臭嘴。”

“可我还是要说。你会明白的，我会说得非常慎重而婉转的，她可……”

“雷宁，”我大声呵斥，“请你闭嘴！如果你还想做我的朋友，就闭嘴。”

“你这家伙，我可是你真正的朋友啊。”

“那你就闭上嘴吧。”

“好的。”

我走到床边，坐在他身边。

“雷宁，你知道吗?”

“嗯，我明白了。我这辈子碰到了很多神圣禁忌的事，可你却很少碰到，但是现在你大概也碰到了吧?”他盯着地板。

“你自己没有一个禁忌吗?”

“没有。”

“真的一个都没有?”

“没有。”

“我能随便说你的母亲或你的姐妹吗?”

“还可以说说你的那位‘姐妹’[①] 啊。”雷那蒂打断我的话。我们俩都大笑起来。

“你还是那种超人的本色。”我说。

“也许是我在妒忌你吧。”他说。

“不，你不会这么做的。”

“不是你想的那个意思，我是说别的。你有没有已经结婚的朋友?”

“有的。”我说。

“我可没有这样的朋友，”雷那蒂说，“除非是有哪对夫妇不和，彼此不相爱。”

“为什么?”

“因为他们不喜欢我。”

“他们为什么不喜欢你?”

“我就是那条蛇，是那条有理智的蛇。”

---

① 在这里，姐妹是双关语，西方通常把护士称作姐妹。

“你弄错了，苹果才是理智的。[1]”

“不，是那条蛇。”现在他高兴起来了。

“你不要想太多，这样就会轻松一点儿。”我说。

“我真的爱你，乖乖。”他对我说，“等我成了意大利伟大的思想家以后，你再拆穿我吧。不过我知道很多事情，只是还说不出来。我知道的可比你多得多。”

“对。你知道很多。”

“但你还是能过好日子的，就算你后悔，也能过好日子的。”

“不见得吧。”

“哦，是的，这是真心话。现在我只有工作的时候才会感到快乐。”他又盯着地板。

“再过一段时间你可能就不会这样想了。”

“不，除了工作我只会做两件事：一件事会妨碍我的工作，而另一件事很快就会做完，也许半小时，也许一刻钟，有时候时间可能会更短。”

“有的时候可能更快吧。”

“可能是我进步了。不过你怎么知道呢，现在我只做这两件事，当然还有我的工作。”

“你还会对别的事感兴趣的。”

“不，我们从来就没有别的事情，我们从出生开始，有什么就是什么，我们从来学不会其他的东西，我们也无法接纳任何新的东西。我们出生以来就是这样的，你不是拉丁人，实在应当高兴呢。”

“你对于缺点竟然如此得意扬扬，其实根本不是拉丁人的原

---

① 指亚当和夏娃受到蛇（撒旦）的引诱，吃了能够分辨善恶的苹果从而失去乐园的故事。详见《圣经·创世记》第三章。在这里，理智也可译为智慧。

因，只是‘拉丁’式的思维方式。”我说。雷那蒂仰头大笑。

“我们都不说了吧，应该我想得太多，有点累了。”走进房间的时候，他看上去已经很疲乏了，“快吃饭了，看到你回来，我心里很高兴，你是我最好的朋友，也是战友。”

“那么战友们什么时候吃饭呢?”我问他。

“很快就吃饭了，我们再喝一杯吧，为了你的肝。”

“就像圣保罗那样。”

“你弄错了，那原本是说酒和胃的，因为你胃的关系，还是可以喝一点儿酒的。①”

“谁管你那瓶子里是水还是酒呢，”我说，“管它是为了什么而喝酒。”

“为你的爱人干杯。”雷那蒂说着，举起了杯子。

“好。”

“我绝不会再说一句有关她的脏话。”

“可不要勉强自己哦。”

“我很单纯的，”他说，“或者就像你一样我也去找个英国姑娘。其实你那个姑娘，我比你还先认识她呢，不过对于我来说，她太高了。像她这样长得高大的姑娘就只能做个妹妹。”他这话是引用了一个典故。②

“你真是纯洁可爱。”我说。

“那可不是嘛，他们都把我叫作最最纯洁的雷那蒂。”

“哈哈，应该是最最肮脏的雷那蒂吧。”

---

① 保罗是早期基督教里最重要的一个信徒，曾到犹太国以外的许多国家去传教。这里所引的话来自《圣经·提摩太前书》第五章的第二十三节：“因为你胃口不清，而且屡次患病，以后再不要照常喝水，倒可以稍微喝点酒。”

② 《圣经·创世记》中第十二章的第十到二十节写道：亚伯拉罕由于饥荒而在埃及避难，害怕埃及人贪慕他美貌的妻子撒莱而谋杀自己，于是谎称妻子是自己的妹妹。如果他确实引用的是这个典故，那么“高大”也可以译为“健硕壮美”。

“走吧，我的兄弟，趁现在我的心灵还纯洁的时候，我们先下去吃饭吧。”

我洗好脸，梳好头，和他一起下楼去。雷那蒂显然有点喝醉了，当我们走到吃饭的那个屋子里时，晚饭还没有做好。

“我去拿酒瓶来。”雷那蒂说着又上楼去了。我坐到了饭桌旁边。不一会儿，他拿着科涅克白兰地回来了，给桌上的每个人都倒了半杯。

“实在太多了。”我说着，端起玻璃杯，对着饭桌上的灯，真是葡萄美酒夜光杯啊。

“没吃东西呢，这点不算多。酒是个很奇妙的东西，它会烧坏你的胃，对你来说，最有害不过了。”

“是啊。”

“一天天地自我毁灭吧，”雷那蒂说，“酒会伤害你的胃，还会让你的手颤抖。对外科医生来说，最好不过了。”

“可你还向我们推荐这个。”

“诚心诚意地推荐。我一直都用这法子，来，喝吧，然后你就等着生病吧。”

我喝了半杯酒以后，忽然听见勤务兵在走廊上大喊：“汤好了！”

少校也走进来，向我们点了点头，坐下了。在饭桌边，他个子显得很小。

勤务兵放下了盛汤的大碗，他先舀了一盘汤。

“就我们这些人了吗？”他问。

“人都到齐了，”雷那蒂说，“如果神父他知道费德里科在这里，一定会来的。”

“他现在在哪里？”

“在 307 阵地。”少校一边喝汤，一边讲着话。他抬起头，擦了擦嘴，又小心地擦了擦那翘着的灰色小胡子：“也许他会来吧。我已经打电话，让别人给他传话，说你回来了。”

“现在的食堂可没有以前那么热闹了。”我说道。

“是啊，现在安静多了。”少校说。

“我来造造气氛吧。”雷那蒂说。

“恩里科，喝点酒吧。”少校说着，给我的杯子里倒满了酒。这时，勤务端来意大利通心粉，大家就埋头吃面。在大家快吃完饭的时候，神父来了。他还是那个老样子，瘦小的身材、黄褐色的皮肤。我赶紧站了起来跟他握手。

他把左手搭在了我的肩膀上对我说：“一听说你回来了，我就赶来了。”

“坐下吧，你来迟了。”少校说。

“晚上好，神父。”雷那蒂说，而且雷那蒂用英语说了神父这两个字。以前有个上尉专门和神父开玩笑，也会讲一点儿英语的，他们跟他学。“晚上好，雷那蒂。”神父说。

勤务兵把汤给他端来，但是他说他要先吃通心粉。

“你好吗？”他问我。

“很好。”我回答，“最近的情况怎么样？”

“喝点酒吧，神父。”雷那蒂说，“为了你的胃，请稍微喝点酒。这可是圣保罗的教导，你是知道的。”

“是的，我知道。”神父很有礼貌地回答，雷那蒂给他倒了一杯酒。

“圣保罗那家伙。”雷那蒂说，“弄出这些麻烦事的都是他。”神父看看我又笑了笑，我能看得出现在即使这样逗他，他也无所谓了。

“圣保罗那家伙，”雷那蒂说，“他原本是个屡次犯罪的坏蛋，还是个会迫害教会的人。可到后来他觉得没意思了，才限制这些，限制那些。[①] 他什么都做过了才制定了这么多清规戒律，让这些戒律来限制我们这些正有劲头儿的人。这难道不是事实嘛，费德里科?”

少校笑了笑。我们都在吃炖肉。

“天黑以后，我照例是不谈论圣徒的。”我说。正在吃炖肉的神父抬起头，对我笑了笑。

“他也跟神父站到一边了。”雷那蒂说，“以前那些只会逗神父的能手都去哪里了？卡伐堪蒂呢？西撒莱呢？勃隆恩蒂呢？难道要我单独来逗他，没有一个帮手?”

“他是个很好的神父。”少校说。

“他是个很好的神父，”雷那蒂又说，“但是神父始终还是神父。我想恢复食堂以前的热烈气氛，我希望费德里科高兴。神父，见鬼去吧!”

这时候，我注意到少校正在盯着神父看，显然他已经喝醉了。他瘦削的脸无比苍白，衬着他那同样苍白的前额，他的头发倒是显得更黑了。

“没关系，雷那蒂。”神父说，“没关系的。”

“见鬼去吧，你。”雷那蒂说，“让这该死的一切都见鬼去吧。”他一下子往后靠在了椅背上。

“他的工作过于紧张，他累坏了。”少校对我说。他拿着一片面包蘸上肉汁吃。

“该死的，我才不在乎呢，让这一切都见鬼去吧!”雷那蒂向桌上的每一人说道，说完这些话他又狠狠地瞪着桌上的人，他的眼神呆滞，脸色苍白无比。

---

① 有关保罗皈依基督教的故事详见《圣经·使徒行传》第九章的第一节到第九节。

“好的。”我也说，“让这一切该死的都见鬼去吧。”

“不，不，”雷那蒂说，“你不行的，你不行，我说过你不行。你又空虚又沉闷，不会这样的，我没别的意思。告诉你，我没别的意思，一点儿都没有。我很明白，只要一停止工作，我就是这样的。”

神父摇了摇头，勤务兵端走了盛肉的大盘子。

“为什么你要吃肉呢？”雷那蒂对神父说，“难道你不知道今天是星期五①吗？”

“不，今天是星期四。”神父说。

“你吃了肉，你撒谎，今天明明就是星期五。我知道，那些肉是战死的奥国鬼子的肉，你刚才吃的就是这样的东西。”

我接着说：“白肉②就是军官的肉。”然后说了那个老笑话。雷那蒂大笑起来，他又倒了一杯酒。

“你们不用这么认真。”他说，“我只是疯一点儿罢了。”

“你应该申请休假。”神父说。

少校连忙向神父摇头，雷那蒂则瞅着神父。

“你认为，我应该休假吗？”

少校又向神父摇头。雷那蒂又看着神父。

“随便你吧。”神父说，“你不喜欢的话，也可以不休假。”

“他们都想撵走我，每个夜晚他们都想着把我撵走，但是见鬼去吧，我打退他们了。哪怕得到了那个，又有什么？人人都会得的，全世界每个人都会得的。开始的时候，”雷那蒂换了一种演讲者的语气，“只是一个小小的脓疱，后来我注意到在两个肩膀之间有皮疹出现，过后又什么症状都没有了。我们只知道用水

---

① 星期五，天主教徒守斋。

② 白肉指鸡的背部肉和胸脯肉，煮熟以后颜色会比较淡。

银来治疗。”

“或者用洒尔佛散[①]治疗。”少校平静地补上一句。

“这是一种汞制剂，而且我还知道有一种药，比那个起码要好上两倍。”雷那蒂说道，“现在的他说话总是趾高气扬。”

他说：“你是永远不会染上这个病的。这病不过是一个工作事故，只是一种工作事故罢了。”

勤务兵端来了甜点和咖啡。甜点是浇了厚厚一层甜酱的黑面包布丁。油灯不断地在冒烟，灯罩内装满黑烟。

“拿两支蜡烛来，端走这盏灯。”少校说。勤务兵把两支蜡烛分别放在两个碟子上端了进来，又吹灭灯拿出去了。现在，雷那蒂安静了下来，他的样子还算好。我们一边说话，一边喝咖啡，大家都走到了门廊上。

“你跟神父谈话吧，我得先进城去了。”雷那蒂说，“晚安，神父。”

“晚安，雷那蒂。”神父说。

“再见，弗雷迪。”雷那蒂对我说。

“再见。”我说，“记得早点回来。”他冲我扮了个鬼脸，就走了出去。

少校和我们一起站着。“他现在很疲劳了，再加上过量的工作。”这时候，他说，“他以为自己得了梅毒。虽然我并不相信。但也有可能他真的染上了，这谁也说不准。现在他自己在私下治疗。晚安，天亮以前你就要走了，对吧，恩里科？”

“是的。”

“那么再见啦。”他说，“祝你好运。柏图齐会一早来叫醒你的，他还会陪你一起去。”

“再见，少校。”

---

① 俗名六〇六，是当时治疗梅毒的特效药。

“再见。据说奥军就要发动进攻了，可是我不信。我希望还不至于这就是事实吧。不管会不会发动进攻，总不会从这里攻进来的。吉诺会把一切都告诉你的，现在电话已经接通了。”

“我会经常给你打电话的。”

“请你经常打来吧。晚安，别让雷那蒂再喝那么多白兰地。”

“我会想办法不让他那么喝的。”

“晚安，神父。”

“晚安，少校。”

就这样，少校回到他的办公室去了。

第二十六章

我走到了门口，向外看了看。雨停了，但是还有雾。

“我们上楼去吧?”我问神父。

“可我只能待一会儿。”

“那还是上去吧。”

我们上楼走进了我的房间，神父就坐在勤务兵早已为我架好的那张行军床上，我躺在雷那蒂的床上。

“嗯，你最近到底怎么样?”

“我很好，只不过今晚我很累。”

“我也很累，可是没有原因。”

“战事怎么样?”

“我看，战事不久就要结束了。我也说不出什么道理，只是隐约有这样的感觉。”

“你怎么感觉到的?”

“现在有很多人都变了。就像是你们那位少校，他不是已经变得温和了吗?”

“我也有这样的感觉。”我说。

“今年的夏天太可怕了。”神父说。现在，他比我以前离开的时候更有信心了。“给你说了，你也不会相信的。除非你身临其境，才会真正明白。直到今年夏天，很多人才明白什么是战争。我原本以为有些军官他们永远都不会明白的，没想到现在居然也明白了。”

“将会发生什么样的事呢?”我抚摩着床上的毯子问道。

“我也不知道，但是依我看，这件事不可能再拖下去了。”

“会发生什么事呢?”

“他们会停止战斗。”

“谁?”

“双方都会。”

“我倒真希望是这样的。”我说。

“你不信?”

“我不信双方就会这样立刻停止战争。”

“那样的想法有点过分了，不过我看所有的人们都在改变，我就知道战事不会拖得太久了。”

“今年夏天谁胜利了?”

“谁也没有胜过。”

“奥军胜了。”我说，“他们成功地守住了圣迦伯烈山。他们胜利了，他们不会就此停战的。”

“如果他们的感觉跟我们的感觉一样，他们也许会停战的。我们和他们都有同样的经历。”

“打了胜仗的人从来都不会停下战争。”

“你的话让我很泄气。”

“我只能想到什么就说什么。”

“难道你认为战争会一直拖下去，甚至不会发生一点点的变化吗?”

“不知道。我只是想，如果奥军已经胜了一场仗，他们是一定不肯住手的。我们倘若败了，才会变成基督徒的。”

“奥国人也有基督徒的——只有波斯尼亚人不算①。”

“我的意思不是指一般宗教的分类，我只是说像我们的主，像耶稣那样温柔，那样和平。”

他沉默不语。

“我们败了，现在人都变得比以前温和了。我们的主呢，如果在花园里彼得搭救了他呢?”

“他一定还是现在的样子。”②

“也不一定。”我说。

“你的话让我很泄气，”他说，“但是我相信一定会有变化的，并且为此做了祷告。我感觉得到很快就要起变化了。”

“很可能会发生一些事情。”我说，“不过如果真要发生什么事的话，也只能发生在我们这边。当然了，如果他们也跟我们有同感，那就太好了。但是他们已经把我们打败了，他们肯定会有另一些想法。”

“很多士兵一向都有这样的想法，并不是因为他们败了。”

“士兵们第一仗就败了，他们被从农场上征来，没想到一下子就败了。农民是有智慧的，因为农民一开始就败了。你让农民掌握政权试试看，看他是不是很有智慧。”

他仍是一句话也没说，陷入了沉思。

“现在我也感到很无趣。”我说，“我压根不愿想起这些事情，因为这个。我从来不想思考，可是一谈到这件事，我心中的想法就脱口而出了。”

“我原本一直盼望着发生什么事。”

---

① 这里的基督教指广义的基督教，也包括天主教。波斯尼亚地区的居民都是斯拉夫民族，这里曾是土耳其帝国的管辖范围，因此居民多信奉伊斯兰教。

② 耶稣在被捕的当晚，曾和门徒彼得等在客西马尼园里祷告。耶稣被捕时，彼得拔刀抵抗，受到耶稣的斥责。详见《圣经·马太福音》第二十六章。

“是被打败吗?”

“不，是比这更好的事情。”

“没什么好的，除了胜利。不过也许胜利会更糟。”

“我盼望着胜利已经盼了好久啦。”

“我也是。”

“不过现在就很难说了。”

“不胜即败。”

“我再也不相信有什么胜利了。”

“我也不信。不过我也不相信战败，虽然战败也许会好一点儿。”

“那你还相信什么呢?”

“睡觉。”听了我这话，他站了起来。

“虽然我很喜欢跟你聊聊天，但是我待在这儿太久了，我得走了。”

“我们能够再聚在一起聊聊天，是件很愉快的事，而且我刚才也没有什么别的意思。”我们都站了起来，在黑暗中握握手。

“现在我睡在 307 阵地。”他告诉我。

“明天一早我就上救护站。”

“等你回来，我再来看你吧。”

“不用下来了，等你回来以后我们再一起出去散步，聊天。”我陪着他向门口走去。

他把手搭在了我的肩上对我说：“你能回来真好，虽然对你本人来说不见得有什么好。”

“其实我回来是无所谓的。”我说。

“晚安。”

“晚安!”我说。

第二十七章

雷那蒂回来的时候，我醒了。不过他也没和我说话，然后我很快又睡着了。第二天天还没亮我就穿上衣服走了，我走的时候雷那蒂还没有醒。

我没有去过培恩西柴高原，现在走过的河对岸正是我受伤的地方。接着又走上以前奥军所占据的山坡，心中涌起一股奇异的感觉。那里新铺了一条险峻的山路，军用卡车不时在路上开过。再往前走，路平坦了，我看见了雾中的树林和高山。那些树林在一场战争中就被占领了，所以并没受到多大的毁坏。继续往前，这条路没有了山丘的掩护，路的两边和顶上就搭上了棚，作为遮蔽。这条路的尽头是一个村子，这个村子已经被完全毁坏。这个村子再往前一点儿的高处，就是前线了。村子里的房屋几乎都被破坏了，而且村子的附近有很多大炮，不过这里的组织做得很好，在村子各个地方都设有路标。我们没花多大工夫就找到了吉诺，我们喝了点咖啡，然后他就带我去见了几个人，顺路看了看那些救护站。吉诺说，英国的救护车还在培恩西柴高原上更靠近前线的拉夫涅工作。还说，他很佩服英国人，虽然炮轰还时有发生，不过造成的伤害并不严重。现在雨季开始了，病人也会多起来。据说奥军发动进攻了，可他并不相信。又听说我们也要发动进攻，但是并没有新的部队调来前线，所以所谓的进攻恐怕也只是说说罢了。他非常希望能回哥里察，然后饱餐一顿，因为这里没什么好吃的东西。他又问我昨天晚饭吃什么了？我把情况告诉他以后，他说太好了。他最感兴趣的是甜点。我只告诉了他是一客甜点，并没有详细说明是什么东西，他以为是一样考究的精品，没想到只是面包布丁而已。

吉诺又问我知不知道少校要把他调到哪里？我说我并不知道，不过还有一些救护车正在卡波雷多，有可能会去那里。他说，他倒很希望能去那里。那个小镇很好，他特别喜欢小镇后面那高耸入云的山峰。吉诺是个好小伙子，人人都喜欢他。他还告诉我最惨的就是圣迦伯烈山那场战争，还有在伦姆外围发动的进攻，真是太糟糕了。就在我们面前的特尔诺伐山脉上，奥军布置了很多大炮在树林里，常常在夜里猛轰我们的道路。特别让他感到紧张的是敌人的海军炮队。他们这种炮，很容易认出，只要看到它那直射的弹道就知道了。先是听到“砰”的开炮声，随后是炮弹的呼啸声由远及近。这样的炮往往是两门一起发，一门紧挨着一门，炮弹炸裂之后的弹片特别大。他拿出这种炮弹的碎片给我看，那是一块锯齿形的铁片，边缘比较平整，足足有一英尺多长，看起来好像是巴比特合金①。

“我想这种炮弹也许破坏力并不大，”吉诺说，“可是它把我吓坏了。炮弹的呼啸声就好像它正冲着你来似的。先听到‘砰’的一声，接着是尖锐的呼啸声和剧烈的爆炸声。那声音就能把人吓得半死，即使并没有人受伤，也起了很大的震慑作用。”

他还说，现在对面敌军的阵地中有克罗地亚人，也有些马扎尔人②；而目前我们的部队还都守在进攻的阵地里。如果奥军再次发动进攻的话，我们这边不但没有电话进行联系，也没有可以退守的地方。原本高原上有一排低矮的山丘凸出来，那是个非常好的防守地方，可是我方并没有组织军队利用好这个天然险要地

---

① 巴比特合金是一种用锡、锑、铜等金属炼成的合金。因为发明人姓巴比特，所以叫巴比特合金。

② 马扎尔人是匈牙利最主要的民族。克罗地亚人则是当时居住在奥匈帝国境内的斯拉夫族人。

段。培恩西柴高原，我原以为它会更平坦，那样它就更像个高原了，没想到这个地方竟是这样高低起伏不平的。

“说是高地上的平原，可其实并没有平原。”吉诺说。我们一起回到吉诺居住的地方，那是一幢房子的地窖。我本以为一处山顶平坦而又有着一定高度的山脉肯定比起那些小的山头更容易防守，而且更坚固，但事实是进攻这里的一座山并不比在平地上的战争要困难。我说出了自己的感叹。“那就要看到底是哪种山了。”他说，“你看这圣迦伯烈山。”

“是的，就是这座山。它的山顶是平的，我想敌人攻上山顶应该相当容易。”我说。

“也不见得就十分容易吧。”他说。

“也不一定的呀，”我说，“圣迦伯烈山的特别之处就在于它更像一座要塞，而且奥军多年来都在那里修建防御工事。”我的意思是说，从战略上来说，凡是运动性的战争，如果只以一系列山作为一整条战线的话，是根本守不住的，因为那样的战线太容易受到敌人的包抄了。应该选择一些可以机动作战的地方，而一座山是不大可能进行机动作战的。更何况，从山上向下射击的话，很容易射过头顶的。如果左右翼都被包抄，那么峰顶上的精兵就无计可施了。我不相信在一座山上打仗可以解决什么问题。我曾经多次思考这个问题，我说，战争中，你抢一座山，我又夺回另一座山，但是要打仗的话，我看大家还得走下山来打。

“如果有的国家要把这座山作为国境线，那可怎么办呢？”他问我。

“这个我现在还没想出办法来。”我说。我们俩都大笑起来。

“不过，”我又说，“以前，奥军总在维罗纳周围的那个平原上遭到敌人的打击。敌人让他们占领平原，然后再迎头痛击。”

“是的，”吉诺也说，“但那是法国人，如果你在别国的领土上打仗，那么军事问题就能解决得干净利落。”

“是的，”我表示赞同，“如果是在自己的国土打，那么干起来可就没办法那么科学化。”

“俄国人可就这么搞过，而且成功了，他们引诱拿破仑跌入了陷阱。”

“是这样的，但是俄国国土面积大地方宽。如果你想在意大利用这样的方法来对付拿破仑的话，你就只能退到布林迪西①去。”

“那是个糟糕的地方。”吉诺说，“你去过那里吗？”

“去过，但没在那里待过。”

“我是爱国的，”吉诺说道，“可要我爱上布林迪西或塔兰多②却是不可能的事。”

“那么你爱培恩西柴高原吗？”我问。

“这是一片神圣的土地，”他说，“我们来的时候，发现了一些奥国佬当时播种的马铃薯地。现在我真希望它还能多长一些马铃薯。”

“我们这里真的那么缺乏食物吗？”

“虽然我饭量大，但是也没挨过饿。可是我的东西总感觉还是不够吃的。这里的伙食很一般，前线部队却吃得很好，做支援的人员就没有那么多的东西了。一定有什么地方出了问题，食物应该是很充足的。”

“一定是有人把食物偷出来弄到其他的地方贩卖去了。”

“对啊，他们只供应给前线部队充足的食物，但是我们后援人员的伙食就差得太多了。现在弄得我们只好吃光了奥军种下的

① 布林迪西是海港城市，位于意大利东南端。这无疑表明军队已经完全从大陆上撤退，只有这样一个小小的立足之地还保留着。

② 是另一个港口，位于布林迪西的西面。

马铃薯，还把树林里的栗子也吃了个精光。不过我们确实应该弄好一点儿的食物，因为我们的饭量都很大，而且我相信食物一定是足够的。士兵们的伙食不够，这会造成很不好的影响，如果吃不饱，他们的心思就会去想别的，你应该注意到这一点了吧?”

“我注意到了。”我说，“这样下去打不赢胜仗，但是打败仗却很容易的。”

“不谈这个吧，谈打败的事已经谈得够多了，今年整个夏天的战斗并不是徒劳无功的。”

我不作声。每当我听到神圣啊、光荣啊、牺牲等词语和徒劳这种说法的时候，总觉得不安。我们早已听过这些字眼了，有时候站在雨中听，有时候站在很远的地方，只能听到一些大声喊出来的话；而且，我们也在各种地方看到过这些词语，在那些贴的一层层的公告上看到过这样的词语。但是直到现在，我观察了那么久，也没看到什么神圣的事发生，而那些所谓的光荣的事，也没有什么光荣可言。所谓的牺牲，就像是在芝加哥的屠宰场，只不过在这里，并不是把屠宰好的肉装进罐头，只是直接掩埋掉罢了。还有很多词语现在我再也听不进去了，最后，只有地名还保持着它应有的尊严，还有一些数字和日期仍然还有意义。而那些抽象的名词，比如光荣啊、荣誉啊、勇敢或神圣之类的，如果跟具体的名称——比如村庄的名称、街道的名称、河流的名称、部队的番号以及重大日期等——放在一起的话，就简直令人感到厌恶。吉诺是个爱国者，因此有时候他的话会造成我们彼此之间的隔阂，但他是个好人，我也明白他是个爱国者，从他出生起他就是爱国的。后来他跟柏图齐一起乘车返回了哥里察。

那天暴风雨席卷了一整天，天空中风雨不停，道路上积水遍地而且泥泞不堪。被毁的房屋上，打湿的灰泥又灰又湿。傍晚的时候雨停了，我在第二急救站看见了秋天赤裸的原野，全部都是湿淋淋的。太阳落山以前又从云层中露了一次脸，照着那道山脊后面光秃秃的树林。就在那片树林里，有奥军很多大炮，不过开炮的却没有几门。我看见前线附近一幢被毁坏的房屋上空突然出现了一团团烟雾，很轻柔，烟团的中央还出现了黄白色的闪光。先看见那道闪光，然后才听到炮声，那个烟团在风中逐渐变形，而且越来越稀薄。村子里被毁坏的房屋那些瓦砾堆中还有很多榴霰弹中的铁弹，就在急救站的那幢破屋子旁边，路上也有这样的铁弹，但是那天下午，并没有任何敌人向急救站附近打过一发炮弹。我们的车装着满满的伤员，行驶在湿漉漉的大棚遮蔽的路上，太阳的余晖从大棚的空隙中射进来。还没有行驶到山后那段露天的路上，太阳就落山了。我们的车刚转了个弯，从郊野驶进另一段搭着棚的方形甬道时，天又下雨了。

夜里起风了。凌晨三点的时候，正当倾盆大雨从天空直泻下来的当儿，敌军开始开炮轰击我军阵地，敌军的克罗地亚部队迅速穿过山上的草场和那片树林，冲到了战场的前线。他们顶着雨在黑暗中乱打一阵，第二线有一批惊慌的士兵向他们发动反攻，才把他们赶了回去。敌军在雨中开了很多炮，放了很多火箭，整条战线都是机枪和步枪的声音。敌军士兵没有再上前攻击，前线一片沉寂。风雨之中，我们还听见北面远远地传来猛烈的炮声。

伤员陆续进了救护站，有的是自己走来的，有的是被背着穿过田野来的，还有的人是被担架抬来的。伤员他们的全身都湿透了，一个个吓得要命。我们抬着担架上的伤员从急救站的地下室出来，装满了两辆救护车，当我伸手把第二辆车的车门关上时，我发现打在脸上的雨已经变成了雪。伴随着雨滴，雪粒下得又猛又快。

天亮的时候仍是狂风怒啸，雪是停了。但是现在又下起了雨。天刚亮的时候，敌人再次发动了进攻，但是仍然没有得逞。

那一整天我们都警惕着敌人的进攻，直到太阳落山。南面，在那条有茂密树林的长山岭底下，奥军把大炮集中在一起，随时准备向我军轰击。我们也等待着炮轰，但是炮轰并没有来。

天完全黑了。村子后面，田野上的大炮也开始发出炮弹了，听见炮弹的声音从我们这边往敌军方向远去，心里倒觉得很舒服。

听说敌人在南面的进攻已经失败了。那天夜里，他们没有再次进攻，却听说他们攻占了我们北面的阵地。夜里有人过来向我们传话，要我们大家准备撤退。急救站的那个上尉把这个消息告诉了我，这是他从旅部听来的。过了一会儿，他就接到了电话，说刚才那个消息并不是真的。旅部命令不管发生什么事，我们都必须要坚守培恩西柴高原这条战线。当我问起突破的情况时，他说他从旅部那里听说，奥军已经占领了第二十七军团的阵地，他们现在正向卡波雷多逼近，北边几乎每一天都有恶战。

“如果那帮浑蛋真的让敌人突破前线的话，我们就是敌军的瓮中之鳖了。”他说。

“这次进攻的是德国部队。”又一位军医说道。说到德国人，大家都不由得谈虎变色。我们并不想跟德国人交战。

“德军一共有十五个师。”军医说，“他们已经突破了我们的防线，把我们的战线给切断了。”

“旅部的会议上说敌人并没有突破很多战线，他们都说这条战线我们一定得守住。”

“这个消息他们从哪儿听来的?”

“从师部听到的。”

“让我们撤退的命令就是师部下来的嘛。”

“我们直属军团，”我说道，“但是在这里，我只接受你的指挥。当然，你什么时候让我走我就走。不过命令到底是退还是守，总得把它弄清楚。”

“师部的命令是让我们留守在这里，你现在是负责把伤员们从这里运到后送站去。”

“有的时候，我们还会把伤员从后送站运到野战医院。”我说，“请告诉我，我没看到过撤退——如果真的撤退，这些伤员怎样撤退呢?”

“没有办法运走全部的伤员，只好能运多少就运多少了，其余的就剩下了。”

“那车里面装的是什么呢?”

“是医院的设备。”

“好吧。”我说。

第二天夜里时候，撤退就开始了。听说敌方的德军和奥军部队已经突破了北面的阵地，此刻正沿着山谷往下冲，向西维特尔和乌迪内挺进。不过撤退却是很有秩序的，士兵们的身上虽然被淋湿，但心里却暗自庆幸。夜里，我们开着车逐渐超过了正在冒雨撤退的部队，后面的马拖着的大炮、车，还有骡队和卡车，这一切并没有比进军的时候更混乱。

那天夜里，我们也帮助那些野战医院向后撤退——帮他们把伤员运到河床旁边的普拉伐，野战医院都设在高原上毁坏得最轻的村庄里；第二天整整一天，我们又冒雨协助设在普拉伐的医院和后送站进行撤退。那一天雨下个不停，培恩西柴部队的士兵冒着十月里的秋雨，全都撤出了高原，渡河而过，经过了那年春天伊始打胜仗的地方。第二天中午，我们就到了哥里察。雨渐渐停了，这座城也几乎变成了空城。我们的车开到街上的时候，看到那个专门做士兵生意的窑子里，妞儿们上了一辆卡车。一共有七个小姐，她们每个人都戴着帽子，披着外衣，手里还拿着小提包。其中有两个小姐在哭，但是还有一个朝我们微笑，她伸出舌头上下拨弄，这是一个长着厚嘴唇、黑眼睛的姑娘。我停下车，跑过去找那个专门负责管理的人说话。“你是说军官窑子的那些姑娘吗？她们今天一早就走了。”她说道。

“她们去哪里了？”

“去科内利阿诺去了。”她说。

那辆卡车开走了，那个长着厚嘴唇的妞儿又探出头来，对我们伸舌头；那个管妞儿的朝我挥挥手；刚才的两个妞儿仍然在哭；其余的则饶有兴致地看着车窗外的景色。我回到自己的车上。“我们应该跟她们一起走，”博内罗说道，“这样，旅行一定会很有意思的。”

“我们的旅行一定会很愉快的。”我说。

“恐怕我们这次的旅行是要吃大苦头的吧。”

“我也这么想。”说着，我们的车已经顺着车道开到了别墅前面。

“如果碰上那些硬汉爬上车去逼她们，跟她们硬搞起来，我倒很想看看热闹。”

“你认为会有人这么做吗？”

“当然会啦。在第二军中，有哪一个不认识这位管妞儿的人？”

我们走到了别墅的门外。

“他们都管她叫女修道院的院长。”博内罗说，“虽然这里的妞儿们是新来的，不过人人都认识那位管妞儿的女人，而且那些妞儿们大概是在撤退前才来到这里的。”

“她们应该会好好地乐一阵的。”

“我也认为她们会好好地乐一阵的。可我更希望我们能够免费搞她们一下。因为那家妓院的价钱实在太贵了，感觉我们的政府分明是敲诈我们。”

“开车出去，让机工先检查一下，”我说，“给车换换润滑油，然后再检查一下分速器。把汽油装满，再去睡一会儿。”

“是的，中尉。”

现在的别墅里已经空无一人。雷那蒂早就跟着医院撤退了，少校也早就坐上小汽车，带领医院的人员走了。少校留下了一张字条在窗户上，让我装上堆在门廊上的物资，然后开车去波达诺涅，而机工们早就走光了。我回到了停车场，天又下雨了。这时，其余的两辆车正好开来，司机们下了车。“我是那么……那么的困，从普拉伐到这里的路上，我睡着了三次。”皮安尼说，“我们现在怎么办呢，中尉?”

“我们先得换换油，然后涂些机油，再把汽油装满，等车子开过来，装上他们留下的那些破烂。”

“那我们就出发吗?”

“不，我们可以先好好地睡上三小时。”

“天啊，能好好地睡一睡真好哇。”博内罗说，“我的眼睛都睁不开了，更别说开车了。”

“艾莫，你的车怎么样?”我问道。

“没问题。”

“拿一套工作服给我，我帮你加油。”

“不行，不可以，中尉，”艾莫说，“车子根本没事，你还是去收拾你自己的东西吧。”

“我的东西全都收拾好了。”我说，“我先把他们那些留下来的东西都搬出来，然后等车一弄好你们就把车开到前边来。”

他们开着车子来到别墅前面，又把堆积在门廊上的那些医疗设备装上了车，然后三辆车排成一行，全都停在树底下避雨。我们走进别墅去。

“去厨房生个火吧，把衣服烘干。”我对他们说。

“衣服干不干倒没什么关系，”皮安尼说，“我只想好好睡一觉。”

“让我睡少校的那张床吧，”博内罗说，“我要在那个老头子躺过的地方睡上一觉，我相信我肯定能睡得很不错。”

“随便你，反正我睡哪都可以。”皮安尼说。

“有两张床在这里。”我打开了门。

“我从来都不知道那个房间里到底放了什么。”博内罗说。

“那个房间是老甲鱼的。”皮安尼说。

“现在你们俩就睡那里吧，到时候，我会叫醒你们的。”我说。

“中尉，如果你睡得太久的话，就让奥国佬来叫醒我们吧。”博内罗说。

“不会的，我不会睡过头的。”我说，“艾莫在哪里呢？”

“他去厨房了。”

“你们都去睡吧。”我说。

“我这就去，”皮安尼说道，“我已经坐着打一天盹儿了，太困了，现在我的眼睛早就不想睁开了。”

“把你的靴子脱掉。”博内罗说道，“那可是老甲鱼的床啊。”

“我才不管它什么老甲鱼呢。”皮安尼一下子躺到了床上，伸着他那双泥污的靴子，头靠在胳膊上，睡了。我走进厨房，艾莫已经在炉子里生了火，还放了一壶水在炉子上。

“我想我还是做一点儿通心粉吧，”他说，“因为大家醒来的时候会觉得肚子饿的。”

“难道你不困吗，巴托洛梅奥？”

“我还不太困，等水一开我就走，否则炉火会自己熄灭的。”

“你还是去睡一会儿吧，”我说，“待会儿我们可以吃干酪，还有牛肉罐头。”

“我想通心粉要更好一些，吃点热的东西会对那两人有好处的，那两个无政府主义者。”他说，“中尉，你去睡吧。”

“少校的房间里还有一张床。”

“那你去那床上睡吧。”

“不，我回我原来的房间去睡。你想喝杯酒吗，巴托洛梅奥？”

“等大家动身的时候再喝吧，中尉。现在喝酒可没什么好处。”

“如果三个小时以后你先醒来，而我还没醒的话，你来叫醒我，好吗？”

“可我并没有表啊，中尉先生。”

“有一只钟在少校房间里的墙上挂着。”

“好的，等到时间了，我会记得喊你。”

我走出厨房，穿过了饭厅和门廊，又走上了大理石的楼梯，来到以前和雷那蒂一起住的那个房间。屋外又下雨了，我走到窗户旁边，向外望去。天黑了，我看见那三辆车排成一行停在滴水的树底下。我走到雷那蒂的那张床躺下，很快就睡着了。

出发以前，我们在厨房里吃了点东西。艾莫煮了一大盆通心粉，还拌了洋葱和切碎的罐头肉在里面。我们围着桌子坐在一起，喝了两瓶被遗忘在地窖里的葡萄酒。雨还下个不停。皮安尼坐在桌子旁，仍然昏昏欲睡。

“我认为现在撤退比进攻好，”博内罗说，“因为起码撤退的时候，我们还有巴勃拉酒喝。”

“现在我们就可以喝酒，但是明天可能就得喝雨水了。”艾莫说。

“明天我们就到乌迪内，大家一起喝香槟，逃避兵役的那些王八蛋就待在那里。快醒醒，皮安尼！我们明天就到乌迪内喝香槟！”

“我已经醒啦。”皮安尼说着，把通心粉和肉盛到盘子里，“有番茄酱吗，巴托？”

“现在这里一点儿也找不到哇。”艾莫说。

“我们要到乌迪内去喝香槟。”博内罗一边说，一边在杯子里斟满红色的、澄清的巴勃拉酒。

“不过等到了乌迪内，我们肯定能喝上……水。”皮安尼说。

“你吃饱了吗，中尉先生？”艾莫问我。

“我已经饱了。给我一瓶酒吧，巴托洛梅奥。”

“我在每辆车上都准备了一瓶酒。”艾莫说。

“那你没有去睡吗？”

“我不需要再去睡觉了，我稍微闭闭眼睛就可以了。”

“明天我们要睡国王的床喽。”博内罗说道，此刻他兴高采烈。

“明天我们也许会睡在……”皮安尼并没有说完。

“我要跟王后睡觉。”博内罗大声地说。说完，他看着我，看我对他的这个玩笑有什么反应。

“你说跟你睡觉的是……”皮安尼这时昏昏欲睡地说。

“中尉，叛逆啊。”博内罗说道，“这难道不是叛逆吗？”

“不准再说，喝了一点儿酒你们就胡说八道。”我呵斥道。

外边仍然下着雨，我看了看表，现在正好九点半。

“是该走啦。”说着，我站起身来。

“你坐谁的车，中尉？”博内罗问我。

“我坐艾莫的车。你的车第二，皮安尼的车第三，我们走大路到科蒙斯去。”

“可是我担心我会睡着。”皮安尼说道。

“好吧，我坐你的车吧，那么第二辆是博内罗，第三辆就是艾莫的车。”

“这样的安排最好。”皮安尼说道，“因为我实在太困了。”

“我来开车吧，这样你可以先睡一会儿。”

“不用。只要我知道我瞌睡的时候，有人会在身旁叫醒我，那我还是可以开车的。”

“我会把你叫醒的，关灯吧，巴托。”

“让它们开着吧，”博内罗说道，“反正这地方也没什么用处了。”

“我的房间里还有只上了锁的小箱子。”我说，“你上去帮我拿下来好吗，皮安尼？”

“我们帮你搬，跟我来吧，阿尔多。”皮安尼说。他跟博内罗一起走进了门廊。我听见他们走上楼梯时的吱吱声音。

“这真是个好地方。”巴托洛梅奥·艾莫说着，装了两瓶酒和半块干酪在他的帆布背包里。“我们可再也不会碰上这样好的地方了。他们会撤退到哪里呢，中尉？”

“他们说我们可能要退到塔利亚门托河去，他们把医院和防区设在了波达诺涅。”

“这个镇子可比波达诺涅好多了。”

“我对波达诺涅的情况并不了解，”我说，“不过我曾经路过那里。”

“那地方不大好。”艾莫说。

第二十八章

我们离开城镇的时候，只有一片黑暗，雨中的城镇显得那么空虚荒凉，大街上除了几支正在撤退的部队和他们带着的大炮以外，什么都没有了。还有很多卡车和马车也从小街上驶来，逐渐向大街集合。我们绕过硝皮厂重新回到大街上的时候，部队、卡车队、马拉的车队，还有大炮，汇成了一个很宽的、慢慢向前移动的行列。我们也在雨中缓慢地、有序地朝前走，卡车的散热器盖差点碰到前面卡车的后挡板上——那辆卡车装满了东西，车厢里盖着一块被雨打湿的帆布，帆布下面堆着高高的东西。不知道因为什么原因，卡车突然停下了，接着整个行列都停了下来。过了一会儿，车子又向前走了几步，接着又再次停了下来。我跳下车，跑到前面，想看看到底发生了什么事。我在卡车和马车之间不断穿行着，甚至还在淋湿的马颈下面钻来钻去，可我还是没有发现到底哪儿交通阻塞了。我只好拐下了大路，接着跨过一块踏板，上到了水沟的另一边，从那里的田野上穿了过去。我从田野上抄近路的时候，在大路的树木间看到了那个行列依然停留在雨中。这样我走了大约一英里，那个行列还是没有动，但停滞的车辆的另一边的那些军队已经走动了。我在返回去找救护车的时候，我想这个阻塞的行列可能很长很长，说不定也会一直延伸到了乌迪内。我爬上救护车的时候，皮安尼伏在驾驶盘上已经睡着了，然后我坐在他的身旁也睡着了。不知道过了几个钟头，我听见了前面那辆卡车嘎嘎地推上排挡的声音。我立刻叫醒皮安尼，可是车没走几码，就又停了下来，过了一会儿又开始走了。雨仍然在下。夜里，队伍又停了下来，我下车跑到后面去看艾莫和博内罗。博内罗的车上还搭了两名工兵队的上士。我上车的时候，上士们赶忙坐正表示敬意。“他们是奉命留下来修建一座桥的，”博内罗说，“但是他们找不到自己原来的部队了，所以我让他们搭车。”

“恳请中尉允许。”

“我允许。”我说。

“中尉是美国人，”博内罗告诉他们，“任何人搭车都可以的。”其中的一个上士笑了，另一个问博内罗，我是否是来自北美洲或者南美洲的意大利人。

“不，他可不是意大利人，他可是地道的北美洲英吉利人。”

上士们都非常有礼貌，但是看来他们并不相信。我离开他们，继续往后走，去找艾莫。艾莫正靠在一个角落里抽烟，他的车上有两个女郎。我说：“巴托，巴托。”他却大笑起来。

“中尉，你跟她们谈谈吧。”他对我说，“我可听不懂她们说的话。喂！”他一只手放在女郎的大腿上，轻轻地拧了一下。那女郎赶紧把大围巾裹得更紧，推开了他的手。“喂！”他又说，“快跟中尉说你叫什么名字，还有你来这里做什么？”那个女郎狠狠地盯着我，另外一个则低着头看着脚下。那个瞪着我的女郎操着某种土语的口音说了几句，我却是一个字也没有听懂。她身体有一些肥胖而且皮肤黑黑的，年龄大约十六岁的样子。

“索雷拉[①]？”我指着旁边那姑娘问她。她点了点头，笑了。

“好吧。”说着，我轻轻地拍了一下她的膝盖。我感觉我的手碰到她的身体时，她整个身子发僵，而她的妹妹始终看着脚下，

① 意大利语，“姐妹”的意思。

不敢抬起头来，看上去也许她还要小一岁。艾莫又把手放在那个女郎的大腿上，她再次推开了他的手。他看着她一个劲儿地笑。

“好人，”他指了指自己，“好人。”他又指了指我：“不用担心。”女郎狠狠地盯着他。这一对姐妹就好像是两只野鸟。

“既然她不喜欢我，为什么要搭我的车?”艾莫问，“刚才我一招手，她们立刻就上车了。”他转身对那个女郎说：“这里没有××的危险，你们不用担心。”他说了一句粗话，“没有地方可以××。”看起来，她能够听懂那句粗话，于是用非常惊恐的眼神盯着他。

她的围巾越裹越紧。“车全都坏了，”艾莫又说，“没有××的危险，根本就没有地方××。”每当他说那句粗话的时候，她的身子就变得更僵一些。后来她直直地坐着，盯着他，竟然开始哭起来。我看见她的嘴唇抽动着，泪珠就从那丰满的面颊上一颗颗地滚落下来。她的妹妹却还是低着头，两个人紧紧地依偎在一起，两个人的手也是紧紧地握在一起。那个原本恶狠狠盯着人的姐姐忽然开始啜泣了。

“没想到竟然把她吓着了，”艾莫说，“我不是存心吓唬她的。”

巴托洛梅奥把他的背包拿出来，切下了两片干酪。“拿着吧，别哭啦。”他说。

那姐姐摇了摇头，仍在哭，妹妹却接过干酪吃了起来。过了一会儿，妹妹递给姐姐另一片干酪，两个人都吃起来。姐姐还在啜泣。“等一会儿她就会好的。”艾莫说道。他的脑海里突然闪现了一个念头。“处女?”他问坐在身边的那个女郎。她使劲地点点头。“也是处女?”他又指指她的妹妹。这时，两个女郎都使劲地点点头，那姐姐又说了一些话，不过是土语。“那就好，”巴托洛梅奥说道，“那就好。”

姐妹俩这时候好像愉快一点儿了。

艾莫这时还靠在那个角落里，我把姐妹俩撇下跟艾莫在一起，又回到了皮安尼的车上。车马的队伍仍然一动不动，但是旁边不断有部队经过。我忽然想起，车马的队伍之所以一次又一次地停滞下来，也许可能是因为有的车被打湿了，更有可能是马夫或司机已经睡着了。不过有的时候即使大家都很清醒，可是在城市里也还是会经常发生交通阻塞的事情。而且更加糟糕的是，队伍中马匹和机动车全都混杂在一起，彼此之间又没法互相帮助，而队伍中的马车让交通变得更加困难。巴托的车上还有两个好姑娘，让这两个处女身处退兵的行列之中，可就太危险了。她们是真正的处女啊，也许还是很虔诚的教徒。如果没有战争的话，那么我们现在大概都在床上睡觉吧。我想我一定会在床上安息，身体会睡得像床板一样平直，而且凯瑟琳一定也正躺在床上，我们拥衾而睡。不过她现在睡觉的时候会靠在哪边呢？也许她还没有睡着，也许她正躺在床上想着我呢。刮吧，刮吧，西风。啊，现在果真刮风了，不仅仅刮来了小雨，西风还刮来了一场大雨。一整夜都在下雨。你知道下雨的时候还会有什么落下来吗？你看它，主啊，但愿我的爱人又回到我的怀抱，但愿我又躺在我的床上，凯瑟琳，我的爱人。把我亲密的爱人，把凯瑟琳也当作雨落下来吧，让风把她刮回来给我吧。好啊，我们已经被风卷起来了，人人都被卷在风中，小雨没有办法让风静下来。“晚安，我的凯瑟琳。”我大声喊道，“我希望你睡得好好的。亲爱的，如果你很不舒服的话，那么就靠在另一侧睡吧。”我又说：“我倒点冷水给你吧。一会儿天就要亮了，那时候你不会太难受。他让你感到这么难受，我很难过。好好地睡吧，亲爱的。”

她说自己一直睡得很安稳。你睡着了都还在讲话，你没有哪里不舒服吧？你真的是在那里吗？

我当然是在这里，我是不会走开的。你那么可爱那么甜蜜，在夜里你不会走开的，对吧？当然我是不会走开的，我一直都在这里。什么时候你要我来我就会来……

皮安尼说："又开始走动了。"

"刚才我是一直昏昏沉沉的。"我对他说，看了看手表现在正是凌晨三点。我伸手把车座后面那瓶巴勃拉酒给拿了出来。

"你刚才还在大声说话。"皮安尼对我说。

"我做了个梦，在梦里讲英语。"我说。

雨渐渐小了，我们又开始走动了。在天亮以前我们的队伍又停下了一次，天亮的时候，我们的车正好停在一个小小的山冈上，撤退的道路一直往前，远得望不到尽头，所有的景物都是静止的，只看见步兵缓慢地向前移动。我们终于又开始走动了，但实在走得太慢，如果要想到乌迪内的话，只有放弃大道，抄小路，从乡野越过。

夜里，慢慢地有很多从附近乡间小路来的农民也加入了这支撤退的行列，于是撤退的行列中有了满载着家具和杂物的马车，有的车上还绑着鸡呀鸭呀什么的，有的镜子还从床垫间露了出来。在我们的前面，有一辆车上还装着一台缝纫机，正在雨中缓缓地走着，看来这家人把最宝贵的东西给救了出来。有的车上坐着女人，她们正挤成一团避雨；有的女人跟在车边慢慢走着，她们都尽量靠近车子。现在我们的行列中还有狗，它们都躲在马车底下向前走。道路泥泞不堪，路旁，水沟里都涨满了水，路边树木后的田野太潮湿了，根本没办法开车穿过。于是，我下了车，然后沿着大路往前走，希望找到一个可以望得见前面的地方，想看看有没有什么侧路旁道，可以越过田野前进。我原来知道有很多小道，但还得找到一条能够通到目的地的路才行。不过我已经不记得这些小道了，以前我从这里经过的时候，总是坐在车里从公路上疾驰而过，看到条条小道仿佛都差不多。但是现在我很清楚一件事情，如果要越过这条阻塞不前的队伍，我就一定要找到一条小道走出去才行。没人知道奥军现在到了什么地方，双方的战况怎么样。但是我明白，只要雨一停，准会有飞机前来向这个行列扫射，那时大家都要完蛋。因为，只要有司机丢下卡车跑掉，或者被炸死几匹马，这支队伍就会完全停滞。

现在雨已经小了，我想，也许天就要晴了。沿着大路的边沿我继续往前走，找到了一条通往北面的小路。这条小路正好在两块农田的中间，路的两边用树篱做界线。我暗自想这条小路应该可以通过，于是赶紧跑回去，告诉皮安尼转弯，从那条小路走，随后又通知博内罗和艾莫两人。

"如果说这条路走不通的话，那我们还可以按照原来路线返回来。"我说。

"那么这些人怎么办?"博内罗问道。他身旁还坐着那两名上士，虽然他们俩没有刮脸，但在清晨，看起来还是很有军人的气概。

"他们俩可以帮我们推车。"我说。然后又去找艾莫，告诉他我们会抄近路越过乡野。

"那么我这两个处女家属应该怎么办呢?"艾莫说。女孩子们这时已经睡着了。"她们帮不上什么忙，"我说，"你应该找一两个能推动车子的人。"

"她们可以坐在车后面，车里还有空地方可以让她们坐着。"艾莫说道。

"你想要留她们，那就随你的便吧。"我说，"再找个脊背宽、有力气的汉子来帮忙推车吧。”

“找个意大利狙击兵吧，”艾莫笑了笑说道，“他们有最宽的背脊，有人量过。中尉，你还好吗？”

“我很好，你呢？”

“很好，只是很饿。”

“我们将要走的那条小道上应该有吃东西的地方吧，那我们可以停下来吃点东西。”

“你的腿现在怎么样了，中尉？”

“我的腿没问题。”我说。我站在卡车的踏板上向前望去，看见皮安尼的车已经走上了那条小路，越开越远，车身从路边光秃秃的枝干间透露出来。博内罗也转了弯，跟在皮安尼的车后，我们在最后，跟着他们往前开。这条路通到了一家农舍，前面的皮安尼和博内罗都把车停在了这家农户的院子里。农舍的房子又矮又长，有座棚子搭在屋前，支起的葡萄藤垂挂在门上。院里有一口井，皮安尼正从井里打水往他的散热器里灌。车开得这么慢，又这么久，散热器里的水全都开了。农舍里一个人也没有，我一回头，才发现这户农舍原来是盖在一处高地上，这处高地比平原稍微凸起一些。乡野、小路、树篱，还有农田，以及大路边那一排树都能清楚地看见，而撤退的队伍就在这条大路上慢慢地行进着。那两名上士在农户的屋里东张西望，女郎们都已经醒来，正打量着院落、那口井和农舍前那两辆大救护车，司机们正聚集在井边。一个上士拿着一只时钟走出屋来。“把它放回去，”我说。他看了看我，又走回屋里，再出来的时候，手里已经没有时钟了。“你的同伴呢？”我问他。

“他去厕所了。”他害怕我们把他丢下，一边说着一边坐在了救护车的座位上。

“今天的早饭吃得怎么样，中尉?”博内罗问我，“我们其实可以吃点早饭再走的，也用不了太多时间的。”

“依你看，我们从这条路一直向前走，通到哪里去呢?”

“这个谁也说不准的。”

“好吧，我们吃东西吧。”皮安尼和博内罗走进屋去。

“过来吧。”艾莫向女郎们说。他伸手想扶她们下车，可是那姐姐却摇了摇头，她们不愿意随便进入一间没人的空屋子，因此，她们只是看着我们进去。

“她们可真难对付，”艾莫对我说。我们走进那户农舍，屋子很大又很暗，一种被遗弃的感觉。这时，博内罗和皮安尼已经进了厨房。

“我们能吃的东西不多了，这里能吃的东西也都被人家带走了。”皮安尼说。

博内罗正在厨房一张笨重的桌子上切一大块干酪，白色的。

“你是在哪里找到的干酪?”

“刚在地窖里找到的，皮安尼那家伙还在这里找到了酒和苹果。”

“看来这顿早餐可不赖。”

皮安尼拔出一只大酒瓮的木塞子，这个酒瓮用柳条筐包着。他抱着酒瓮，倒了满满一锅的酒。

“真香，”他说，“找几个大口杯来，巴托。”

那两位上士走了进来。

“来点干酪吧，上士们。”博内罗向他们说。

“我们应该走啦。”一个上士说，他很快吃完干酪，并喝了一杯酒。

“放心，我们等下就会走的。”博内罗说。

“我们得吃饱肚子。”我说。

“什么?”上士问道。

“吃是最重要的。”

“是的。不过时间更宝贵。”

“照我看，这两个浑蛋已经吃过了。”皮安尼说。上士们都盯着他，他们显然憎恨我们这一伙人。

“你们认识路吗?”其中一个上士问我。

“不认识。”我回答。他们俩相互对看了一眼。

“我们最好现在就走吧。”第一个上士又说。

“很快就走。”我说着，又喝了一杯红葡萄酒。刚吃了干酪和苹果，现在又喝酒，就感觉酒的味道特别好。

“带点干酪吧。”说完我就走了出去。博内罗出来的时候，手里还捧着那一大瓮酒。“这酒瓮可真大啦。”我说。他惋惜地盯着那瓮酒。

“的确是太大了，”他说，“要不，用行军水壶来装一些，你看怎么样?”他立马拿来水壶，往里面灌满了酒，有一些酒溢了出来，洒在院子里铺的石头上。然后他将酒瓮放在了大门里边。

“这样奥国佬不用打破门就能找到这瓮酒了。”他说。

“走吧，”我说，“我和皮安尼走前面。”那两位上士已经坐到了博内罗的身边，而女郎们却正在吃干酪和苹果，艾莫还在抽烟。我们出发了，沿着那条狭窄的小道继续往前走。我回头看了看跟在后面的两辆救护车，又看了看那户农舍，那是上好的石屋，矮矮的房子，很牢固，井边架上的铁栏也是极好的。再看看我们前面的道路，狭窄难走，又满是泥泞，两边都架着高高的树篱。再后面，就是那两辆车紧紧地尾随着我们。

第二十九章

中午时分，经过一段泥泞的道路时，我们的车子陷了进去，再也开不走了。据我们猜测，那个地方距离乌迪内大约有十公里。上午的时候，雨就停了，我们听见飞机越飞越近，看着它越过头顶，向左方渐渐地远去，随后就听见轰炸大路的声音。这样的情况发生了三次。而我们则在纵横交错的小路上摸索了很久，走了很多冤枉路，屡次辗转以后，终于找到了新路，而且居然越来越接近乌迪内。可就在这时，艾莫的车从一条绝路上返回，车身陷进了路边的软泥里，车轮不停地打转，车子陷得越来越深，最后竟然整个前轮陷进土里，连分速器箱都碰到了地面。唯一的办法就是挖掉车轮前面的泥土，再砍些树枝塞进去。这样，车轮上的链条才不会打滑，才能把车推上路面。我们都下了车，围在那辆车周围。那两位上士也下了车，仔细地看了看车轮，随即一声不响地拔腿就走。我立刻追了上去。

“来，我们去砍些树枝。”我对他们说。

“我说我们必须走了。”其中一个上士说。

“现在是要去砍些树枝来，赶快。”我说。

“但是我们得走了。”那个上士又说，另一个则一声不吭。他们急于离开，而且两人都不愿意直面我。

“我命令你们立刻回来，现在去砍树枝。”我大喊道。

一个上士转过身，十分坚决地说：“你没有资格向我们发号施令，因为你根本不是我们的长官。我们得走了，再过不了多久你们就会被敌人给截断后路的。”

“我命令你们，现在去砍树枝。”我很坚决地说。他们转身又往前走。

“站住。”他们毫不理睬我的命令，他们飞快地朝着两旁都栽着树木的泥泞小路走去。“我命令你们立即站住。”我大声喊道。他们反而越走越快。我把手枪套打开，拔出手枪对准了那个说话最多的上士，我开枪了。第一枪没有打中，他们跑了起来。我连开三枪，有一个中枪倒下了，另一个则钻过了树篱，看不见了。当他越过田野的时候，我隔着树篱向他开枪，没想到只听到“嗒”的一声空响，没子弹了。我很快换上一匣子弹，这时跑掉的那个上士已经太远，用手枪根本打不到了。我看见他在田野上远远地低着头一个劲儿跑，没有办法，只好给那只空弹夹装上子弹。这时，博内罗走到我身边，说：“我去结果了他吧。”我把手枪递给他，他找到那个扑倒在路上的上士，弯下了腰，将手枪对准那个上士的脑袋，然后扣了扳机，可是枪声并没有响起来。“你得先把它先往上扳。”我告诉他。随后他往上一扳，接着连开了两枪。他抓住那个上士的两条腿，将他的尸体拖到了路旁的篱笆旁。最后博内罗回来了，把手枪还给我。

“浑蛋。”他望着那个上士说，“你看见我把他打死了吧，中尉?”

“我们得赶紧砍些树枝。”我说，“另外那个我根本没有打中他吗?”

“大概没有吧，”艾莫说道，“他已经跑得太远，用手枪根本打不到了。”

“王八蛋。”皮安尼骂了一句。我们搬下了车里所有的东西，开始在路边砍树枝。博内罗在车轮前拼命地挖泥土。我们把所有的东西都准备好以后，艾莫开动了车子，可是车轮还是在泥土里打转，弄得垫在下面的枝条，还有旁边的泥土都在四处飞溅。博内罗和我使出吃奶的力气推车，我们累得直到关节都要折断了，可是车子还是纹丝不动地停在那里。

“把车子向前后都开一下，巴托。”我说道。

于是艾莫先朝后开，又朝前开，车子仍然越陷越深，分速器再次碰到了地面，车轮又在那个已经挖开的窟窿里打转。我直起了身。

“我们去找根绳子来拖吧。”我对博内罗说。

“这个方法不见得有用的，中尉。因为我们根本没有办法拖动车。”

“也只有试一试了，”我说，“别的办法都行不通啊。”我们把绳子绑在这两辆车上，皮安尼和博内罗的车都只能沿着狭窄的小路直直地往前开。我们只看见车轮往旁边滑动，紧紧地靠在车辙上。“没用的，”我喊道，“停下来吧。”

皮安尼和博内罗都跳下车，走了回来。艾莫也下了车，女郎们都坐在四十码远的路边，就是那一堵石墙旁。

“你说怎么办呢，中尉？”博内罗问我。

“我们再挖深一点儿，然后垫上枝条再试一次。”说着，我向这条小路的另一头望去。脑海里涌现出一个念头，都是我的错，是我领着他们到这里来的。现在太阳很快就要从云的后面露出脸来了，那个上士的尸体就横在树篱旁边。

“我们把他的军装上衣，还有披肩也拿来垫一垫。”我说。博内罗走过去拿了过来。我在砍树枝，艾莫和皮安尼在把车轮前和车轮间的泥土挖掉一些。披肩也被我割成了两半，铺在车轮底下，然后在下面垫些枝条，这样车轮就不会打滑。再次准备好以后，艾莫又上去开车。这一次，车轮转了又转，我们在下面推了又推，可是仍然一点儿作用都没有。“他妈的，”我骂了一句。“巴托，你车上还有要拿的东西没有？”艾莫上车拿走了干酪、两瓶酒，还有他的披肩，然后跟博内罗一起上了车。博内罗则坐在驾驶座上，检查上士军装的那些口袋。

“我们丢掉这军装吧，”我说，“巴托那两个处女要怎么办呢?”

“就让她们坐在车后。”皮安尼说，“我想，我们应该走不了多远了。”

我把救护车的后门打开。

“上来吧，进车里去。”我说。两位女郎很快爬了进去，坐在车子的一个角落里。刚才我们向两个上士开枪时，她们似乎并没有注意。我又回头望望路的那头，那个上士的尸体仍然横在那儿，现在他只剩下一件肮脏的长袖内衣。我爬上了皮安尼的车，再次出发了。前面的路穿进一片农田，我下了车在前面走着。如果我们能够顺利穿过这块农田的话，就可以从农田另一边的那条路上走出去。但是显然我们遇到了困难，田里的泥土实在太软，而且太泥泞了，根本不能开车。最后两辆车都完全被困住了，车轮深深地陷进烂泥里，轮壳都被泥土淹没了。我们只得丢下救护车，向乌迪内步行进发。

我们走上了一条小路，那是一条往后就能通到原来公路上的小路，我指着后方对两个女孩子说：“往那边走吧，在那里会碰到别人的。”她们都望着我。我掏出皮夹子，每人给了一张十里拉的钞票。“往那边走吧，”我又指着路的后方说，“朋友！亲戚！”她们还是没听懂，只是手里紧紧地捏着钞票，转身往小路的另一头走去。一边走，她们一边回过头来看看我，好像担心我会把钱要回来似的。她们的大围巾裹得紧紧的，而且不时恐惧地扭过头来看着我们。三位司机都纵声大笑。“如果我也往那个方向走，你给我多少钱呢，中尉?”博内罗问我。

“如果有敌人追上来的话，那她们最好的方法还是混在人群里。”我说道。

“如果中尉你给我两百里拉，那么我会向奥地利的方向一直走回去。”博内罗又说。

“会有人抢去你所有的钱。”皮安尼说。

“也许战争已经停止了。”艾莫说。我们用最快的速度向乌迪内赶去。太阳这时候也很想冲出云层，从路边桑树的缝隙之间能看见我们那两辆陷在田野里的大车。皮安尼也回过头去看。

“他们可得先修一条路，然后才能拖出这两辆车。”他说。

“主啊，但愿我们有辆自行车。”博内罗说。

“美国有骑自行车的吗?”艾莫问。

“以前有人骑的。”

“在这里，有一辆自行车可是了不起的事。”艾莫说。

“这东西可是太好了。主啊，但愿我们有辆自行车，”博内罗又说，“我不会走路了。”

“听到了吗，是枪声，我好像听到远方有射击的枪声。”我说道。

“很难说。”艾莫仔细地听着。

“也许是吧。”我又说。

“我们首先看到的可能是骑兵。”皮安尼说。

“他们不一定有骑兵队吧?”

“主啊，求求你，但愿没有骑兵，”博内罗说，“千万别让那该死的骑兵一枪把我刺死。”

“你可是向那上士开过枪的，中尉。”皮安尼说着，我们走得更快了。

“是我把他打死的，”博内罗说，“在这次战争中我还没有杀过人，但是我这辈子第一次就是杀个上士。”

“你可是趁人家不能动弹的时候打死他的，”皮安尼又说，“你开枪杀他的时候，人家可没有飞快地奔跑。”

“没关系，我杀了一个浑蛋上士。这件令人满足的事我一辈子都不会忘记的。”

“将来你忏悔的时候怎么说呢?”艾莫问他。

“我会说：祝福我吧，神父，我杀了那个上士。”他们都笑了起来。

“他根本没有宗教信仰，”皮安尼说，“他从来不上教堂。”

“皮安尼也没有宗教信仰。”博内罗说。

“你们真的不信仰宗教吗?”我问。

“不是的，中尉，我们都是社会主义者，我们都是伊摩拉[①]人。”

“你没有去过那个地方吗?”

“没有。”

“主可以证明，那才真是个好地方啦，中尉。战争结束以后你到我们那里好了，我给你看一些很好的东西。”

“你们那里的人每个都是社会主义者吗?”

“我们那里每个人都是的。”

“那你们的那座城市一定很不错的吧?”

“那是肯定的了。而且你从来没有见过这样好的一座城市。”

“你们怎么就成为社会主义者了?”

“我们那儿的人都是社会主义者，每个人都是，我们生来就是社会主义者。”

“到我们那里来吧，中尉，我们也会让你成为一个社会主义者。”

路在前面向左转，能看见那里有一座小山，山上还有一个苹果园，果园的外面围着一堵石墙。一踏上上山的路，我们的谈话就停止了。我们全都大步往前赶，争取尽快到达乌迪内。

---

① 意大利的一座古城，位于北部波洛尼亚省。

第三十章

后来，我们又走上了一条通往河边的道路，道路那里停着一长列被遗弃的卡车，还有运货的马车，可是却没有一个人影。河水涨高了，现在这个桥的中部已经被炸断，整个拱起的部分也都掉进了河里，褐色的河水从石拱的上面流过。没办法，我们只好沿着河岸走，希望能找到一个可以渡河的地方。我知道前面就有一座铁路桥，也许我们可以从那里过河。河边的小路又湿又烂，看不到任何军队，只看到无数被遗弃的卡车和车上的辎重。河岸上除了湿漉漉的枝条和泥泞的小路以外，什么都没有。我们不停地走，终于看到了那座铁路桥。

“这是一座多么美丽的大桥啊。”艾莫禁不住说。其实那不过是一座很普通的长铁桥仅仅就横跨在河床上，而且那段河床平常都是干涸的。

“趁它还没有被敌人炸断，我们赶快过去吧。”我说。

“现在没有人会来炸断它啊，”皮安尼说道，“毕竟他们都走光了嘛。”

“说不定桥上面还埋着地雷。”博内罗说道，“你先走吧，中尉。”

“你们听听这个人说出这样的话来，”艾莫说，“让他自己先过去。”

“还是我先走吧，”我说，“埋下的地雷不会仅仅因为一个人的重量而爆炸的。”

“你看，”皮安尼说，“这才叫聪明。你为什么没脑子呢，无政府主义者？”

“我要有脑子的话，就不会还在这里了。”博内罗说。

“这话倒很有道理，中尉。”艾莫说道。

“有道理。”我也说。我们已经靠近那座桥了，天上又乌云密布，而且下着小雨。

那座桥看起来很长又很坚固，我们爬上了铁路的路堤。

“我们分开走，一个个隔远一点儿。”说完，我向桥上走去。我非常细心地察看那些枕木和铁轨，寻找能够拉发线或者是埋着炸药的痕迹，但我什么都看不见。从枕木的空隙间看下去，我看见了桥下浑浊而湍急的河水。前面，越过湿漉漉的乡野，依稀看见了雨中的乌迪内。走过那座桥，再回头看去，河流上游还有一座桥。我正在看的时候，发现一辆泥黄色的小汽车正从桥那端过来。那座桥的两边很高，小汽车刚上桥就被遮住了，只看得见司机和坐在副驾驶座的那个人的头，车后座上也露出两个人头，他们头上都戴着德军钢盔。幸好车子下桥以后，又被路上的树木和那些被遗弃的车辆遮住了。于是我赶紧向正在过桥的艾莫，还有其他人招招手，让他们过来。自己却爬到铁路边，蹲在那里。艾莫也跟着我下来了。“你看见那辆小汽车了吗？”我问他。

“没有。我们都只看着你。”

“有一辆德国军官的小汽车从那边的桥上开过去了。”

“军官座车？”

“是的。”

“圣母马利亚啊。”

这时，其他人都过来了，我们全蹲在路堤后边的那片烂泥里，望着铁轨另一边的那座桥、那一排树、那条明沟和那条路。

“你看，我们是否被敌人切断了，中尉？”

“我不知道。我只看见有一辆德国军官座车刚刚从那条路上开过。”

“中尉，你是否有点不舒服？你的脑子里不会产生了什么奇异的感觉吧？”

“别再乱开玩笑了，博内罗。”

“要喝点酒吗？”皮安尼说，“如果我们真的被敌人切断了后路，那么我们还是索性喝口酒吧。”

他解下了水壶，拔出了塞子。

“快看！快看！”艾莫说着，指着路上。我们都看见石桥顶上，一些德国兵的钢盔正在移动着。那些钢盔全都向前倾，滑溜溜地移动着，就像有一股神奇的力量操纵着它们。他们下了桥，我们才看见是一支自行车部队。最前面的那两个人，脸色看起来又红润又健康，他们把钢盔戴得很低，低得遮住了前额，也遮住了脸庞的两边。他们都把卡宾枪扣在自行车的车架上，把手榴弹倒挂在自己束身的皮带上，弹柄朝下。他们的灰色制服和钢盔都被雨水打湿了，但仍然那么从容地骑着自行车，不断地向前面和左右张望。最前面是两人一排，然后四人一排，接着又两人一排，后面差不多十二个人排成一排，再后面又是十二个人，最后只有单独的一个人。他们没有讲话，即使讲话我们也听不见，湍急的河声喧腾不息。没多久，他们在那条路上消失了。

“圣母马利亚啊！”艾莫说道。

“那是一群德国兵。”皮安尼又说，“而不是奥国佬。”

“为什么这里没有人拦住他们？他们为什么没有炸掉那座桥？他们为什么没有布置机关枪在这条路堤上？”我问道。

“你说说看，中尉。”博内罗对我说。

我很恼火。

“该死的，整个局面都如此荒唐可笑。他们炸掉了下游的那座小桥，可他们却保留下了这座桥。我们这边的人都躲到哪里去了？难道他们一点儿都不想阻止敌人吗？”

“这事你来说说看，中尉。”博内罗又说。于是我不说话。这些本来跟我无关，我的任务只是把三辆救护车完好地送到波达诺涅，但是我没能完成这个任务。现在我只要我们几个人安全地到达波达诺涅也就完事了。很可能我连乌迪内都到不了。为什么到不了，真是活见鬼！现在重要的是保持镇静，别被敌人的枪打中，别被敌人捉去当俘虏。

“你不是把一个酒壶打开了吗？”我问皮安尼。他把那个酒壶递给我。我接过来，喝了一大口酒。“我们走吧，”我说，“不过也不必太匆忙。大家想吃点什么东西吗？”

“这里可不是一个适合久待的地方。”博内罗说。

“那么好吧，我们赶紧走吧。”

“我们就靠路的这边走吧，这样能够避免被敌人发现。”

“我们还是走到上面去吧。可能还有敌人会从这座桥赶来，我们要小心，千万别让居高临下的他们发现我们。”

于是，我们迅速地沿着铁路轨道向前走。道路的两边是湿漉漉的平原向外伸展着，田野上也有很多桑树。前面是乌迪内的那座小山，小山上有一座城堡，城堡下面有很多屋顶，这些房子一户户地挨着，我还能看见钟楼和钟塔。铁轨再向前就是被拆掉的一段，枕木也被挖掉了，丢在路堤的下面。

“趴下！趴下！”艾莫连声喊道。我们赶紧扑倒在路堤旁边。又有一支自行车队从路边走过，在堤顶上，我们偷偷地看着他们。

“他们看见我们了，但没有停下，只管走他们的路。”艾莫说道。

“如果我们继续在上边走的话，我们就会被打死的，中尉。”博内罗对我说。

“他们的目标不是我们，”我说，“他们肯定另有目标。可是如果他们突然撞上我们，那么我们可能就会更危险。”

“我宁愿在这个敌人看不到的地方走。”博内罗说。

“那好吧，我们就走轨道上。”

“你认为我们能逃出去吗？”艾莫问。

“这是当然啦。敌人并不多，我们可以趁着天黑的时候溜过去。”

“那辆军官座车是来干什么的？”

“主才知道。”我说。我们继续沿着铁轨往前走，博内罗却在路堤旁的烂泥里走，后来走腻了，他也爬上来跟在我们后面一起走。铁道一直向南延伸，已经与公路分开，我们无法看到公路上的情况了。我们遇到了一条运河，运河上有一条被炸毁的短桥，我们从桥墩的残留部分爬过河去，这时又听见了前面传来的枪声。

过了河，我们又走上了铁轨。铁路穿过低洼的田野，一直进入城里。我们看见前面还有另外一条铁轨，而北面正是那条自行车队走过的公路；南面有一条小小的支路，横贯田野，路的两旁都栽着茂密的树木。我想最好是抄近路向南走，然后绕过城市，再穿过乡野去坎波福米奥，在那里就走上了通往塔利亚门托河的大路。于是，我们挑选着乌迪内城后那些岔路小道走，避开正在撤退的总队伍。我知道这里有很多小路都横贯平原，所以爬下了路堤。

“来吧。”我跟他们说。我们要从那条支路绕到城市的南面。

大家也都爬下了路堤。这时，从支路那边突然“嗖”的一枪向我们打来，幸好那颗子弹没打中我们，打进了路堤的泥壁里。“退回去。”我赶紧喊道。我往路堤上爬，这时候脚却在泥土里滑了几下。茂密的矮树丛里又接连打出两枪，而艾莫这时正跨过铁轨，被枪打中后，他的身子一晃，脚下一绊，脸朝下跌倒了。我们迅速把他拖到另一边的路堤上，翻转他的身子。“他的头应该在上面。”我说。皮安尼又把他的头转到上面去。他就那么躺在路堤边的泥地上面，双脚朝下，不断地吐出鲜血。我们三人都在雨中，蹲在他的身边。他的脖子下中了一枪，子弹斜着向上，从右眼下面穿了出来。我正设法把这两个窟窿堵住的时候，他死了。皮安尼放下了他的头，拿了块急救纱布擦干净了他的脸。

“那帮浑蛋。”他骂道。

“他们肯定不是德国兵，”我说，“在那边不可能有德国兵。”

“是意大利人。”皮安尼说。这个名词被他当作一个表性形容词。博内罗此时一声不吭地坐在艾莫的身旁，可并不看着他。艾莫的军帽已经滚到了路堤的下面，皮安尼捡起来遮住了艾莫的脸。他又拿出他的水壶：“喝酒吗?”皮安尼把水壶递给博内罗。

“不喝。”博内罗转身对我说，“如果我们还继续在铁轨上走的话，我们可能还会随时碰到这样的危险。”

“不，”我说，“他们开枪，是因为看见我们要穿过田野。”

博内罗摇了摇头。“艾莫已经死了，”他说，“第二个会轮到谁呢，中尉?我们现在该往哪里走?”

“开枪的肯定是意大利人，不可能是德国人。”我说。

“可是我认为，如果开枪的是德国人的话，他们就会把我们全都打死的。”博内罗说。

“现在对我们来说，意军带来的危险比德国人带来的危险还大。”我说，“撤退队伍中的押后部队为什么都感到害怕。而德国部队有他们的目标，不会多花时间管我们。”

“你说的倒是头头是道，中尉。”博内罗说。

“那么我们现在去哪里呢?”皮安尼问。

“我们现在最好先找个地方躲一躲，然后等到天黑。只要我们能够走到南边我们就没事了。”

“为了证明他们第一次没有打错人，我们再过去的话，他们一定会把我们都打死的。”博内罗说，“我才不会这么干呢。”

“我们还是找个最近的地方躲一躲，等到天黑了再溜过去吧。”

“那就这么办吧。”博内罗说。我们顺着泥堤的北边下去，我回头看了看，艾莫躺在泥土里，正好跟路堤形成一个角度。他人相当小，两条胳膊紧紧贴在身边，一双裹着绑腿布的腿穿着满是污泥的靴子，军帽掩盖在他的脸上，这样子真像是一具尸体了。天仍在下雨。在我认识的这些人当中，最喜欢的就算是他了。他的证件都放在我的口袋里，我准备以后写信通知他的家属。

我们在田野的前面看到了一幢农舍，农舍周围栽着树，还搭着一些农家的小建筑物。这个农舍的二楼有一个阳台，阳台下面是用柱子在支着。

“我们还是分开，尽量隔开一些距离吧。”我说，“我先走。”然后朝农舍走去。

有一条小路穿过田野，沿着那条路走过去的时候，我不知道会不会有人突然从农舍附近的树木之间，或者就从农舍里向我们开枪。我朝那幢农舍走去，越走越近，也越看越清楚。农舍二楼的阳台是和仓房连在一起的，阳台下面的柱子之间有一些干草。农舍的院子是用石块铺成的，周围所有的树木都滴着雨水。农舍的院子里有一辆空的双轮大车，车辕高高地翘起在雨中。我走进了那个院子，穿过去，站在阳台下面。门是开着的，我又走了进去。博内罗和皮安尼随后也跟着我走了进去。屋里很暗。我们绕到了后边的厨房，看到一个没盖的炉子，炉子里还有炉炼的余烬，而炉炼的上方则吊着几口锅，可全都是空的。我找来找去，却找不到可以吃的东西。

“我们得先去仓房里躲躲，然后皮安尼，你再去找找看有什么吃的东西没有，找到吃的东西就拿上来我们一起吃。”我说。

“好，我去找。”皮安尼说。

“那好吧，”我说，“我上去到仓房里看看。”我看到底层的牛栏里有一道能往上走的石梯。下雨天的牛栏有一种干燥、好闻的气息。牛栏里已经没有牲口了，可能主人走的时候已经把它们全都赶走了。仓房里还堆着半屋的干草，仓房顶上开着两个窗子，一个窗口上面钉着木板，另一个窗口是一扇狭窄的朝北开的老虎窗。仓房里还有一道斜斜的草料槽，叉起的干草就可以从这里滑下去喂牲口。仓房的地板上通向楼下的方孔架有一道横梁，运草车开到楼下的时候，就可以从这里把干草叉起来送到楼上。我听到了屋顶上的雨声，又闻到了干草的气息，下楼的时候，还闻到了牛栏里一股干牛粪的气味。我们撬开了南面窗子上的一条木板，向院落里张望。还有一扇窗向北朝着田野，如果我们要逃，可以利用两个通向屋顶的窗子。如果楼梯派不上用场，还可以从那个喂牲口的斜槽滑到楼下去。这个仓房很宽、很大，只要听到有人来，就可以立刻躲进干草堆里，这似乎是个暂时藏身的好地方。我相信，如果刚才他们不朝我们开枪的话，我们早已平平安安地到南面了。南面是不可能有德国军队的。德国佬从北边过来，他们从西维特尔的公路到这里来。他们是不可能从南面绕过来的。这时的意军更危险，他们显然已经惊慌失措了，无论看见什么都胡乱开枪。昨天夜里，就在我们撤退的时候，听说有很多德国兵已经换上了意军的军装，混在那些从北方撤退回来的队伍中。我不信，这样的谣言在战争中时有听到，打仗的时候，敌人常常会利用这样的谣言来对付你。你没听说过吗，我们也有人穿上德军的军服去他们的队伍捣蛋。也许真有人做这样的事，不过似乎很困难。我并不相信德国人真会这么做，我也不认为他们非这么做不可。这一次我们的撤退根本不用敌军来捣乱，撤退的队伍这么庞大，撤退的道路又这么少，撤退之时必然混乱。我军根本没有人指挥撤退的队伍，更不要说什么德国人了。不过，他们还是把我们当成德军向我们开枪，他们打死了艾莫。仓房里有很香的干草味，我躺在干草堆上面，仿佛回到了年轻时代。那时我们都躺在干草堆里聊天，还用气枪打下在仓房高高的山墙上歇息的麻雀。那座仓房如今早已拆掉了，有一年他们还砍掉了铁杉树林，只留下一些残桩、一些干巴巴的树梢、光秃秃的枝条和大火过后的杂草。时间是不会往后退的，如果不往前走，又能怎样呢？你再也回不到米兰的时光了。即使回到了米兰的日子，又能怎么样呢？我听到了乌迪内方向传来的枪声，不过我只听见机枪声，却没有炮声，这样的情况让人稍微心安。一定有一些军队布置在公路旁边。我朝下望去，借着仓房里的暗光，能看见皮安尼正站在楼下卸草的那块地板上。他手里拿着一根长香肠，还有一壶什么东西，他的腋下则夹着两瓶酒。

“快上来吧，梯子在那里呢。”我说。这时候，我才想起我应该下去帮他把东西拿上来。可是刚才我在干草上舒服地躺了一会儿，几乎快要睡着了，到现在我的头脑还糊里糊涂的。

“博内罗呢？”我问他。

“等一下再告诉你。”皮安尼说着，跟我一起走上了梯子。我们先把食物全都放在那个干草堆上。然后皮安尼又拿出他那把带有拔瓶塞钻子的刀用那个钻子打开了酒瓶。

“你看，瓶口上还用蜡封着呢。”他说，“我肯定这是一瓶好酒。”他笑了笑。

“博内罗他人呢?”

皮安尼直直地望着我。“他走了，中尉，”他一字一句地说，“他说他宁愿去当俘虏。”

我沉默着，一句话也没说。

“他是害怕我们全被打死。”

我抓住了那个酒瓶，还是没说话。

“你看，对这场战争，我们根本就没有什么信心，中尉。”

“那你为什么没走呢?”我说。

“我可不想离开你。”

“那他去哪里了?”

“我不知道，中尉。他已经溜走了。”

“好吧。”我说，“那么，你来切香肠怎么样?”

“我们说话的时候，我就把香肠切好了。”他说。于是我们就坐在干草堆上，一边吃香肠，一边喝酒。我想那瓶酒一定是这农户藏起来准备举行婚礼的时候用的，而且年代应该也很久了，因为酒瓶都有点褪色了。“你守着这个窗子，从这里监视外面的情况，”我说，“我现在去那边守住那个窗口。”我们各自喝了一瓶酒，这时，我拿了自己那瓶走到那扇窗前，平躺在干草上，从那扇窄窄的窗口向外望去，看着外面湿淋淋的乡野。我并不知道自己到底在期待什么，只是看着那一片片农田、那赤裸的桑树，还有不断落下的雨。我喝了酒，但是酒也并不能让我感到愉快。因为放置的年代太久，酒已经变了质，失去了酒的味道和色泽。我看着天渐渐地黑下来，黑暗很快笼罩了大地，今晚一定是一个漆黑的雨夜。等到天一黑就不必再守着了，于是我走到皮安尼那边。这时，他已经睡着了，我没有叫醒他，只在他身旁坐了一会儿。他个子很大，睡着了就不那么容易醒。过了一会儿，我把他叫醒，又上路了。那真是个奇异的夜晚，我并不知道我到底期望遇见什么，也许是死亡，也许是在黑暗中开枪并且奔跑，但是没想到居然什么事都没有发生。我们刚开始趴在公路边那条水沟后面，然后等着一营德国兵走过，我们才越过那条公路，一直向北走去。有两次我们都靠近了德国部队，但是他们都没有发现我们。我们绕着乌迪内城墙的北面走过，没有碰见一个意大利人，过了一会儿，我们就走进了大撤退的行列，连夜赶往塔利亚门托河。实在想不到撤退的规模是这么宏大，不但军队在撤退，似乎整个国家都在往后撤退。我们整夜赶路，走得比车还快。虽然我的腿走得发痛，身体又非常疲乏，但是仍然飞快地行走。博内罗居然宁愿当俘虏，真是太傻了。其实根本就没有一点儿危险。我们穿越了两国大军，什么意外都没有发生。如果艾莫没被打死，我们甚至感觉不到有危险存在。我们也许正沿着铁路大大方方地往前走，没人会来麻烦我们。艾莫被枪杀实在是太突兀，太没有理由了。不知道博内罗现在在什么地方。

“你感觉怎么样，中尉?”皮安尼问我。撤退的路上，车辆和军队拥挤不堪，我们走在路的两边。

“我很好。”

“我可是走得发疯了。”

“嗯，不过我们现在只管走路就行了，现在不用担心别的事情了。”

“博内罗真是个傻瓜。”

“是呀，他真是个傻瓜。”

“你现在打算怎么处理他的事呢，中尉？”

“还不知道呢。”

“你能不能就写报告说他被德军俘虏了？”

“我不知道。”

“你看，如果战争继续的话，那么他的家属肯定会有大麻烦的。”

“战争不会再继续了，”一个士兵说道，“我们正回家呢，现在这场战争已经结束了。”

“现在人人都是在回家。”

“我们每个人现在都是在回家的路上。”

“快走哦，中尉。”皮安尼对我说，他想超过那些士兵走到前面去。

“中尉？谁是中尉？打倒军官！”

皮安尼紧紧地挽住了我的胳膊。“以后我还是叫你的名字吧，”他说，“也许他们会闹事的，他们已经把一些军官枪杀了。”我们迅速赶了几步，超过了那些士兵，走到了他们的前面。

“我不会写一份报告让他的家属吃苦头的。”我们继续谈话。

“如果战争真的结束了，那就没什么关系了，”皮安尼说，“不过我还是不太相信战争已经结束了，不过战争真的结束了的话那真是太好啦。”

“再过不久我相信我们就会知道实情的。”我说。

“我不相信战争已经结束了。虽然他们都这样想，但我可不信。”

“Viva la Pace![1]”一个士兵突然叫喊起来，“我们就要回家啦。”

---

① 意语，即“和平万岁”。

“如果我们大家都可以回家，那实在太好了，”皮安尼说，“你难道不想回家吗?”

“当然想。”

“我看我们暂时还是回不了家的。依我看，这场战争并没有结束呢。”

“Andimo a casa![1]”一个士兵又大声喊道。

“他们把步枪丢掉了，”皮安尼说，“他们一边走，一边把枪摘下，丢掉了，接着就大喊口号。”

“他们不应该把步枪丢掉的。”

“他们以为只要丢掉步枪，就没办法让他们去打仗了。”我们在黑夜的雨中，沿着大路往前赶，看见还有很多士兵都挂着步枪，他们的枪从披肩上边撅了出来。

“你们是哪个旅的?”有一个军官大声叫道。

“和平旅。”有人也大声应道。军官沉默了。

“他说什么? 那个军官说什么?”士兵嘈杂声一片，“打倒军官! 和平万岁!”

“我们还是快点走吧。”皮安尼说。我们路过两辆英国的救护车的时候，看到了这两辆车丢在一大批被遗弃的车辆之间。

“是从哥里察开来的，”皮安尼对我说，“我认得那车。”

“他们倒比我们还走得更远一些。”

“他们可比我们要先开车走的啊。”

“可是救护车的司机们现在都不知道去哪里了?”

“应该就在前面吧。”

“德国军队停在乌迪内城外了，”我说，“现在，这些人都可以渡河而过了。”

---

① 意语，即“回家去”。

“是的，”皮安尼说道，“我认为战争还会继续打下去，就是这个原因。”

“德国军队原本可以追上来的，”我说，“不知道为什么竟然没有追。”

“我也不知道什么原因，这样的战争我可都不懂了。”

“照我看，他们在等待自己的补给到来吧。”

“我不知道。”皮安尼又说。他独自一人的时候，态度温和了很多，而跟其他司机在一起的时候，他说起话来就非常粗鲁。

“你结婚了没有？”

“你应该知道的，我已经结过婚了。”

“路易吉你之所以不愿当俘虏就是因为这个原因吗？”

“这只是其中的一个理由。那么你结婚没有呢，中尉？”

“没有。”

“博内罗也没有结婚。”

“你是想凭一个人结婚或者不结婚来说明问题吧。不过，我认为结过婚的人总会想着回去找他的妻子吧。”我说道，我很想谈一谈有关妻子的事情。

“是的。”

“你的脚怎么样了？”

“我的脚现在确实很痛。”

在天亮以前，我们就赶到了塔利亚门托河河岸旁，我们都沿着涨满水的河流继续向前走，我们走到了一条撤退大军必须要经过的桥。

“这条河总应该能够守住吧。”皮安尼说。河流在黑暗中，似乎河水涨得更高了。那条河河面宽阔，河水打着漩儿，形成一个个漩涡。那座木桥大约四分之三英里长度，通常河水都很浅，只在离桥面很远的那个宽阔的石床上形成一股窄窄的水道，可现在河水已经涨到紧挨着桥板的地方了。我们也沿着河岸走，随后又挤进了过桥的人群之中。我紧紧地挤在人群之中，慢慢地跟随他们过桥。天上下着雨，脚下隔着几尺便是湍急的河水。我的前面是一辆炮车上的弹药箱，我把头探出桥边，看着河水。现在我们没有办法按原来的速度赶路，反而感觉疲乏。过桥的感觉一点儿也不好，既不兴奋，也不愉快。我只是想，如果在白天，飞机来这里丢炸弹，不知道是个什么情景呢。

"皮安尼。"我喊了一声。

"我在这里，中尉。"他被人群挤到前面去了。没人再说话，大家现在都盼望快点过桥，所有人的心里现在是只有这么一个念头。我们就快走过那座桥的时候，有一些军官和宪兵站在桥的两边，他们打着手电筒，地平线衬托出他们清晰的身影。我们走近他们的时候，我看见其中一个军官指了指队伍中的一个人，立刻就有一名宪兵走进行列，一把抓住那个人的胳膊，把他拖出了队列，宪兵们又强迫他离开大路。我们就快要走到军官们的对面了，军官们正在仔细观察行列中的每一个人，有时互相交谈一句，然后向前几步，用手电筒照在那个人的脸上。我们刚要走到他们对面的时候，看到他们又抓走了一个人。那是个中校，当他们用手电筒照他的时候，我看见他的袖管上有两颗星。他的头发已经灰白，又矮又胖。宪兵们把他拖到检查行人的那些军官后面。当我也走到那些军官面前的时候，我忽然发现有一两个军官正盯着我看，其中有一个指了指我，那个军官还对宪兵说了一句什么。那个宪兵立马朝这里跑过来，挤进队伍来找我。随后我就感觉衣领被他抓住了。

"怎么啦？"说着，我一拳打到他的脸上去。我看见血从那帽子底下的脸上流了下来。又有一个宪兵向我冲来。“怎么啦?”我大声喊道。他并不回答，寻找机会逮我。我伸手去解背后的手枪。

“你难道不知道军官不能碰的规矩吗?”

这时，另一个宪兵从我的身后把我抓住，我的手臂被他使劲地往上扭，扭得几乎要脱臼了。我跟他一起转过身去，第一个宪兵趁机狠狠地抓住了我的脖子。我猛踢他的胫骨，使劲地用左膝撞击他的胯部。

“他再抵抗的话我就开枪了。”我听见有个声音在说。

“你们这是什么意思?”我想大声叫嚷，可声音并不响亮。他们已经把我拖到了路边。

“他再抵抗的话你们就开枪，”一个军官又说，“现在把他押到后面去。”

“你们是什么人?”

“等一会儿你就会知道的。”

“你们到底是什么人?”

“战场宪兵。”这时，另一位军官回答。

“刚才你们为什么不叫我走出队列，现在却派这样的一个人来抓我?”他们并不回答我的问题，他们完全不理睬我，因为他们是战场宪兵。

“把他押到后面那些人那边去，”第一个军官命令，“你看，他还说意大利语，口音都不准。”

“你不是也同样口音不准，你这个狗崽子。”我骂道。

“把他押到后面那些人那边去。”那个军官又吩咐道。于是，宪兵押着我绕到这些军官的后面，走到公路下面临河的田野里，那里已经有一堆人。我们就向那堆人走去。这时，有人开了几枪。我看见了步枪射击时发出的闪光，又听到啪啪的枪声。我们已经走到那堆人的旁边，有四名军官站在那里，他们的面前站着一个人，这个人的两边都有一个宪兵守着，还有一小组人也由宪兵看守着。在审问者的旁边一共站了四名宪兵，每个人身上都挂着卡宾枪。这些宪兵都是些戴着宽边帽的家伙。把我押去的那两个宪兵推我走进等待审问的人群当中。我看了看那个正受审的人，就是刚才被宪兵从撤退队伍中拖出来的那个中校，灰头发、胖胖的、小个子的中校。审问者看起来冷静能干，威风凛凛，操纵着别人的生死大权的意大利人大概都是这个模样，因为只有他们枪毙别人，没有别人枪毙他们的危险。

“你是哪一个旅的?”

中校问道。

“哪一个团?”

中校又说了。

“为什么你不跟你那一团的人走在一起?”

他同样说出了原因。

“你不知道一个军官必须跟他的部队在一起这个规矩吗?”

他回答：“知道的。”

问话到此为止了。这时另外的一个军官说话了：“就是你们这种人，把野蛮人放进我们的祖国来，让他们糟蹋了我们神圣的国土。”

“对不起，我没听懂你说的这些话。”中校说。

“正是因为有了你这样的叛逆行为，所以我们现在才失去了胜利的果实。”

“你们有没有经历过撤退?”中校问道。

“意大利永远不会撤退。”

我们都站在雨中，听着他们这番对话。我们面对那些军官，那个犯人站在军官们的跟前，稍稍靠近一些。

“你们要枪毙我的话就随便吧，你们也不必多问了，你们这样的问法简直是愚蠢极了。”中校说。他的手在胸前画了一个十字。那些军官交头接耳地商量了一下，其中一个军官在一个本子上写了些什么。

“擅离部队，执行枪决。”他宣读着审判结果。两个宪兵就押着那个中校到河边去了。中校是个没戴军帽的老头儿，他在雨中走着，身旁各有一个宪兵。我没有看到他们枪毙他，但是清楚地听到了枪声。现在他们又开始审问另一个人了，这也是个跟自己部队失散的军官。他们根本不容他分辩，就对着本子宣读判决词，他哭了。他们带他到河边去的时候，他一路号啕大哭，当宪兵枪决他的时候，另一个人又开始受审了。军官们工作的步骤一般是这样的：当第一个被审问的人在执行枪决的时候，他们正一心一意地审问第二个人。他们这样做表示他们现在非常忙碌，根本无暇顾及别的事情。现在我不知道应该怎么做，我是等着他们来审问我呢，还是趁早找机会赶紧逃走，因为我是个穿着意军军装的德国人。我知道他们是怎么想的，不过这需要先假设他们是有脑子的，并且他们的脑子是管用的。这些人都是些年轻的小伙子，正在做拯救祖国的事情，第二军现在在塔利亚门托河后面进行整编补充，这些人在处决那些凡是跟原来的部队失散的少校以上的军官。除此以外，对于穿着意军制服的德国煽动者，他们也会快速地就地枪决了事。他们全都戴着钢盔，而我们这边却只有两人戴着钢盔。有的宪兵也戴着钢盔，其余的却都戴着宽边帽子。我们把这种帽子叫作飞机。我们全都站在雨中，每一次就会有一个人被提出来受审并执行枪决。到这时候，凡是他们问过话的军官都被他们枪决了。审问者自己全然没有危险，所以他们处理生死问题的时候干净利索，始终坚持着严峻的军法。现在他们正审问一个在前线带着一团兵的上校，而宪兵们又从撤退的队伍中抓来了三个军官。

“他的那一团兵现在在哪里?”

我身边的宪兵们他们正在打量着那些新抓来的军官，而其余的宪兵都在看着那个上校。我把身子迅速往下一蹲，再把左右两人同时劈开，然后低着头大步往河边跑去。在河沿上我被石头绊了一跤，我哗的一下掉进了河里。河水很冰冷，河里的急流在卷打着我的身体，但是我还是竭力躲在水面下不露头。当我第一次冒出水面的时候，我快速地吸一了口气，然后连忙地又躲了下去。潜伏在水里其实并不难，我的衣服和靴子帮了忙。当我再次冒出水面的时候，看见水面上不远处有一根木头，我立刻游过去，一把抓住它。我把头缩在木头的后面，甚至不敢往岸上看，我也不想往岸上看。我逃跑的时候，还有第一次冒出水面的时候，他们都开枪向我射击。就在快要冒出水面时，我就听见了枪声，不过现在没人打枪了。那根木头顺着水流打转，我一只手抓住它，抬头看了看，河岸飞速后退。河流中的木头很多，河水很冷，我跟着它们一起随波逐流，从一小岛垂到水面上的枝条下漂过去。现在，我的双手都紧紧地抱着那根木头，由着它带我漂向远方，而河岸早已看不见了。

第三十一章

我不知道我这个样子在河上漂了多久，因为在湍急的河流中，时间似乎特别漫长。水面上漂过很多从岸上卷来的东西，冰冷的河水正在翻卷着这些东西。幸好我抱住了一根沉重的木头。我把身子躺在冰冷的水面，下巴靠在木头上，让自己的双手尽量轻松地抱着那根木头。我现在最害怕的是身体会抽筋，一心只盼着我能随着这根木头漂到岸边去。我在河里漂着漂着，天渐渐亮了，这时候我看见河岸上有些灌木丛，前面还有一座矮树丛生的小岛。河里的流水正带着我向岸边漂去。我不知道现在是否应该把靴子和衣服脱下来游到岸上去，最终我还是决定不这么做，虽然那时候我总觉得我是一定能够上岸的。但是如果我上岸的时候光着脚，那可就麻烦了，因为我还要到美斯特列去。

于是，我看着河岸一点点靠近，然后又漂开了，接着又向岸边靠近了一点儿。现在木头和我漂流得慢一些了，而河岸已经很近，我都能看见岸边柳树丛生的嫩枝了。这时候，木头慢慢地转动，河岸被转到了我的身后，我才知道我被带到了一个漩涡中。我随着木头慢慢地转着。当我再次看见河岸时，它已经离得很近。于是，我用一只胳膊抱住木头，另一只胳膊使劲划水，脚也拼命地踩水，希望能向岸边靠拢，可结果还在老地方。我有些担心会被漩涡卷进去，就一手抱着木头，两脚抬起来用力推木头的边沿，将它往岸边推。我已经看见岸上的那些灌木丛了，尽管我不断地努力，拼命地划水，水流还是把我卷走了。我突然想到自己可能会被淹死，因为我穿着一双笨重的靴子。但是我没有停止划水，我拼命挣扎，等我再次抬起头来的时候，河岸正在渐渐地靠近。我更拼命地划水，感觉双脚笨重，惊慌失措，但我终于奋力地游到了岸边。我死死地抓住岸边的柳枝，吊在那里，再也没有力气往上攀了，不过我心里很明白，至少不会溺死了。在木头上随波逐流的时候，可从来没想到会被淹死。刚才我用尽了力气，胸口和胃都很难受，感觉又饿又想吐，只得抓住柳枝等待着，等待身体稍稍恢复。恶心的感觉消失以后，我爬进了树丛，用双臂抱住一棵柳树，用双手紧紧地抓住它的树枝，又休息了一下，然后才爬出树丛，从树与树之间穿过，爬到了岸上。那时候天空已经发白，一个人影都看不见。

我躺在河岸边上，静静地听着流水声和雨声。就这样静静地躺了一会儿，我站起来沿着河岸慢慢地走着。我知道这一带河流上都没有桥可以到对面去，我只能走到拉蒂沙那才行。我猜测也许这里是圣维多的对岸，开始思考接下来应该怎么办。前面有一条通向河道的水沟，我走向那条沟。至今我都没看见别的人，因此就坐在水沟边那几棵灌木下面，脱掉了靴子，倒出里面的水。我又脱下军装上衣，从上衣里边的口袋里掏出皮夹子，里面放着我的证件、钞票，现在全都浸湿了。我将自己的军装上衣拧干，裤子也脱下来拧干，再脱下衬衫和内衣裤。我用手在身体上拍打着，不断摩擦，然后穿上衣服，不过我的军帽掉了。

在穿军装上衣之前，我割下了袖管上的星章，放进上衣里边的口袋，跟我的钱放在一起。钱已经湿了，但还可以用。我数了一下钱，一共有三千多里拉。衣服虽然拧干了，但穿在身上还是感觉又湿又黏，我又不断地拍打臂膀，让血液快速流通起来。我的内衣是羊毛的，因此只要我活动着，就不会着凉。我的手枪在路边就被宪兵们夺去了，现在只好把手枪套塞到上衣里面。披肩也没了，在雨中感觉很冷。我开始沿着运河的河岸往前走。现在已经是白天了，乡野看起来又湿又矮，一副凄凉的景象。在光秃秃、湿漉漉的田野上，我看见了一座钟塔屹立在远处。我走上一条公路，公路前面正有支部队走过来，是前去河边的一支机枪支队。他们从我身边走过，并没有理睬在路边一拐一拐走着的我。于是，我沿着公路继续往前走。

我徒步穿过了威尼斯平原，这是一个又低又平的平原，在雨中威尼斯平原显得更平凡、更单调。平原上的道路很少，而所有的路都顺着河口的方向通往海边。要横穿平原的话，我只能走运河边的那些小路才行。

我从北往南走，跨过了两条铁路线，还有很多道路，终于经过一条小路的尽头走到了一片沼泽地旁的另一条铁路线上。这条铁路线是从威尼斯去往的里雅斯特的干线，有着坚固的高堤和路基，而且还铺着双轨。铁轨的那边不远处有个小站，能看见士兵在那里防守。铁轨的那一头还有一座桥，一条小河从桥下流进一片沼泽地，而桥上也有一名守卫。就在刚才，跨过北边的那片乡野时，我看到一列火车从这条铁路线上开过。因为地势平坦，远远地就能看见。我想，也许有列火车会从波多格鲁罗开过来。

我注意着那些守卫的一举一动，我的身子趴在路堤上，这样我可以看见铁轨的两头。这时，桥上的守卫沿着铁路线向我趴着的地方走了过来，随即又转身走回桥那里。我饿着肚子趴在那里等待火车开过来。刚才在平原上，我看到的那列火车很长很长，机车又开得非常慢，这样的速度，我准能跳上火车。我等了半天，几乎都快绝望了，终于有一列火车隆隆地开来了。车头向着我隐藏的地方开过来，慢慢地，越来越大。我看了看桥上的守卫，他正守在桥的这一头，不过却是铁轨的另一边。那么火车开过的时候，正好把他遮住。

我看着火车头越开越近，火车显得很吃力，因为挂的车皮实在太多。我知道肯定会有守卫在火车上，因此我想看清楚守卫在什么地方，可是我又不敢站起来，所以根本看不到。火车头就快要开到我的面前了，车头到我面前了——火车在平坦的道路上开，仍然吃力地喘着气——司机从我面前过去了。我立刻站了起来，挨近那一节节行驶的车厢。即使被守卫发现，由于我站在车轨旁边，反而会减少嫌疑。几节封闭的货车都开过去了，我看见了一节没有车顶的、车身很低的车厢。这是一种被他们叫作“平底船”的车厢，车厢上边罩着帆布。这节车厢快要开过的时候，我纵身一跃，抓住了车后的把手，迅速地攀了上去。我爬到了“平底船”和后面那一节高高的货车的车檐中间。应该没有人看到我吧，我蹲着身子抓着把手，双脚牢牢地踏在两节车厢之间的那个连轴节上。火车快开到桥上了，我想起了桥上的那个守卫。就在火车开过去的时候，守卫看着我，我轻蔑地瞪了他一眼后，他反而赶快转过头去，因为他以为我是这列火车上的什么人员呢。

火车过去了，我看见那个守卫还是极为不舒服地瞅着火车后面那几节车厢。我俯下身子去看那帆布是怎么绑牢的。那块帆布的边沿有扣眼，绳子就穿过扣眼绑着。我拿出刀子来，把绳子割断，伸出胳膊往里探。帆布下面有些坚硬的东西凸出来了，因为雨打湿了帆布，所以帆布都绷得紧紧的。我抬头又看了看前面，前面那节货车车厢上站着一名守卫，幸好他正往前看，没发现我。我松开了把手，身子往帆布底下一钻。我感觉前额碰上一件硬东西，狠狠地撞了一下，脸上出血了，但我还是很快地爬进去，笔直地躺着，然后转身麻利地绑好帆布。

原来帆布底下盖着的是大炮，这些大炮都涂抹过润滑油和油脂，散发着一股清新的气味。我静静地躺在那里，倾听打在帆布上的雨声与列车在路轨上开过发出轧轧的声音。借着漏进来的光线，我平躺着，看着那些大炮。炮身还罩着帆布套，我想肯定是第三军送过来的。我额上被撞的地方，肿起来了。我躺着一动不动，让伤口的血尽快凝结，然后一一剥掉伤口四周的干血块。这不算什么，因为我没有手帕，所以只好用手指摸摸伤口，蘸着从帆布上滴下来的雨水，拿袖子擦干净血迹。我不希望自己的样子太惹人注意；而且我知道在列车到达美斯特列以前我一定要先下车，因为这些大炮是他们现在正需要的重要武器，肯定不能损失的。当列车到达那里以后，他们一定会派人来接收这些大炮。

第三十二章

我就这样躺在车板上，这是一节无顶平板货车车厢的车板，我的身旁是大炮，上面盖着帆布，这时候我感觉又湿又冷又饿。我翻转了身，头枕着臂膀，趴在车厢的车板上。现在我的膝盖除了很僵硬以外，其他也没什么不舒服的地方。不过瓦伦蒂尼的手术真是不错，撤退的时候我有一半的时间都是步行，腿也没什么问题。后来我还在塔利亚门托河上还游了一段时间，都得多亏他的这膝盖。这个膝盖的确是他的，另外那个膝盖才是我的。因为当医生为你的身体动过手术以后，你动手术的这个地方就再也不是你的了。不过头是我的，肚子里的那些东西也是我的。我现在感觉饿极了，饥肠辘辘。头虽然是自己的，但是已经不听使唤了，无法思想，只能用来记忆，不过也不能记忆太多。

虽然还可以回忆凯瑟琳，但是我明白，我这样总是想她会发疯的，而我至今都还没有把握能再见她。因此我不敢想她，只是有时候大概想想，只有当列车极为缓慢地、在咔嗒咔嗒行驶的时候，我才稍微地想想她。帆布上漏进了一点儿光，我感觉仿佛和凯瑟琳一起躺在火车的车板上。像这样躺在硬硬的车板上，不去思想，只是感觉，实在太难了，我们离别的时间太久了。现在我穿着一身湿衣服，感觉车板只是缓慢地往前移动，我的内心空虚寂寞，孑然一身，只好紧紧地贴在硬板上。

虽然我并不喜爱那一节平板车的车板，当然我也不喜欢罩上了帆布套的大炮，还有大炮涂抹过凡士林的那种味道，甚至是正在漏雨的帆布，不过，能够躲在帆布底下，肯定还是好的；能够跟大炮在一起，还是很让人愉快的。但是你爱的明明是另外一个人，那个人又恰好没在车里，甚至你连假想她在车里也不行。因为你现在非常清楚和冷静——与其说非常冷静，倒不如说是非常清楚又非常空虚。你趴在车板上，亲身经历着一国大军的撤退以及另一国大军的进攻，你现在所能感到的只有空虚。你失去了几辆救护车和救护车上的人员，就好像一个百货店的经理，在一次火灾中损失了他所有的货，却没有买保险。现在你离开它了，你再也不用承担什么义务，什么责任了。如果百货店在火灾以后枪毙那个经理，因为他的口音一向不纯正的话，那么百货店恢复营业的时候，就别指望经理会再回来，这是肯定的。他可能会找另一份工作。只要还有其他的工作可做，只要警察抓不到他。

我所有的愤怒都在河里被洗掉了，同样我所有的义务和责任也被河水一同洗掉了，更确切地说我所有的义务在宪兵伸出手来抓住我衣领的时候就已经停止了。我从来不在乎形式，又很想脱掉这身军装。我已经割掉了袖管上的星章，不过那只是为了行动方便，与荣誉无关。当然，世界上还有很多善良的人、勇敢的人和明智的人，他们这些人是应该得到荣誉的。现在这已经不再是我的战争了，我此刻的心里只盼望着这该死的列车能早一点儿开到美斯特列，然后我可以好好地吃点东西，好好地休息一下。

皮安尼准会告诉他们，我已经被枪毙了。他们会搜查被枪毙的人的口袋，取走证件。他们可没有拿到我的证件，也许他们会说我淹死了。至于美国方面不知道会接到什么样的消息，可能是因伤以及其他的原因而死亡吧。善良的主啊，我真饿啊。以前在同一个食堂里吃饭的那位神父，不知道现在怎么样了。还有雷那蒂呢，他可能在波达诺涅吧，如果他们还没有撤退得更远的话。

嗯，从今以后，我再也看不到他了，以前的这些人我全都看不到了，这样的生活对我来说已经结束了。我并不相信他真得了梅毒，而且如果趁早医治，这个病也不太严重。但是他始终还是担心自己得了这个病。如果我得了这病的话，也一定会发愁的，谁都会因此而发愁的。

我生来就不会思考，我只会吃。上帝啊，我只会大吃。吃、喝、跟凯瑟琳睡觉。也许就在今天夜里吧。不，这显然是不可能的。但是如果在明天夜里，有一顿好饭，有床，还有床单，我们就永不分离，要去哪里就一块儿去。也许还得立刻就走呢。她愿意跟我走的，我知道她愿意跟我走。我们什么时候走呢？这倒是一个值得思考的问题。天渐渐黑了，我躺在平板上，继续思考我们要去的地方，地方倒是很多。

第四部

第三十三章

第二天天还没有亮，火车就放慢了速度准备进米兰车站，于是我赶紧跳下了车迅速跨过车轨，从一些建筑物之间随便地穿过走上了街道。街上有家酒店开着门，我走进去要了杯咖啡。酒店里是大清早刚刚打扫过的那种气味，咖啡杯里搁了调羹，酒吧的台子上印着酒杯底留下的那种圆圈。主人就站在酒吧后面，有两名士兵正坐在一张桌子旁。我站在吧台边喝了杯咖啡，又吃了一片面包。咖啡被牛乳冲淡了，成了灰色，我拿起一片面包，撇掉了牛乳的浮皮。主人一直看着我。

"来杯格拉巴酒吧。"

"不用了，谢谢。"

"算我请客，"他说着，倒了一小杯，推给我，"前线怎么样?"

"我怎么会知道?"

"他们已经喝醉了，我只能问你了。"他说着，用手指了指那两名士兵，那两名士兵的确都有一副醉酒的模样。

"告诉我吧，"他说，"前线怎么样呢?"

"前线的事我怎么会知道呢?"

"我看见你从那边翻墙过来的，你刚刚下火车。"

"前线正在大撤退。"

"我知道，我看了报纸的。不过前线到底怎么样啦，战争是不是已经结束了?"

"也不一定吧。"

他从一个矮酒瓶里又倒了一杯格拉巴酒。“如果你有什么困难的话，我可以收留你的。”

“我没有什么困难。”

“如果你有困难，可以住在我这里。”

“住在哪里呢?”

“就在这间屋子里。很多人都住在这里。只要是有困难的人，他们都可以住在这里。”

“有很多人都有困难吗?”

“那就要看是什么样的困难。你是南美人吧?”

“不是的。”

“会讲西班牙话吗?”

“会一点儿。”

他抹了抹酒柜，又说：“现在出国是很困难的，不过也不是完全不可能。”

“我倒并没有要出国的意思。”

“你愿意在这里待多久都可以，等你待久了就会知道我是什么样的人了。”

“现在我还有事情，不过我记下了你的地址，以后我会再回来的。”

他摇了摇头：“听你这样说，你是一定不会回来的。我还以为你确实有什么难处。”

“我没什么难处，不过我也很珍重朋友的地址。”

我在柜台上放了一张十里拉的钞票，算是喝咖啡的钱。

“陪我喝一杯格拉巴酒吧。”我对他说。

“不用了。”

“来一杯。”

他斟了两杯酒。“你要记住，”他说，“不要让其他地方的人收留你，只有我这里才是安全的。”

“我相信你。”

“真的相信吗？”

“真的相信你。”

他的脸色很严肃：“那么我告诉你一件事，你别再穿着这件军装到处走了。”

“为什么呢？”

“你那袖管上割掉星章的地方，每个人都会看到，而且那里布的颜色深浅也不同。”

我沉默着，没说话。

“你需要证件的话，我可以帮你弄来。”

“什么证件？”

“休假证。”

“我自己有，我不需要什么证件。”

“那好吧，”他说，“不过如果你需要的话，我可以帮你代办。”

“多少钱？”

“那就要看是哪种证件了，我收费的价钱很公道的。”

“不过我现在并不需要。”

他耸了耸肩。

我走出去的时候，他还说：“还有，可别忘了我是你的朋友。”

“我不会忘记的。”

“那再见吧。”他说。

“好的，再见。”我回答。

我走到了街上，有意避开了车站，因为那里驻扎着宪兵。我在那个小小的公园旁边找到了一辆马车，然后告诉了车夫医院的地址。我到了医院以后，先到门房住的那个地方去。

门房的妻子拥抱了我，门房则只跟我握了握手。

“你回来了。”

“是的。”

“吃过早餐没有？”

“吃过了。”

“你还好吧，中尉？你还好吧？”门房的妻子一个劲儿地问。

“我很好。”

“你来跟我们一起吃早餐好吗？”

“不用了，谢谢你。告诉我，现在，巴克莱小姐是否还在医院里。”

“巴克莱小姐？”

“就是那个英国护士。”

“就是他的女朋友啊。”门房的妻子说。

“不在了，她已经走啦。”门房说。

我的心往下一沉：“是吗？我说的是那个个子高高、有着金黄头发的英国小姐。”

“是的，我知道是她。她去施特雷沙了。”

“她什么时候走的？”

“就在两天前，她和另外那个英国小姐一起走的。”

“好吧，”我说，“你们可千万别告诉任何人曾经见过我。这非常重要。”我拿出一张十里拉的钞票给他。他推开了。

“放心吧，我不会告诉任何人的。”门房说。

“我答应过你不会告诉别人，”他说，“所以这个钱我不能要。”

“有什么需要我们替你做的事情吗，中尉先生？”他的妻子问道。

“只希望你们别告诉其他人我来过。”我说。

“你放心，我们一个字都不会说的。”门房说，“如果有什么需要我们帮你做的，通知我一声就行了。”

“好，”我说，“再见，以后再见。”

他们都站在门口，目送我走出去。

我跳上了马车，又告诉车夫西蒙斯的住址。我要去找的是我的朋友，一位学唱歌的朋友。他住在距离城里很远的地方：位于马根塔门①的另一头。我走进房间看他的时候，他还躺在床上，睡眼蒙胧。

“你真早啊，亨利。”他说道。

“我是搭早车过来的。”

“前线的撤退到底是怎么回事啊？你是从前线来的吗，来抽支烟吧？桌上那盒子里就有烟。”他的卧室是一个大房间，房间里有一架钢琴、一张梳妆台、一张桌子还有一张靠墙放着的床。我坐到了床边的那张椅子上，而西蒙斯从床上坐起来，他靠在枕头上抽着烟。

“我遇到困难了，西姆。”我说。

“我也一样，”他说，“我经常都会陷入困境。你不抽支烟吗？”

“不，”我说，“到瑞士去需要办哪些手续？”

“你去吗？意大利人根本不会让你走出国境的。”

“是的，我知道。可是瑞士人呢，他们会怎么样？”

“他们会拘留你。”

“这个我也知道。不过其中到底有什么奥妙？”

“没什么的，你哪里都可以去，但是得先打个什么报告。不过你为什么这样问，你在逃避警察吗？”

① 马根塔门就是米兰的西门。

“我现在还不太清楚这个。”

“你不想说那就不说了，不过我想这件事一定很有趣的。话说回来我在皮阿辰扎演唱的那次，失败得可真惨哪！”

“真的很失败?”

“是啊，我失败得真是很惨。但我唱得好，我还会在这里的丽丽阁再唱一次。”

“我希望可以去听。”

“你太客气了。你不是说现在你已经搞得一团糟了吗?”

“这很难说。”

“你不想说的话就不必说。你是怎么从那该死的前线离开的?”

“我再也不想干了。”

“好小伙子。我一向都认为你是有头脑的。那我可以帮你什么忙吗?”

“你自己已经很忙了。”

“不，亲爱的亨利，我一点儿都不忙，我愿意为你做任何事。”

“我们两个的身材差不多，麻烦你上街给我买一套平常的衣服，我这次没有带衣服，衣服全部都放在罗马了。”

“你真在罗马待着吗? 那可是一个不太好的地方，你怎么就跑到那儿去了呢?”

“我本来想做建筑师。”

“那里可不是什么学建筑的好地方。不过不用去买衣服了，你需要什么样的衣服，我拿给你。在那间梳妆室里有个衣柜，你需要什么衣服尽管拿着穿吧，老朋友。你根本用不着去买衣服的。”

“我看还是买一些衣服比较好，西姆。”

“老朋友，我把我的衣服送给你这不比出去买要方便得多了。对了，你有护照吗？如果你没有护照那可就寸步难行了。”

“有的，我的护照还在身上。”

“那你还是先换衣服吧，老朋友，你把衣服换好后我们就起程去老赫尔维西亚①。”

“不过事情并非这样简单，我还得先去一趟施特雷沙。”

“那太好了，老朋友，去那里只需要乘船渡过湖就到达了。如果我不演出的话，我就可以陪你去，但我想我会去的。”

“老朋友，你可以去学学唱瑞士山歌。”

“老朋友，唱山歌我早晚会去学的。不过我唱歌的确还很不错的。”

“我打赌你是有能力的。”

他又躺倒在床上，继续抽着烟。

“可别把赌注下得太大。不过我倒真是有能力的。说来很滑稽，我确实有能力，而且我喜欢唱。你听。”他放开嗓子唱起《非洲女》②，他的脖子涨得很粗，血管突出。“我能唱，”他说，“无论他们喜不喜欢。”

我看了看窗外，说：“我下去让马车回去吧。”

“我等你回来老朋友，你回来后我们一起吃早餐。”他下了床，伸直了身子，做个深呼吸，接着开始做早操。

---

① 瑞士的拉丁文名称。

② 《非洲女》是一部五幕歌剧，是德国音乐家梅耶贝尔（1791—1864）编排的，写的是葡萄牙探险家达·伽马的英勇事迹。

第三十四章

我穿上平民的衣服，感觉像是个将要去参加化装舞会的人。穿惯了军装，现在身子不再被衣服裹得紧紧的，竟是若有所失的感觉。尤其是那条裤子，松松垮垮的。我在米兰买了一张车票，是去施特雷沙的，我又买了一顶新帽子。我没有戴西姆的帽子，因为那对我来说太小了，不过我觉得穿着他的衣服还是挺不错的。他的衣服有一股烟草味，当我坐在车厢里静静地看着窗外的时候，我觉得戴着崭新的帽子，穿着陈旧衣服的自己，就如同车窗外伦巴第区的那片濡湿的乡野一般，想到这，我不由得忧郁起来。有几个飞行员在车厢里坐着，不过他们似乎有点看不起我。他们并不正眼看我，所有的目光都避开我，藐视我，他们觉得像我这样的年纪，不应该只是一个普通百姓。但是对此，我并不觉得屈辱。如果是从前，我肯定会借机侮辱他们一番，和他们打斗一场。到加拉剌蒂时，他们下了车，车厢里只剩下我一人，却也乐得安静。我的身边放着报纸，但我不看，我不想从报纸上知道战况，我要忘掉战争。我独自一人了，寂寞异常，车子到达施特雷沙的时候，心里却十分高兴。

到站了，我等着那些替旅馆兜揽生意的伙计，可是一个都没有出现。没人来接火车，因为旅游季节早就过了。我只好自己下了火车。我提着西姆的小提包，提包很轻，因为里面除了两件衬衫，就没有多余的东西了。我站在车站的屋檐下避雨，直到火车开走。我向站上的一个人打听还有什么旅馆在营业。他告诉我，巴罗美群岛[1]大旅馆现在还开着，另有几家小旅馆也是一年四季都在营业的。于是，我提着小提包冒雨走向那个大旅馆。有一辆马车从街上驶过，我急忙向车夫打招呼，因为乘着马车去旅馆，会显得比较有身份。马车到了那个大旅馆门口的停车处，门房急忙打着伞迎出来，很有礼貌。

我要了一个很好的房间，既宽敞又明亮，面对着湖[2]。现在湖面被云笼罩着，不过阳光出来以后，一定是非常美丽的。我对旅馆的人说，我会在这里等待我的太太。我的房间里摆着一张双人大床，是那种为新婚燕尔的夫妇准备的大床，铺着缎子的床罩。这是个豪华的旅馆。我走过长长的走廊，走下宽阔的楼梯，穿过几个房间，才来到酒吧间。酒吧间里的酒保，我以前就认识，现在，我坐在吧台旁的一把高凳上，吃着咸杏仁和炸马铃薯片，喝着马丁尼鸡尾酒，那是一种又凉爽又纯净的酒。“你穿着这么普通的衣服在干什么呢?”酒保调好鸡尾酒以后问我。

“我在休假，疗养休假。”

“这里一个人都没有，我真弄不懂为什么旅馆还开着。”

“你最近在钓鱼吗?”

“我钓到了一些非常好的鱼。每年的这个季节，我都能钓到一些很好的鱼。”

“你收到我送给你的烟草了吗?”

“我收到了，那你有没有收到我给你寄过去的明信片?”

我笑了起来，我根本弄不到烟草。他要的是那种美国烟丝，可是不知道是我亲戚没有寄来呢，还是被扣留在什么地方了。总之，我根本就没收到烟草，更不可能转寄给他。

① 巴罗美群岛是一处风景名胜，位于马焦莱湖。

② 这里指瑞士和意大利交界处的马焦莱湖。施特雷沙位于湖的西面。

“我应该可以在什么地方再弄一点儿来。”我说，“告诉我，你是否见过城里来的两位英国姑娘，前天她们才到这里的。”

“她们不住在这个旅馆。”

“她们两人都是护士。”

“我确实见到了两位护士。等一下，我去给你问一下。”

“他们其中的一位是我的妻子，”我告诉他，“我是特地赶到这里来找她的。”

“那另外一位就是我的妻子了。”

“我是认真的，没有在开玩笑的。”

“请原谅我，”他说，“我听错了你的意思。”说完他出去了，好久他都没有回来。

我吃着橄榄，嚼着咸杏仁，还有炸马铃薯片，照照酒吧后边的镜子，看身上穿着便服的我。酒保终于回来了。“她们都住在车站附近的那家小旅馆里。”他说，“要来点三明治吗？我这就按铃让他们拿一点儿来。你知道的，这里几乎什么东西都没有，就连客人也没有。”

“这里真的是没有一个客人吗？”

“有的，不过也是只有几位客人。”

三明治很快送来了，我吃了三块，又喝了两杯马丁尼鸡尾酒。我从来没有喝过如此凉爽纯净的酒。喝完以后，感觉人也变得文明了。以前，我吃面包、吃干酪、喝红葡萄酒、喝劣质的咖啡，还有格拉巴酒，已经吃喝得太多了。我坐在那张高凳上，面对着那赏心悦目的桃木做的柜台、柜台上美丽的黄铜装饰和明亮的镜子，心里什么也不想。酒保问了我几个他关心的问题。

“我们不谈战争。”我说，现在战争离我已经很远很远，或许根本就没有发生过战争，因为这里并没有战争。我很快发现对我个人而言，战争现在已经结束了。

我到达那个小旅馆的时候，凯瑟琳和海伦·弗格逊两人正在吃晚饭。我就站在门廊上，看着她们两人坐在饭桌边。凯瑟琳背对着我，但我看见了她头发的轮廓，甚至看见了她的面颊、她可爱的脖子，还有肩膀。弗格逊原本正在说话，看见我走进来，停下了。

“上帝啊。”她惊呼一声。

“你好啊凯瑟琳。”我说。

“你怎么来的呀!”凯瑟琳也惊讶地说。她的面容立刻光亮起来，高兴得似乎都不敢相信这是真的。我亲了亲她，凯瑟琳的脸红了，我就坐在桌边。“看你这弄得一团糟的。”弗格逊说道，“你怎么来这里了，你吃过饭没有?”

“我还没有吃早饭。”于是，我叫来了旅馆里的女服务员，又吩咐她再送来一份早饭。凯瑟琳一直看着我，脸上露出快乐幸福的笑容。

“你为什么穿着便服?”弗格逊问我。

“我现在进内阁了。”

“你一定出了什么事。”

“高兴点吧，弗基，请高兴一点儿。”

“看见你，我可是一点儿都高兴不起来了。我很清楚你给这姑娘带来的麻烦。”

“没人会给我找麻烦，弗基，如果有也都是我自己找的。”

凯瑟琳向我笑了笑，她的脚在桌子底下踢了我一下。

“我可受不了他，”弗格逊说道，“他对你一点儿好处都没有，而且只会用他那套意大利的伎俩把你毁了。他是一个比意大利人更坏的美国人。”

“苏格兰人倒是讲道德的呢。”凯瑟琳说。

“我并非这个意思，我是说他鬼鬼祟祟的，意大利式的那一套伎俩。”

“我鬼鬼祟祟了吗，弗基?”

“你就是鬼鬼祟祟，你比鬼鬼祟祟的人更坏。你像一条蛇，一条披着意军军装的蛇，而且脖子上还披着一件披肩。”

“可我现在没有穿意军的军装啊。”

“这正好证明你有什么问题。而且整个夏天你们大谈恋爱，还让这姑娘怀了孕，现在你可别想溜走啦。”

我对凯瑟琳笑了笑，她也对我笑了笑。

“那我们两个就一起溜走。”她说。

“你们俩都是一样的人，”弗格逊说道，“凯瑟琳·巴克莱，我真替你感到害臊。你不知羞耻，不顾名誉。”

“别这么说了，弗基。”凯瑟琳轻轻地说道，又拍了拍她的手，“别责怪我，你知道的，我们是好朋友。”

“拿开你的手，”弗格逊厉声说道，她的脸孔涨得通红，“如果你知道难为情的话，还可以原谅。但是谁知道你都怀了几个月的孩子，竟然当作儿戏，仍是满脸笑容，无非就是因为那个勾引你的汉子现在回来了。你不知羞耻，也不懂爱情。”她竟然哭了起来。凯瑟琳走到她身边，搂着她。她站在那里安慰弗格逊的时候，我一点儿也看不出她的身体有什么变化。

“我现在什么都不管了，这里实在太可怕了。”

“好啦，我知道就是了。别哭了，弗基。别哭了。”凯瑟琳一个劲儿地安慰她说。“我不哭，”弗格逊又呜咽着说，“我不哭了，只不过你闹出了这个可怕的乱子。”她盯着我。“我恨你。”她说道，“ 我没办法让我不恨你。你这个卑鄙的、鬼鬼祟祟的美国意大利佬。”她的眼睛和鼻子都已经哭红了。

凯瑟琳又朝着我笑了笑。

“你不许一边抱着我，一边又对着他笑。”

“你真的太不讲理了，弗基。”

“我也知道，”弗格逊仍然呜咽着说，“你们俩都别再管我。我心里实在太烦了，我不讲道理，我知道，但我要你们俩永远都快乐幸福。”

“我们现在就很快乐嘛，”凯瑟琳说道，“你真是甜蜜可爱的弗基。”

弗格逊却再次哭起来：“我想要的可不是你们所谓的这种快乐。可是为什么你们不结婚？难道你已经是另有妻子了吗？”

“没有。”我果断地回答。凯瑟琳大笑起来。

“这不是一件小事，”弗格逊说道，“有很多人都是另有老婆的。”

“如果结婚能让你喜欢的话，那么我们就结婚吧。”凯瑟琳说。

“这不是为了让我喜欢，而是你们自己应该有结婚的要求。”

“可我们太忙了。”

“是的，我知道。你们忙于制造小孩嘛。”我以为她又要哭了，没想到她只是改了另一种辛辣的语调说，“依我看，今天夜里你就会跟他走吧？”

“是的，”凯瑟琳回答，“如果他要我去的话。”

“那么我怎么办呢？”

“你害怕一个人留在这里吗？”

“是的，我害怕。”

“那么我陪你吧。”

“不，你还是跟他去吧，你跟他走吧，我现在不想看到你们俩。”

“那我还是吃完饭再走吧。”

“不，你立刻马上就走。”

“弗基，你得讲点儿道理。”

“我说了立刻就走，你们俩都走。”

“那么走吧。”我说。我讨厌弗基。

“你们真的要走啦。看啦，你们甚至想把我撇下，留下我一个人吃饭。一直以来，我都想看看意大利的湖，没想到现在却落得这个样子。噢，噢……”她又开始呜呜咽咽，看了一眼凯瑟琳，更哽咽了。

“我们等到吃过饭以后再说吧，”凯瑟琳对我说，“如果你要我陪你，那么我就不走，我是不会把你一个人丢下的，弗基。”

“不，你走吧，我要你走。”弗格逊擦了擦眼睛，“我实在太不讲道理了，请别见怪。”

那个女服务员被弗格逊的哭泣弄得不知所措了，现在她端来了另一道菜，看来她现在也安心了一点儿。

那天夜晚我们就睡在旅馆的房间里，鞋子放在门外，那里有一条长长的、空空的走廊，而房间里则铺着厚厚的地毯。屋外还在下雨，屋里灯光明亮，快乐幸福，后来灯灭了，平滑的床单，舒服的大床，我们好一阵兴奋。那时的心情，就像回到家一样，再也没有孤独的感觉。夜里醒来，爱人仍在身旁，并没有发生梦醒人去的情况。但是除了这些，其他的事物都并不真实。我们疲倦的时候就睡觉，如果有一个人醒来，另一个人也就会醒来，所以即使醒着也不会感到孤独寂寞。一般情况下，纵然一个男人和一个女郎相爱，他们也时常想要独自安静一下，而他们一旦分开，又必然会令对方妒忌。我却可以很自豪地说，我们两人在一起的时候，从来就没有这样的感觉。虽然我们在一起的时候也常会感到孤独，但那种孤独，只是让我们感觉自己与这个世界格格不入。这样美好的经历，我想我的一生中，恐怕也就只有这么一次。以前的时候，无论我和多少女人在一起，我都会感觉到孤独寂寞，尤其是这个时候，我最容易感到寂寞。但跟凯瑟琳在一起之后，我就再也没有了寂寞的感觉，也从来都不会害怕。哪怕我知道夜里和白天是两个不同的世界：所有的事物都不尽相同，夜里想到的很多事情根本没法在白天说清楚。因为那些事，那些感受，你在白天是发现不了的，而对于一个时常感到寂寞的人来说，一旦这种寂寞开始，黑夜就会变得极其可怕。但是我自从和凯瑟琳在一起后，我的生活就几乎没了黑夜和白天的分别，而她还会让我的夜间变得更加美妙。如果有人能有如此的勇气来到这个世界的话，这个世界就会为了打垮他们而加以杀害，最后他们自然就会被杀死。这个世界把每一个人都打垮了，于是有很多人都在还没被打垮的时候显得很坚强。但是对付不能打垮的人，这个世界就会把他们杀害，杀害世界上最善良的人，世界上最温和的人，世界上最勇敢的人，它不会偏袒任何一个，非常公平。即使你不是这三类人中的一个，迟早也难逃一死，不过它并不会特别着急要你的命。

第二天清晨醒来的时候，凯瑟琳还睡着，阳光从窗户照了进来。外面的雨已经停了，我下床走到了窗边。窗户外面有一片花园，虽然现在已经草木凋零了，但还是有些整齐美丽。花园里有沙砾铺成的小径，有树木，有阳光下的湖，还有湖边的石墙以及湖的另一边层峦叠嶂的山峰。我站在窗边向外静静地望了一会儿，当我回过头来的时候，凯瑟琳也已经醒了。

“你好亲爱的，今天的天气怎么样？”她说。

“你感觉天气怎么样？”

“应该很好，而且我们度过了一个可爱的夜晚。”

“你现在想吃早餐吗？”

她说想吃，我也想吃。于是我们就坐在床上吃早餐。十一月的阳光那么温暖，从窗外照进来，我把早餐的托盘搁在膝盖上。

“要看报吗？你在医院的时候总看报。”

“不，”我说，“我现在可不看了。”

“战事糟糕到你连看都不想看?”

“不是的，我只是不想看报上刊登的那些消息。”

“我倒希望跟你一起走的时候，能知道一点儿消息呢。”

“等我想清楚了再告诉你吧。”

“那些人发现你没穿军装，他们不会逮捕你吧?”

“他们可能会枪毙我的。”

“那么我们不要再待在这里了，我们出国去。”

“这个我也曾经考虑过。”

“那么我们还是出国去吧。亲爱的，你不应该这样冒险的。告诉我，你是怎么从美斯特列来到米兰的?”

“我是乘火车来的，不过那时候我还穿着军装。”

“那时候你没有遇到危险吗?”

“没什么危险的。而且我本来就有一张旧的调动证，在美斯特列的时候我已经把日期改了。”

“亲爱的，你在这里随时都有被捕的危险，如果他们把你抓去了，我们该怎么办呢?”

“别想这些事了。”

“可是如果人家来逮捕你，你要怎么办呢?”

“我会开枪。”

“你看你多傻啊，除非我们决定要走，否则我不会让你踏出这个旅馆一步的。”

“那么我们能去哪里呢?”

“亲爱的，请你别这样。你想去什么地方，我们就去什么地方。请你立刻想一个我们可以去的地方。”

“瑞士就在湖的北边，我们就去那里吧。”

“那太好了。”

外面乌云密布，湖上也阴暗下来。

“希望我们不会总是过着逃犯的生活。”我喃喃地说。

“亲爱的你别这样。我们并没有过多久逃犯的生活，而且我们不会永远都过着像逃犯一样的生活的，因为我们一定会过上快乐的好日子。”

“但我觉得就像是逃犯。我的确从军队里逃了出来。”

“请你不要乱说，亲爱的。你并不算逃兵，那个军队只是意大利军队。”

我不由得笑了，“亲爱的，你真是个好姑娘。我们还是去床上吧，在床上我会感觉好过一些。”

过了一会儿，凯瑟琳问我：“你不觉得像个逃犯了吧？”

“是的，”我说，“跟你在一起，我就不会有这样的感觉了。”

“你可真像个傻孩子，不过我会照顾你的。亲爱的，其实早上的时候我并不想吐，这应该是一个好消息吧？”

“真是好极了。”

“你还不知道你的妻子有多好呢。不过没关系，我们到没人能够逮捕你的地方去在那里快活幸福地生活。”

“我们现在就去吧。”

“我们一定会去的，亲爱的。无论是什么地方，无论什么时候，你决定去，我就跟你去。”

“我们现在都别想那些事了吧。”

“好的。”

第三十五章

凯瑟琳出去了，她要去找弗格逊，我一个人坐在旅馆的酒吧间里看报纸。酒吧间有很舒服的皮椅，我一直都坐在皮椅上看报纸，后来，酒保来了。原来意军竟然连塔利亚门托河都没能守住，现在他们正向皮阿维河撤退。我仍然记得皮阿维河，去前线的时候，火车就在圣多那附近跨过了这条河。那是条水又深流得又慢，河道相当狭窄的河流。河流下面是一片蚊蚋丛生的沼泽，还有运河。在那里，还有些可爱的别墅。在战争发生前，我曾经去过科丁那丹佩佐①，我还在那个临河的山间里徒步攀行了好几个小时。从那里的山上向下望，河流就如同一条出产鳟鱼的宝库一般，河水湍急，从这条河里，你能看到一段段的浅滩，在山岩的阴影下，你还能发现水潭。公路在卡多雷就同河道分岔开了，也不知道那些驻守在山岭上的军队是如何往下撤退的。

这时酒保过来了。“葛雷非伯爵正在找你。”他对我说。

“谁?”

“葛雷非伯爵。你上次来这里的时候，碰到的那个老人。”

“他现在在这儿吗?”

“是的，他和他的侄女一起来的。我跟他说你来了。”

“他在哪里呢?”

“在散步。”

“他的身体怎么样了?”

① 科丁那丹佩佐是冬季运动的胜地，位于意大利北部的阿尔卑斯山。

“比以前显得更年轻啦。昨天夜里，他在晚饭之前，还喝了三杯香槟鸡尾酒呢。”

“那么他的弹子功夫呢?”

“很好。他把我打败了。我告诉他你来了，他非常高兴，这里可没人能跟他打弹子。”

葛雷非伯爵是梅特涅①那一辈的人，九十四岁了，须发皆白，举止优雅。

他曾经当过奥意两国的外交官，在米兰社交界里面他的生日宴会可是一件大事。他很可能会活到一百岁，而且他枪打得漂亮爽利，跟他那九十四岁虚弱的身体形成鲜明的对比。以前在施特雷沙，我们一边打弹子一边喝香槟。当时他每打百分就让我十五分，可是最后他还赢了我。

“为什么你不早点告诉我，他就在这里?”

“我忘啦。”

“那还有谁呢?”

“再没有你认识的人了，这家旅馆一共只有六位客人。”

“那现在你有事吗?”

“没事。”

“钓鱼去吧。”

“可我只有一个小时的时间。”

“来吧，把你的鱼竿拿来吧。”

等酒保披上他的上衣以后，我们走了出去。我们来到湖边，坐上了一条船，我负责划船，酒保则坐在船尾放出钓鱼线钓湖里的鳟鱼——线的一头拴着一个旋转匙形的诱饵，还绑着一个沉重

① 梅特涅（1773—1859），当时奥地利帝国外交大臣，拿破仑被打败以后，他组织了“神圣同盟”，试图恢复欧洲的封建专制制度，极力摧残各民族的解放运动，瓦解进步力量。

的铅锤。我慢慢地沿着湖岸划，酒保的手里不断地扯着钓鱼线，时而向前抖一抖。从湖上看到的施特雷沙已经相当荒凉，那一长排一长排的树木光秃秃的，一座座大旅馆和别墅都关着门。我把船划出湖边，横跨湖面，划到了美人岛①，在那里紧挨着石壁。那里的湖水突然变深了，岩壁就在晶莹的湖水中低低地倾斜下去。我们又划着船向北去渔人岛。有一朵云遮住了太阳，湖水变得黑暗平滑，而且冷气逼人。虽然我们看见水上有鱼儿上升时激起的涟漪，但是始终没有鱼儿上钩。

我把船划到正对美人岛的地方，那里有人正在补渔网。

"咱们去喝杯酒吧，怎么样?"

"好的。"

我划着船靠拢到石码头，酒保收回钓鱼线，把它卷好放在船底，又把诱饵挂在了船舷的上缘。我先上岸，拴好船。然后一起走进一家小小的咖啡店，要了两杯味美思。

"划船很累吧?"

"不累。"

"回去的时候我来划船。"他说。

"没关系，我喜欢划船。"

"你来钓鱼吧，这样你会转运的。"

"那好吧。"

"告诉我，战争到底怎么样啦?"

"糟透了。"

"我倒不用去战争，我的年纪太大，就像葛雷非伯爵那样。"

"说不定你还是得去呢。"

---

① 美人岛原来只是湖中一些巨大的岩石，17世纪一位巴罗美伯爵对此加以点缀修建后，这里就成为著名的旅游胜地。

“明年就要征召我们这一级的人了，但是我不会去的。”

“那你怎么办呢？”

“我出国去，我不想打仗。以前在阿比西尼亚[①]我打过一次仗，那场战争根本没有什么意义。但是你为什么会去参加战争？”

“我也不知道，我实在太傻了。”

“不说这个了，那我们就再来一杯味美思吧？”

“好的。”

酒保划着船回去了。我们又到施特雷沙后面的湖上去钓鱼，后来又划到离湖岸不远的地方想再试试。我握着那根绷紧的渔线，感觉那个旋转中的诱饵正在轻微抖动，我盯着十一月暗淡的湖水，望了望湖边荒凉的湖岸。酒保则荡起长桨，每次船往前一冲，渔线就跟着跳动一下。一条鱼上钩了，钓线突然绷得紧紧的，往后直抖，我赶紧用手去拉，分明感觉到一条活蹦乱跳的鳟鱼的分量，没过一会儿，那条钓线又变成了有规则的跳动，鱼溜啦。

“是一条大鱼吗？”

“相当大。”

“有一次出来钓鱼的时候，我在用牙齿把钓线咬住，忽然间就有一条鱼上钩，差点扯破了我的嘴。”

“以后最好是把渔线缠绕在你的腿上，”我说，“这样既知道有上钩的鱼，又不会弄掉牙齿。”我把手伸进湖里，湖水冰冷。我们就快划到旅馆对面了。“我必须进去了，”酒保说，“我得赶十一点的班，是鸡尾酒时间。”

“好吧。”我拉回钓线，把它缠在一根棍子上，那是一根两头都有凹槽的棍子。酒保把船停在一小片水区中，那片水区就在石

① 阿比西尼亚，也就是现在的埃塞俄比亚，位于非洲东北部。1896 年意军曾进犯那里，结果以失败告终。

墙之间，然后用铁链和锁锁好小船。

“什么时候你要用，”他说，“我就什么时候把钥匙给你。”

“谢谢你。”

我们回到了旅馆，又来到酒吧间。我不想再喝酒了，因此又上楼回到自己的房间。服务员刚刚收拾干净房间，凯瑟琳还没有回来。于是我往床上一躺，让脑子空着什么都不愿意想了。

凯瑟琳回来了，我们又是那么自然。弗格逊还在楼下，凯瑟琳跟我说她想请弗格逊来这里吃午餐。

“我知道你不会介意的。”凯瑟琳说。

“没关系的。”我说。

“亲爱的，怎么啦?”

“我不知道。”

“我知道你闷得慌。因为你现在只有我，可我又出去了。”

“是的，是这样的。”

“对不起亲爱的。当一个人忽然失去了一切的时候，我知道那一定非常痛苦。”

“我的生活原来是很充实的，”我说，“但是现在只要你不跟我在一起，那我就一无所有了。”

“不过我会跟你在一起的。我只不过出去了两小时啊，你真的没有一点儿事情可做吗?”

“我跟酒保一起去钓鱼了。”

“好玩吗?”

“好玩。”

“以后，我不在，就不要想我。”

“在前线的时候，我就是这么做的。不过那时还有事情可做。”

“你像失去工作的奥赛罗①。”她嘲笑我说。

“奥赛罗可是个黑人，”我反驳道，“何况，我并非嫉妒，我只是太爱你了，对于其他的事情全都没兴趣。”

“做个好孩子吧，好好地招待弗格逊好吗？”

“我对弗格逊一直都很好，只要她别再咒骂我。”

“要好好地待她，你想想，我们有多么丰富的生活，可是她却一无所有。”

“我想我们拥有的这些，她也不一定想要的吧。”

“你真是个聪明人，亲爱的，不过你可能不太了解她。”

“那我们好好地招待她就是啦。”

“好的，我就知道你会同意的。你真是太好了。”

“我们吃完饭以后，她不会再待在这里吧？”

“不会的，我会想办法让她走。”

“吃完饭以后，我们就回到楼上来。”

“当然啦，我想的不就是这个？”

我们下楼去跟弗格逊一起吃午餐。这家旅馆和饭厅是如此的富丽堂皇，弗格逊对此印象很深。我们的午餐非常好，还要了两瓶卡普里白葡萄酒。这时，葛雷非伯爵也来到饭厅，他向我们点了点头。陪他来的是他的侄女，但她的模样却有点像我的祖母。我跟凯瑟琳向弗格逊说了他的来历，弗格逊对此又有了很深的印象。旅馆很宽敞、很空旷，饭菜也都很好，酒也非常好，我们喝了酒以后都愉快起来，凯瑟琳再也没提出别的要求，她很快乐。这时的弗格逊看起来也相当高兴，我也感觉很不错。午餐以后，弗格逊回她那家旅馆去了，她说，饭后她要躺一会儿。就在那天

① 奥赛罗是莎士比亚一部同名悲剧中的主人公，他是一个皮肤黝黑的摩尔人。奥赛罗因为误信了埃古的话，把自己的妻子苔丝蒂蒙娜杀害了。奥赛罗的职业也是军人。

接近黄昏的时候，有人在我的房间外敲门。

“谁呀?”

“葛雷非伯爵问你要不要和跟他一起去打桌球。”

我看了看表。

“你必须去吗，亲爱的?”凯瑟琳这时低声问我。

“还是去一下更好。”手表的指针指着四点一刻。我大声地回答:“请你转告葛雷非伯爵，五点钟的时候，我会到弹子间来。”

四点三刻，我起床，吻别了凯瑟琳，到浴室去穿衣服。我站在镜子前面打领带的时候，发现自己穿着这套衣服很奇怪，我得记着再去买几件衬衫和几双袜子。“你会去很久吗?”凯瑟琳又问。她躺在床上的样子很可爱。“请你递给我发刷好吗?”

她在那里用发刷慢慢地梳着头发，她的头半斜着，头发全被她都拨到了一边。天已经暗了，床头的灯光柔和地照在她的头发上，甚至连她的脖子上和肩膀上也染上了一层淡淡的亮光。我向她走了过去，情不自禁地亲吻她，接着又握住了她拿着发刷的手，她轻轻地倒在枕头上。我继续亲吻着她的脖子以及肩膀，此刻我是多么爱她呀，我感到自己快要幸福得晕倒了。

“我不想走了。”

“我也不想让你走。”

“那我不去了吧。”

“不，你要去。不过只去一会儿，很快就回来。”

“我们会在这里吃晚饭的。”

“快去快回。”

我到弹子间的时候葛雷非伯爵已经在那里等我了，在灯光的照耀下他的身体显得很虚弱。灯光以外不远处就有一张供人们打纸牌的桌子，桌子上还摆着一只银桶，桶里面放着冰块和两瓶香槟酒。葛雷非伯爵直起了身向我迎上来，他伸出了手：“太好了，非常感谢你来和我打弹子，真是太好了。”

“很荣幸受到您的邀请。”

“你的身体已经恢复了吧？有人说你在伊孙左河上负伤了。我希望现在你已经恢复了。”

“我的身体很好，你怎么样？”

“哦，虽然我的身体一直都很好，但我还是感觉我越来越老了，出现了一些老年人的迹象。”

“这个我可不信的。”

“我确实老了。给你举个例子吧，平时我都约束着自己不说意大利语，但是我累的时候，我说意大利语就会感觉轻松很多。所以我知道我真的老了。”

“我们完全可以说意大利语，其实我也有些累了。”

“哦，不过你如果累的话，应该是说英语比较轻松吧。”

“美国语。”

“是的，美国语。那么请讲美国语吧，那可是一种很可爱的语言。”

“我现在很少见到美国人了。”

“那你一定会感到失落的吧。见不到自己的同胞并不好过，尤其是女同胞。我也有过这样的体会。我们还是打弹子吧，或者，你觉得太累？”

“我并非真的觉得累，开玩笑罢了。你让我几分呢？”

“最近，你常常打弹子吗？”

“一次都没有。”

“不过你的技术本来就很不错。那么一百分让十分吧？”

“你太看得起我了。”

“十五分。”

“那好吧，不过你仍然会打败我的。”

“那赌一点儿钱怎么样，我知道你一向都喜欢下注打球的。”

“我看打个赌也行。”

“好，那么我一百分让你十八分，一分咱们算一法郎。”

他打弹子的技术真的很好，到五十分的时候，我还是也只赢他四分。这时葛雷非伯爵按了按墙上的电铃，把酒保叫来。

“开一瓶酒。”他对酒保说，随后又转身对我说，“我们来点小刺激吧。”酒是冰冰的、品质醇正。

“说意大利语好吗？你不会在乎的吧？现在这就是我最大的偏爱了。”

于是，我们继续打弹子，停手的时候就喝口香槟，我们用意大利语交谈，可是也很少讲话，只是专心地打弹子。当葛雷非伯爵打到一百分的时候，我只有九十四分。他笑了笑，拍拍我的肩膀，说：“我们现在喝另一瓶酒，你跟我谈谈战事好了。”他让我先坐下。

“谈谈别的事吧。”我要求。

“你不愿意谈战事吗？那好，你最近读了什么书？”

“什么也没读，”我说，“我这人可能是太愚蠢了。”

“那这样的话，你应当多看看书。”

“打仗的时候能有什么好书看？”

“有个叫作巴比塞的法国人，他写了本书叫《火线》①，还有一本《勃列特林先生看穿了》②。”

“可他并没有看穿。”

---

① 亨利·巴比塞（1873—1935），他在参加第一次世界大战的时候，在战壕里写成了这本书，揭露了战争的罪恶，于1916年出版。

② 英国作家威尔斯在1916年发表的优秀反战小说。

“什么?”

“他并没有真正地看穿，医院里这些书都有。”

“这么说你最近还是看了书的?”

“看了一点儿，但没什么特别好的书。”

“我认为，《勃列特林先生看穿了》这本书，很好地分析了英国的中产阶级的灵魂，也是个很好的研究。”

“我可不知道灵魂是什么。”

“好吧，其实我们大家都不知道灵魂是什么。你信教吗?”

“我只会在夜里的时候才信教。”

葛雷非伯爵笑了笑，他的手指转动了一下酒杯。“我原以为年纪越大，我就会越热心于宗教信仰，可是现在我却并没有感觉到这样的变化。”

“你还想再活多久呢?”说完我立刻觉得自己太糊涂了，竟然说这样的话。

“那就要看现在的生活怎么样了。我这一生都过得非常愉快，而且我也希望能够一直这样地活着，”他笑了笑说，“我也算是长寿的了。”

我们俩都坐在深深的皮椅里面，香槟就放在冰桶里，而酒杯则放在我们中间的小茶几上。

“如果你活到我这样的年纪，肯定也会发觉很多奇怪的事情。”

“你一点儿也不老。”

“我的身体衰老了。有时候我很害怕，害怕我的手指会突然像粉笔那样断掉。但是我的精神，始终没有老，不过也并没有变得更聪明。”

“你却是很聪明的。”

“不，这其实是个大大的谬论：说什么老人是最有智慧的。其实人老了并不会增加智慧，只不过越来越小心罢了。”

“也许这就是智慧的表现吧。”

“可这是一种很不让人喜欢的智慧。你认为最珍重的是什么?”

“我所爱的人。”

“我也是的，可是这并不是智慧，那么你珍重生命吗?”

“当然是珍重的。”

“我也是，因为我所拥有的就只有这个，所以给自己的生日开个派对，”他大笑起来，“也许你比我更聪明，你不开生日派对。”

我们几乎同时喝了一口酒。

“你对战争是什么样的一个看法?”我问他。

“我认为战争是非常愚蠢的事情。”

“哪方会胜呢?”

“意大利。”

“为什么?”

“意大利这个国家比较年轻。”

“年轻的国家就一定会打胜仗?”

“在相当长的时期内都是这样的。”

“过了那个时期又会怎么样呢?”

“他们就会变成比较老一点儿的国家了。”

“你还说自己没有智慧。”

“好孩子，你的这个不是智慧，你这不过是犬儒主义。”

“听起来我倒觉得充满了智慧。”

“也并不是特别如此。我还可以举出反面的例子来。不过，这样也算是不坏啦。你的香槟喝完了吗?”

“差不多了。”

“好的。”他站起身来。

“祝你好运，生活快乐，您的身体一定会非常非常的健康。”

“好的，我也谢谢你，祝你永远这么年轻。”

“谢谢，我希望是这样的。”

“对了，以后你如果变得虔诚的话，请在我死之后替我祷告。我已经把这件事拜托给了好几位朋友。我原来以为自己终究会变得虔诚起来，可最后还是不行。”他的嘴角似乎露出了一丝苦笑，是不是真的笑了，却很难说。他已经太老了，满脸皱纹，笑起来就会牵动很多的皱纹，完全分不出层次了。“我可能会变得很虔诚的，”我说，“无论如何，我一定会为你祷告的。”

“我一直以为自己会变得很虔诚。可是到目前为止，我对这个还是不太热心。”

“也许是因为时间还早吧。”

“不，我感觉是因为太迟了。我已经超过了对宗教充满好奇心的年龄。”

“我也只有在夜里才会有宗教情绪。”

“那是因为你正在恋爱啊，可别忘了，恋爱也是一种宗教情绪呢。”

“你真的相信吗？”

“当然啦。”他向桌子走近了一步，“你肯来陪我打弹子，真是太好了。”

“我也感到非常愉快。”

“我们一起上楼去吧。”

第三十六章

那天夜里狂风大作还下着倾盆大雨。暴雨拍打玻璃的声音把我吵醒了，雨飘进了房间里。我听到有人敲门的声音，我悄悄地来到门边没有惊动凯瑟琳。我打开门看到酒保正站在外边。他披着一件大衣手里还拿着一顶湿漉漉的帽子。

"我能跟你说句话吗，中尉？"

"出了什么事？"

"有一件很严重的事。"

房间里很暗，我只能看见地板上那些积水，我又四下地望了一下。"进来。"我说。我搀住了他的胳膊进了浴间，我把门锁上后打开了灯，然后坐在浴缸的边沿上。

"什么事啊，埃米利奥？你出什么事了吗？"

"不是我，是你出事了，中尉。"

"真的吗？"

"明天早上他们就会有人来逮捕你。"

"真的吗？"

"我是来通知你的。我到了城里，在一家咖啡店里听到他们在说。"

"原来如此。"

酒保站在那里，大衣湿淋淋的，他的手里仍然拿着那顶湿漉漉的帽子，不再说话了。

"可是他们为什么要逮捕我？"

“是关于战争中的事情。”

“你知道到底是什么事吗？”

“我不太清楚，可是我听到他们说以前你到这儿来的时候还穿着军装，现在到这里来了却没有穿军装。这次撤退，他们可是什么人都会逮捕的。”

我沉默了一会儿。

“他们会在什么时候来逮捕我？”

“我听说是早上，但是具体是几点钟我就不知道了。”

“你说我应该怎么办呢？”

“如果你真没什么问题的话，当然也就不用担心被逮捕啦。不过被捕的话肯定是一件坏事——尤其是现在。”

“我可不愿意被逮捕。”

“那么去瑞士吧。”

“怎么去呢？”

“坐我的船去。”

“外边正下着暴雨。”我说。

“暴雨已经过去了，只有一些风了，你们不会有事的。”

“那么我们什么时候走呢？”

“现在就走。也许明天一大早他们就会来抓人。”

“我们的行李呢？”

“现在就收拾吧，你赶紧让尊夫人穿好衣服，我来拿行李。”

“你在哪里等着？”

“我就在这里等你吧，如果到外边走廊上可能会被人看见。”

我打开门走到卧室里，这时候凯瑟琳已经醒了。

“亲爱的，发生了什么事？”

“没事，凯特，”我说，“你愿意不愿意立刻穿好衣服，跟我一起坐船去瑞士？"

"你喜欢这样做吗？"

"不喜欢，"我说，"其实我喜欢回到床上去。"

"那出什么事了？"

"酒保刚才告诉我明天早晨他们有人会来抓我。"

"他说的是真的吗？"

"是真的。赶紧穿好衣服吧，亲爱的，我们立刻就走。"

她坐了起来，仍然睡眼蒙胧："酒保还在浴室里吧？"

"是的。"

"那么我就不梳洗了。请你看着那边，亲爱的，很快我就把衣服穿好。"

她脱下睡衣的时候，我看见了她白皙光滑的背部，可是她却不要我看。她已经怀了孩子而且肚子大了起来，所以不要让我看见。我并没有多少东西要收拾进我那个小提包。

"我的箱子里很空的，凯特，如果你需要的话。"

"我就快收拾好了，"她说道，"亲爱的，我真的很笨，可我还是不懂为什么酒保要待在浴室里呢？"

"嘘——他在等着帮我们把行李提下去。"

"他真是个好人。"

"他是我的老朋友，"我说，"我曾想寄点烟丝给他的。"我从敞开的窗子望出去，外边一片漆黑。我看不见那个湖，只看见黑暗和雨，可是风已经比较安静了。

"亲爱的，我已经准备好了。"凯瑟琳说道。

"好的。"我走到浴室的门口。

"这些是行李，埃米利奥。"酒保接过了那两只小提包。

"非常感谢您对我们的帮助。"凯瑟琳说道。

“这些不算什么，夫人，”酒保说，“只要我自己不会因此惹出事来，我是很愿意帮忙的。”他转过身对我说：“喂，我会提着这些东西从佣人的楼梯走下去，然后送到船上。你们就从前面出去，假装出去散步的样子。”

“我们是要出去散步，这的确是个可爱的夜晚。”凯瑟琳又说。

“的确是个糟透的夜晚吧！”

“幸好我还有一把伞。”凯瑟琳对我说。

我们走到门廊的另一头，从那个铺着厚厚地毯的宽楼梯走下楼去。楼梯下，大门边有张桌子，桌子后面坐着个门房。他看到我们，非常惊奇的样子。

“先生你们不会是现在想出去吧?”他问我。

“我们想出去遛遛，”我回答说，“我们打算去湖边看看暴风雨。”

“先生，你没带伞吗?”

“我没有雨伞，但是这件大衣可以为我挡雨。”我说。他疑惑地打量着我的大衣。“先生，还是我去给你拿把伞吧。”很快他走开了去，然后又很快回来，带来一把大伞。“这伞比较大，先生。”他说。我拿出一张十里拉的钞票给他。

“哦，先生你真是太好了，非常感谢您。”他一边说着一边拉开了大门。

“可别在暴风雨里耽搁太久，”他说，“你们会被暴雨淋湿的，先生，太太。”其实他只是门房的副手，他说的英语都是从意大利语一个字一个字地翻译出来的。

“我们很快就会回来的。”我说着，撑着那把大伞走了出去，穿过了那个又暗又湿的花园，再跨过花园里的一条路，走进了湖边搭着棚架的小路。现在的风从岸上向湖面刮来，这是十一月的风，又冷又湿，我知道现在高山上一定下着雪。我们沿着码头一直走，经过了一些铁链系着的小船，终于到了酒保停船的地方。就在那个石码头下面，湖水一片漆黑，酒保从一排树的后面钻了出来。

“你们的行李我已经放在船里面了。”他说。

“我把船钱给你。”我说。

“你身上还有多少钱?”

“没有太多了。”

“那你以后再给我寄来就行了，没关系的。”

“多少钱呢?”

“你随便给吧。”

“你还是告诉我要多少钱的。”

“如果你平安到达了那里的话，你就给我寄五百法郎吧。因为你平安到了那里，你就不会觉得五百法郎贵了。”

“好的。”

“这里面都是些三明治。”他递了一个小包给我，“我把酒吧间里所有的三明治都拿来了。这里还有一瓶白兰地和一瓶葡萄酒。”我打开了小提包，把这些东西都放了进去。

“那这些东西我现在就先给你钱吧。”

“好的，那你就给我五十里拉吧。”

我给了他五十里拉。“是瓶好的白兰地，”他又说，“你尽可以放心让尊夫人喝。还是让她先上船去吧。”船正随着波浪一高一低地起伏着，不时撞着石壁，他用手把船拉住，我扶着凯瑟琳上了船。凯瑟琳坐在船尾，裹紧了身上的披肩。

“你知道去哪里吗?”

“去湖的北面。”

“你知道那里有多远吗?”

“要从卢易诺[①]经过。”

“先过卢易诺，然后是坎纳罗、坎诺比奥和特兰萨诺，最后你得从勃里萨哥那里经过，这样才算是真正进入了瑞士的国境，除此之外，你还得穿过那座塔玛拉山。”

“现在什么时间了?”凯瑟琳问道。

“才刚过十一点。”我说。

“要是你不停地划船，说不定明天早上七点钟的时候，我们就可以到那里了。”

“真的有这么远吗?”

“是的，大概有三十五公里的路程。”

“我们怎么知道正确的方向呢? 雨这么大，没有罗盘针怎么行。”

“好吧。那祝你好运吧，中尉先生。”

“祝你好运。非常感谢。”

“你们要是淹死的话，恐怕就不会感谢我了。”

“你听见他说什么了吗?”凯瑟琳问我。

“没什么，只是祝我们好运。”

“也祝你好运，”凯瑟琳说道，“非常感谢你。”

“你们都准备好了吗?”

“准备好了。”

他弯下腰把船推离岸边。我拿着双桨往水里一划，随即又向他招手。酒保挥了挥手示意别这样做。这时，我看见了旅馆的灯光，赶紧把船划了出去，直到那灯光再也看不见了。湖面上波涛汹涌，值得庆幸的是，我们正是顺风。

---

① 卢易诺是一座工业城镇，位于马焦莱湖畔。

第三十七章

风一直刮着我的脸，我在黑暗中奋力地划船。雨停了，偶尔还有一阵雨洒下来，天很黑又很冷，我只能看着凯瑟琳坐在船尾。船桨很长，桨的把柄上也没有皮套，所以我时常会滑出手去。我用力地往后一扳、一提，然后身体往前一靠，就能够感觉桨碰到水面了，再猛力一划，往后用力一扳，我尽可能地让自己轻松一点地划着。我并没有把桨面摆平①，因为现在我们正处于顺风的位置。虽然船身很轻划起来的时候也不是太吃力，但是我知道我的手上一定会起水泡的，我只希望能晚一点儿起水泡。我在黑暗的湖面上一个劲儿地划船，心里只盼着能早点到达巴兰萨的对面。

我们始终没有看到巴兰萨。风还在湖面上起劲地刮着，黑暗中我们已经错过了巴兰萨的那个小岬，所以我们根本就没有看见巴兰萨的灯光。等我们再次在湖上更靠北的地方看到岸上的灯光时，我们已经到印特拉了。在这之前，我们在黑暗中摸索了很长的时间，既看不到灯光又看不到湖岸，我们只能在黑暗中不断划桨，乘风前进着。因为有浪头抬高了小船，所以有时候我的桨根本就碰不到水面。湖面上的浪很大，浪打在船身上，激得很高很高，然后又退了回去。我急忙用力地扳着右桨，左桨倒划，尽可能地退到湖面上，但可惜的是那个小岬已经看不见了，我们只能继续向北划。

---

① 船桨脱离水面的时候若摆平桨面，能避免空气的阻力。

“我们已经过湖了。”我对凯瑟琳说道。

“我们不是应该先看到巴兰萨吗?”

“我们错过巴兰萨了。”

“你好吗，亲爱的?”

“我很好。”

“那就让我来划会儿船吧。”

“不用，我能行的。”

“可怜的弗格逊，我想今天早晨她会到那家旅馆来找我们的。”这时，凯瑟琳又说。

“这个不用担心的，”我说，“我现在唯一担心的是在天亮的时候，我们进入瑞士国境内的湖面时，可能会被那里的税警撞见。”

“还有很远吗?”

“距离这里还有三十多公里。”

一整夜我都在划船。我感觉我的手疼极了，在桨柄上几乎都合不拢了，好几次我们的船差点就在岸边被撞破了。我尽量让船靠近岸边，因为我害怕会在湖中迷失方向而耽误时间。有时候我们那么的靠近岸边，甚至看得见岸边的一溜树木、湖滨的公路，还有那些高山。就在这时，雨停了，风把云儿赶走了，月亮也偷偷溜了出来。我回头望去，只见黑黑的卡斯达诺拉长岬屹立在那里，湖面上翻腾着阵阵白浪，还有湖后面雪峰上明亮的月亮。后来月亮又被云遮住了，山峰和湖也随之消失了，不过天色已经亮了很多，我们看见了湖岸。岸上的景物简直历历在目，我连忙把桨往外扳，因为在巴兰萨的公路上经常会有税警，不能让他们发现我们。等到月亮再出来时，我们看见了湖滨的山坡上那一座座白色的别墅，还有那一排排翠绿的树木，从他们之间露出来了一条白色的公路。我一直在划船。湖面变得越来越宽，对岸的山脚下有些灯光，我想那地方应该就是卢易诺了。我看见了湖对岸的高山之间那个楔形的峡谷，那个地方准是卢易诺，不会错了。如果我的猜测正确的话，那么我们的船算是划得很快了。我收起了桨，把身体往座位上一靠。我已经划得非常非常劳累了，我的胳膊、肩膀和背部都一阵阵地发痛，我的手也疼痛无比。“我可以把伞撑开，”凯瑟琳说道，“我们可以把它当帆使。”

“你会掌舵吗?”

“我大概会一些的。”

“你来拿着这支桨，再把它放在肋下，然后紧挨着船边掌舵，我来撑雨伞。”我走到了船尾教她怎么拿桨，然后我拿起门房给我们的那把大伞，面向船头坐下来，把雨伞“啪啦”一声撑开。伞柄就钩在我的座位上，然后我的双手紧紧地拉住伞的两边，跨在伞柄上坐了下来。风把伞吹得鼓鼓的，我感觉到船猛然向前冲了出去，于是尽力拉紧伞的两边。伞被风吹得很紧，船也就冲得很快。

“我们的船驶得太好了。”凯瑟琳说道。我却只能看见雨伞的伞骨，风把雨伞绷得紧紧的，拖着它往前走，我们都跟着雨伞前进。我的双脚拼命地撑住，拖住雨伞，冷不防风把伞吹弯了；一条折断的伞骨打在我的前额上，我伸出手去，想抓住被风刮歪的伞顶，没想到伞面一挺，整个儿翻了过去。我原本挂着满帆前进的，现在我却骑在一把已经翻转的破伞的伞柄上。我解下钩在座位上的伞柄，把破伞撂在船头上，又回到船尾凯瑟琳那里去拿船桨。她正在那里大笑，她紧紧地抓住我的手，克制住不笑出声来。

“怎么了亲爱的?”我接过了船桨。

“你抓着那个东西的时候真是太好笑了。”

“也许吧。”

“别生气，亲爱的。真的很滑稽。你看起来有二十英尺宽，很亲密地跟伞贴在一起……”她已经笑得喘不过气来。

“还是让我来划船。”

“你休息一下吧，喝口酒。这真是个美好的夜晚，我们已经赶了不少路啦。”

“可是我不能让船陷进那些大浪间的波谷中。”

“我给你倒杯酒吧。然后再休息一下，亲爱的。”

我再次举起双桨，继续地划船前进。凯瑟琳打开了小提包，从里面拿出白兰地酒递给我。我喝了一大口酒，白兰地酒味醇厚，喝下去以后的感觉是热辣辣的，热气很快透过全身，让我感到既温暖又舒服。“这时候喝白兰地真的很不错。”我说。虽然月亮再次躲到了云后面，但我还是看见了湖岸。前面终于又有个小岬了，而且小岬深深地伸入湖面里。

“你感觉够暖和吗，凯特?”

“我很好，只是感觉稍微有点僵硬。”

“把船里的水舀出去，这样你可以把你的脚往下伸。”

我继续划船，耳边传来桨在船舷上碰撞的声音、划水的声音和船尾的座位上那白铁罐子的舀水的声音。

“我想喝水了，罐子递给我吧。”我说。

“可是罐子有点脏呢。”

“没关系的，我在水里面洗一洗就行了。”

随后我听见了凯瑟琳在船边洗白铁罐子的声音，她在洗干净的罐子里汲满了水递给我。因为刚才我喝了白兰地酒，所以现在口渴得很，可是湖水却像冰一样的冷，把我的牙齿冻得又酸又痛。我望了望岸上，发现我们距离那个长岬更近了。

“谢谢。”我说着，递回了白铁罐子。

“何必客气呢，”凯瑟琳说，“你要水的话，这里多的是。”

“你不想吃点什么东西吗?”

“不用，还要等一会儿我才会觉得饿，那时候我们再吃吧。”

“好的。”前面那个看起来好像是小岬的地方，原来却是一个又长又高的地岬。我划着船向湖心去，然后远远地绕过了那个地岬。现在的湖面狭窄多了，月亮也出来了。如果真有税警在湖上守望的话，他们一定能看见湖面上这条黑乎乎的小船。“你还好吧，凯特?”我问道。

“我还好的。对了我们现在到了哪儿了?”

“最多还有八英里路程我们就到了。”

“这么远的路程划起来可不近啊，可怜的宝贝。你肯定累坏了吧?”

“没关系的，我只是手有点痛罢了。”

我们继续向湖的北面划去。湖的右岸，高山之间有一个缺口，成了一条天然的低下去的湖岸线，我想那个地方可能就是坎诺比奥吧。我再次把船划得离湖岸远远的，因为现在我们最有可能碰上的危险就是税警了。我看到前面对岸处有一座圆顶的高峰。我太累了，看起来并不远的距离，在虚弱的时候就显得相当远了。我清楚地知道我必须得过那座高山，然后再向北划五英里才能够进入瑞士的水域。现在月亮就快要落下去了，不过在月亮落下之前，乌云又遮住了天空，让它成为一片黑暗。我又划着船离岸远远的。就这样，划一会儿，歇一会儿，有时候抬起双桨，让风刮着桨身。

“让我来吧，我来划一会儿。”凯瑟琳对我说。

“划船这个事情不应该是女士来做，也没什么好处的。”

“不不，划船对我有好处的。划一划船可以让我的身体不至于那么僵硬了。”

“你不应该划。”

“亲爱的，适量地划船运动对于怀孕的妇人是很好的。”

“好吧，那么你就划一会儿吧。我先到船尾来，然后你再过来。你过来的时候记住双手要牢牢地抓住船舷。”

我披着大衣坐在船尾，看着凯瑟琳划船。其实她划得很好，只是那两只桨太长了，她划起来很不顺手。我打开小提包拿了两块三明治吃，然后又喝了一口白兰地。酒精让我的精神马上振作了，于是我又喝了一口酒。

“亲爱的，你累了就和我说一声。”我说道。过了一会儿我又说：“小心一点，可别让桨撞到肚子上了。”

“如果真的撞上了，那么我的人生可能就简单得多了。”在划桨的间歇时凯瑟琳说道。

我呷了一口白兰地：“现在你感觉怎么样？”

“很好。”

“你要休息的时候就说一声。”

“好的。”

我再喝了一口白兰地，收好酒瓶，抓住船舷，走到前面去。

“不用。我正划得挺好呢。”

“回到船尾去吧，我已经好好地休息了一下。”

借着白兰地的那股劲，我轻松而稳定地划了一会儿船。很快我又乱了章法，不是桨入水的位置过深，就是没有入水，没过多久，我只是乱划一通了，我的嘴里涌起一股淡淡的胆汁的味道，喝了白兰地以后，我划得太用力了。

“给我喝点水吧？”我说道。

“好的，没问题。”凯瑟琳说。

天亮的时候下起了毛毛细雨，风却不知道到底是停了呢，还是被弯曲在湖岸边的那些高山给挡住了。但我一发觉天就要亮了的时候，又认真地划起船来。我不清楚我们现在到了什么地方，只希望尽快进入瑞士的水域。天亮了，我们这时已经很靠近湖岸了。我看见了岩石很多的湖岸和岸上的树木。

“那是什么?”凯瑟琳说道。我停下桨，侧耳倾听。听到了一艘小汽艇正在湖面上开的那种嘟嘟声。我赶紧把船划到近岸的地方，静悄悄地伏在那里。嘟嘟声越来越近，很快，我们看见了那艘在雨中行驶的小汽艇，就在距离我们船尾不远的地方。汽艇上有四名税警，他们都戴着阿尔卑斯山式的帽子，帽檐拉得低低的，披肩的领头也往上翻了起来，他们的背上都斜挂着卡宾枪。在清晨这个时候，他们看上去都是一副昏昏欲睡的模样。我甚至看见了他们帽子上的黄颜色，还有他们披肩领子上的那个黄色徽号。汽艇终于嘟嘟地开过去了，隐没在雨中。这时我才敢划着船向湖中心去。如果我们已经距离边境很近的话，当然就不希望被湖滨公路上那些哨兵喝住。我把船划到刚好能看见湖岸的地方，继续在雨中向前划了三刻钟。我们再次听到了汽艇声，我又赶忙又歇下船，一直等到引擎声消失在湖的另一边。

“我们很可能已经在瑞士的国境里面了。”凯瑟琳说。

“真的吗?也不一定的，除非我们能看到瑞士的陆军部队。”

“也可能会是瑞士的海军。”

“瑞士的海军对于我们来说可不是什么好事情。我们最后那次听到的汽艇声，很有可能就是瑞士海军的汽艇。”

“如果我们真的到了瑞士，就去那里好好地吃一顿早餐吧。我知道在瑞士有很好的面包卷，还有黄油和果子酱。”

现在，天已经大亮了，细雨又纷纷落下。湖的北面仍然刮着风，翻滚的白色浪花正从我们这边扑腾着向北往湖面上卷。现在我有十足的把握：我们的确到瑞士了。就在湖滨的树木后面，有很多房屋，离湖岸不远的地方还有一个村子，村子里有一些石头的房屋，小山上还有些别墅和一座教堂。我仔细地观察绕着湖滨的那条公路，看看周围有没有卫兵，不过没有看到。公路离湖非常近，我看见一名士兵从路边的一家咖啡店里走出来。他穿着一身灰绿色的军装，他的帽盔好像是德国兵所戴的那种。他有一张健康的脸，还留着一簇小胡子，牙刷般的小胡子。他看着我们。“向他招招手。”我赶紧对凯瑟琳说。她招了招手，那士兵挺不好意思地笑了笑，也向我们招了招手。我慢慢地划船。我们正经过一个村子前面的滨水地带。“我们一定已经深入到瑞士境内了。”我说。

“亲爱的，我们一定得找好机会才可以停下来。现在可千万不能被他们从边境线上把我们押回去。”

“我们早就过边境线了。这里应该是一个设着海关的小城，那这里应该就是勃里萨哥。”

“通常在那些有海关的边城，都同时驻守着两国的军警，那这里会不会也驻守着意大利的军警呢?”

“战争时期可不同的。他们是不会让意大利人到这边来的。”

这里是一个相当美丽的小城，沿着码头有很多渔船静静地停泊着，渔网都摊在架子上。虽然现在是十一月份，虽然天空还是下着蒙蒙细雨，但是小城看起来却非常干净，让人感觉非常的舒服。“那么我们到岸上吃早餐吧?”

“好。”

我用力地划着左桨，靠近湖岸。当小船接近码头的时候，我把船打横，让船靠上码头，然后收起桨，抓住了码头上的一个铁圈，我的脚往那个湿淋淋的石码头上一踏，这就算是踏上了瑞士的国土。我把船绑好，伸手将凯瑟琳拉了上来。

“上来吧凯特。这里太好了。”

“那我们的行李呢?”

“全部都留在船上就好了。”

凯瑟琳走上码头，现在我们俩都在瑞士了。

“这是多么好的一个国家呀！”她说。

“这里是挺好。”

“走吧，我们吃早餐去！”

“这难道不是一个很好的国家吗？连我脚底下踩着的泥土都让我感到愉快。”

“我可是太僵硬了，脚底下根本感觉不到什么。但是我也觉得这真是个很好的国家。你是不是已经体会到我们现在到了这里，亲爱的，已经离开那个该死的地方了？”

“是的，我体会到了，我确实体会到了，而且我从来都没有这样的感觉。”

“看那些房屋。这里难道不是一个很宽阔的广场吗？那边有个吃早餐的地方。”

“你不觉得这场雨下得真是太好了吗？在意大利从来就没有这样的雨，这是一种令人愉快的雨。”

“我们现在到这里来了，亲爱的！你是否感觉到我们已经到达这里了？”我们走进一家咖啡店，坐在一张干净的木桌旁边。我们如此兴奋，对这里的一切都如醉如痴。一位很有精神、模样干净的妇人走了过来，她的身上围着围裙。她问我们要什么，凯瑟琳回答：“我们要面包卷、果酱，还有咖啡。”

“对不起，现在是战争时期我们没有面包卷。”

“那我们要烤面包吧。”

“好的，我拿个烤面包给你们。”

“好的。”

“我还想要几个煎蛋。”

“先生要几个煎蛋？”

“要三个。”

“四个吧，亲爱的。”

“四个。”

那个妇人走开了。我亲了亲凯瑟琳，紧紧地握住她的手。我看着她同时她也在看着我，然后我们又看了看那家咖啡店。

“亲爱的，亲爱的，难道这不是一件很好的事情吗？”

“太好啦。”我说。

“即使没有面包圈，我也不会在意，完全不会的。”

“说不定很快就有人过来逮捕我们了。”

“没关系，亲爱的。我们先吃早餐吧。何况他们就算是逮捕了我们也不能把我们怎么样。因为我们可是英美两国的好公民呢，对吧。”

“你有护照的吧？”

“当然有了。哦，我们现在不提这事了，我们现在只需要快乐地享受就好了。”

“我真是非常快乐。”我说。这时，有一只灰猫，胖胖的，竖起了它那翎毛似的尾巴，轻快地走到我们的桌子下面，弓着身在我的腿上磨蹭，每一次擦着我的腿，它便“喵”地叫一声。我伸手去抚摩它。凯瑟琳正快乐地望着我笑。“咖啡来了。”她说道。

没想到在我们吃完早餐以后，我们就被逮捕了。我们在村子里散了一会儿步，再回到码头拿行李的时候，看到有一名士兵正看守着我们的那条小船。

“这船是你们的吗？”

“是我们的。”

“你们从哪里来的？”

“从湖上来。”

“那么我就得请你们跟我走一趟了。”

“我们的行李怎么办呢？”

“你们可以带上小提包。”

我提着小提包，凯瑟琳就走在我的身边，士兵在我们后边，将我们押送到了那个古老的海关。一名尉官坐在海关里，很瘦，也很有军人气派。他开始盘问我们。

“你们的国籍是……”

“美国和英国。”

“给我看看你们的护照。”

我拿出自己的护照递给他，凯瑟琳也从她的皮包里掏出护照来。

他查看了很久。

“你们为什么就这样划着船来瑞士了呢？”

“我是一个运动家，”我说，“我最擅长的运动就是划船。只要一有机会我就会划船出去运动。”

“那你们为什么到我们这里来？”

“我们都是游客，我们想到这里玩冬季运动。”

“我们这里并不是开展冬季运动的好地方。”

“这我们知道。我们正要到那些有冬季运动的地方去。”

“在意大利，你们都是做什么的？”

“我在学习建筑，我的表妹是研究美术的。”

“为什么你们会离开那里呢？”

“因为那里现在正打仗，所以根本没法学建筑了。”

“你们先在这里等一下吧。”尉官说着，他拿了我们的护照走进里面去了。

“亲爱的你可真行啊！”凯瑟琳对我说，“你就按照这个样子继续讲下去吧。”

“你还能记得一些关于美术的事吧？”

“我知道鲁本斯①。”凯瑟琳说道。

---

① 鲁本斯（1577—1640）是一位名画家，住在佛兰德斯。

“画的人物又大又胖的那个。”我说。

“提香[1]。”凯瑟琳又说。

“提香画上的人物是橙红色头发，”我告诉她，“曼坦那[2]怎么样呢？”

“别问我这样难的问题，”凯瑟琳说，“不过这个画家我倒知道的——他很苦。”

“是的，真苦，”我说，“还有很多钉痕[3]。”

“你看吧，我其实是能做好你老婆的，”凯瑟琳对我说，“我甚至还能跟你的顾客谈谈美术。”

“看。他来了。”我轻声地提醒凯瑟琳。那个瘦削的尉官正拿着我们的护照，他从海关这间屋子的那一头向我们走过来。

“我得把你们俩都送到洛迦诺去，”他说，“你们可以找辆马车，我会派一名士兵跟你们一起去。”

“好的，”我说，“那我的船呢？”

“船被没收了。你们的手提包里有些什么东西？”

他一一检查两个提包，把那一夸脱瓶装的白兰地拿在手里。“一起来喝一杯吧？”我问他。

“不用，谢谢，”他挺直了身子，“你身上带了多少钱？”

“我有两千五百里拉。”

看得出，他听后印象很好。“那么你表妹呢？”

凯瑟琳还有一千两百里拉多点。那个尉官听了很高兴。对我们的态度也不像刚才那么傲慢了。

“如果你想玩冬季运动的话，”他说，“文根倒是个好地方。家父就在那里开了一家很好的旅馆，一年四季都在营业。”

---

① 提香（1477—1576），文艺复兴盛期意大利威尼斯派的最有名的画家。

② 曼坦那（1431—1506）是意大利画家，他最有名的画是《哀悼基督》。

③ 指他在耶稣的尸体上画了一些钉十字架的钉痕，极其逼真。

“那太好了，”我说，“能告诉我那个旅馆的名字吗？”

“我给你写在卡片上吧。”他很有礼貌地递给我一张卡片，“士兵会把你们送到洛迦诺，他还会代你们保管你们的护照。对于这一点我非常抱歉，因为手续上一定要这么办。我相信等你们到了洛迦诺以后，你能够得到一张签证或是一张警察许可证。”

他把两本护照都交给了士兵，我们就拎着手提包去村子里叫马车。“喂。”尉官把那个士兵叫了回去，用德国土语跟他说了些什么。士兵背上枪，又过来帮我们拿行李。

“这真是一个伟大的国家。”我跟凯瑟琳说。

“是的，事实就是如此。”

“真是太感谢你。”我对那个尉官说。他冲我挥了挥手。

“敬礼！”他回答我。我们跟着士兵进村了。

我们乘着马车到了洛迦诺，士兵和车夫都坐在车前面的座位上。到达洛迦诺，他们对我们还好。虽然盘问我们一些问题，可始终客客气气的，因为我们既有护照又有金钱。虽然我们的回答并不能让他们相信，我个人觉得那纯粹就是胡闹，不过确实有点像上法庭。无论是否合理，只要法律允许，那么你就能坚持下去，并且不用向任何人解释。但是我们有护照，而且又愿意花钱，于是，他们拿了临时签证给我们。这是一种随时可以吊销的签证，而且无论我们到什么地方，都必须先到那里的警察局报到。我们可以去任何一个地方吗？是的。可是我们要去哪里呢？“你想去哪里，凯特？”

“蒙特勒①。”

“那可是个好地方，我想你们肯定会喜欢上那个地方的。”有一位官员说。

---

① 瑞士西南部的一座疗养城市，位于日内瓦湖东面。

“我们这里也是个很好的城市，”另一位官员也说，“我相信你们肯定会喜欢上洛迦诺这个地方的。因为洛迦诺可是个非常能够吸引游客的旅游胜地。”

“我们倒是想找一个有冬季运动的地方。”

“蒙特勒可没有冬季运动。”

“对不起，”这时，另一位官员说，“我就是蒙特勒人。那里当然有冬季运动了，就在蒙特勒—伯尔尼高原的铁路沿线一带。你要否认的话，那就错啦。”

“我没有否认。我只不过说，在蒙特勒并没有冬季运动。”

“我完全不同意你的说法，”另一位官员又说，“我坚持我的说法。”

“我不同意你的说法。因为我本人就曾经亲自乘着小雪橇①进入了蒙特勒的街道。而且不止一次，我去过好几次。而且乘小雪橇也是一种冬季运动。”另外一位官员转过身对我说。

“难道你认为冬季运动仅仅是指乘坐小雪橇吗？我告诉你吧，洛迦诺这个地方非常好，这里的气候有利于身体的健康，而且这里的环境优美迷人，我想你一定会非常喜欢这里的。”

“这位先生早就已经表示要去蒙特勒了。”

“乘坐小雪橇又是怎么回事呢？”我问。

“你看，人家根本连乘小雪橇的事都没有听过呢！”

听我这样问，第二位官员觉得对他十分有利，非常高兴。第一位官员跟我解释说：“小雪橇就是那种平底雪橇。”

“不好意思了。”这时，另一位官员摇摇头，“我又要提出不同意见了。平底雪橇和你说的那种小雪橇是完全不一样的。平底雪橇是用平板做成的，源自于加拿大；而小雪橇只是一种普通的

---

① 原文是 luge，是瑞士比赛用的一种单人小雪橇，人可以仰卧在上面滑行。

雪车，而且只不过是在车上装了滑板，这样子滑行起来更方便也更精确。”

“我们可以坐平底雪橇吗?”我问。

“当然可以了，”第一位官员说道，“你们完全可以坐平底雪橇。在蒙特勒有加拿大出产的平底雪橇出售，奥克斯兄弟公司那里就有卖那样的平底雪橇，因为他们公司的平底雪橇是专门从加拿大进口的。”

这时，第二位官员已经把头掉过去了。“坐平底雪橇，”他说，“那得去特制的滑雪道滑行。你根本没有办法乘坐平底雪橇进入蒙特勒城市的街道。现在你们住在这里的什么地方?”

“现在我们还不知道，”我说，“我们刚刚从勃里萨哥乘车过来，我们的车还停在外边呢。”

“你们去蒙特勒吧，包你没错儿，”那一位官员又说，“那里的天气真是可爱极了，美丽极了。而且，距离冬季运动的场地也不远。”

“你们真要去玩冬季运动的话，”另一位官员又说，“我建议你们去恩加丁或者穆伦。现在有人叫你们去蒙特勒玩冬季运动，对这个说法我是反对的。”

“在蒙特勒的北面，那个莱沙峰就可以进行各种各样的冬季运动。”那位蒙特勒的拥护者向他的同事瞪起了眼睛。

“长官，”我打断了他们，“我们得走了，我的表妹很累了。我们就去蒙特勒吧。”

“那么恭喜你们。”第一位官员伸出手跟我握了握。

“离开洛迦诺，你们一定会后悔的，”第二位官员又说，“不过无论如何，到了蒙特勒，你们必须先到当地的警察局报到。”

“没关系的，你们去警察局也不会遇到什么麻烦的，”拥护蒙特勒的那位官员安慰我说，“因为那里的居民都非常客气，而且他们非常的友好。”

“很感谢你们两位，”我说，“得到二位的建议，我们真的非常感激。”

“再见，”凯瑟琳也说，“很感谢你们。”

他们向我们鞠躬，直到我们走出门口。不过，那个拥护洛迦诺的官员对我们冷淡点。我们从台阶下来，跨上了马车。

“天哪，亲爱的，”凯瑟琳说，“难道我们没办法早点离开那里吗？”我告诉车夫那个瑞士官员给我介绍的旅馆。车夫拉起了马的缰绳。“你忘记那个瑞士陆军了。”凯瑟琳对我说。那个士兵还站在马车旁边，我拿了一张十里拉的钞票给他。“我还没来得及调换瑞士钞票。”我略带歉意地说。他向我道了谢，行了礼，转身走了。马车向那家旅馆驶去。

“你为什么会选择去蒙特勒呢，你真的很想去那里吗？”我问凯瑟琳。

“我最先想起来的就是这个城市，而且那地方也很不错。我们可以在那里的高山上找个地方住下来。”

“你想睡觉吗？”

“我现在就要睡着了呀。”

“那么我们就好好地睡一觉吧。可怜的凯特，让你熬了又长又苦的一夜。”

“可我觉得那才有趣呢，”凯瑟琳说道，“尤其是你把伞当作帆来行驶的时候。”

“没关系，我们已经到瑞士了。”

“不，我害怕睡醒的时候发现这一切都不是真的。”

“我也是。”

“亲爱的，但这确实是真的。如果这不是真的，那我不会是在米兰正乘车去车站为你送行吧？”

“我也希望不是。”

“别这么说，亲爱的。这样说让我感到惊慌，很可能那将是我们正要去的地方。”

“现在我昏头昏脑的，什么都不知道了。”我说。

“把你的手给我看一看。”

我伸出双手，两只手都起泡发肿了。“我的两肋旁边可没有钉痕①。”我说。

“别亵渎主。”

我非常劳累而且脑子一直都是昏昏沉沉的。现在我们刚到瑞士的那种兴奋已经全都消失了。

我说：“我们去哪里啊，车夫？”车夫把马拉住了。

“我们现在是去大都会旅馆，难道你不想去那里吗？”

“当然要去的，”我说，“凯特，没事了。”

“亲爱的没事了，不用再发愁了。我们待会儿好好地睡一觉，明天起床以后你就不会感到头昏了。”

“我都已经糊涂了，”我说，“今天遇到的一切我感觉就像是一场戏。也可能因为我的肚子太饿了所以想多了吧。”

“亲爱的你不过是有些疲劳罢了，你很快就会好起来的。”马车停在旅馆的前面，有人出来接过我们的行李。

“我没事。”我说。我们俩下了车，走上通往旅馆的人行道。

“我知道你不会有事的，只不过太疲劳罢了，你很久都没有睡觉了。”

“我们总算到这里了。”

“是的，我们的确是到这里了。”

我们跟着那个提行李的门童走进了旅馆。

---

① 耶稣被钉在十字架以后复活了，来到他的门徒中间，有一个叫多马的门徒并不相信，他说：“我非得看见他手上被钉过的钉痕，我要用指头探进那些钉痕，我还要用手探进他的肋旁。”后来耶稣果真向多马显现了这些。详情见《圣经·约翰福音》第二十章。

第五部

第三十八章

那一年的雪下得非常晚，而我们就住在山坡上的一幢褐色木屋里。那里松树环绕，夜里起霜的时候，木屋里梳妆台上的那两只水罐会在早晨凝结起一层薄冰。一大早戈丁根太太就走进房间来，关好窗子，在那个高高的瓷炉里生火。炉子里的松木噼噼啪啪地爆裂，不断地喷射出火花，没过多久，炉子里就燃起熊熊的火焰。当戈丁根太太再次进来的时候，她就会带来一罐热水，还有一些烧炉火用的大木头。等到房间里已经暖和了，她就会端来早餐。我们常常一边坐在床上吃早餐，一边望着湖[①]和湖对面那些位于法国境内的山峰。高高的山峰上积着雪，湖面则泛着灰蒙蒙的、金属一样的青色。

在我们这幢农舍式的别墅前面，有一条通往山顶的路。车辙以及道路两边隆起的地方都被冰霜冻结得像钢铁一样坚硬，这条路是个上坡路，道路穿过森林越过高山，然后盘来绕去，一直延伸至一片草地。附近还有一片树林，树林边上有些仓房和木屋，可以俯瞰着山谷。山谷是那么深，一条小溪从谷底流出，流进湖中。有时候，风从山谷那边吹来，传来岩石间淙淙的水声。

有时我们不走山道了，我们就走上那条穿过松林的小路。森林里的泥土走上去软绵绵的；因为它并没有被冰霜凝结得像山路一样坚硬。不过我们也不太在乎坚硬的山路，因为我们靴子的前后跟都钉着铁钉，后跟的铁钉会扎进冰冻的车辙里面。所以，穿

---

① 蒙特勒位于日内瓦湖的东面。本章以后所提到的湖，指的都是日内瓦湖。

着钉靴在山路上走，又惬意又能振奋精神，在森林里走同样也很舒服。

我们的木屋前面是一片小平原，再远处是峻峭的高山。我们就坐在门廊里，在阳光下看弯曲的山道顺着山坡向下延伸，再远点低处的山坡上还有梯田状的葡萄园，因为现在是冬季，所以葡萄藤都已经凋谢了，葡萄园中间由石墙隔开，而葡萄园的下面就是蒙特勒的房屋。蒙特勒是一座沿湖而建的、位于狭窄平原上的城市。湖中有一座小岛，岛上有两棵树。远远地望去，就像是一条渔船上的两片帆。湖对面的山峰险峻峭立，湖的尽头正是罗纳河[①]河谷，那个夹在两个山脉之间的平原地带；河谷的南面被山峰切断的那个地方，就是唐都米蒂[②]了。那是一座常年白雪皑皑的高山，它俯视着整个河谷，但是因为距离河谷太远，所以并没有在河谷投下阴影。

阳光明媚的时候，我们还会在门廊上吃午餐，或者在楼上一个小房间里吃，在房间的角落里有一只大炉子。我们从城里买了些书籍杂志，还买了一本叫作《霍伊尔氏纸牌戏大全》的书，从这本书上我们学会了很多两个人就可以玩的纸牌游戏。我们就住在这个装着炉子的小房间里。房间里还有两张舒服的椅子和一张摆放书籍杂志的桌子，我们把饭桌收拾干净以后就可以玩纸牌。楼下有戈丁根夫妇的卧室，有时候，在傍晚我们能听见他们谈话的声音，他们的生活快乐幸福。戈丁根先生原是一家旅馆的茶房领班，他的太太也做过同一家旅馆的服务员，他们积攒了一些钱，买下这幢房子。他们还有个儿子，也正在苏黎世[③]的一家旅馆里学习怎么做茶房领班。楼下还有一个客厅，戈丁根夫妇俩在

① 罗纳河在日内瓦湖东南，从西南面流出日内瓦湖，进入法国后，向南流进狮子湾。
② 瑞士的高山，位于蒙特勒南，海拔高达10690英尺。
③ 苏黎世是一个重要的工业城市，位于瑞士北部。

客厅里卖葡萄酒和啤酒，有时候，我们也会在夜晚听见路上的车停了下来，有人走上台阶，来到客厅里喝酒。

在我们的起居室外的走廊上，放着一个大箱子，里面装满了木头，因为这些木头，我们房间里的炉火从来没有灭过，不过我们睡得也不算太晚。就在那间大卧室里面，我们常在黑暗中爬上床，我会在脱了衣服后，打开窗子，然后看看夜色，以及外面寒冷的星星，还会看看窗下的松树，接着我再赶快回到床上。空气虽然很寒冷，但却那么地清新，窗外的夜景那么美丽，而我们躺在床上，这种感觉真是太美妙了。我们都睡得好香，就算在夜里醒来，也只是因为内急。我会掀开羽绒被，轻轻地掀开，避免把凯瑟琳弄醒，接着躺进温暖的被窝。现在盖的被子少了一点儿，感觉更轻松，很快又睡着了。战争似乎已经和我离得很远，就像是别的大学里正在举行的足球比赛。不过我从报上得知，他们仍在高山之间作战，因为还没有下雪。

有时候，我们会走下山去蒙特勒。那里有一条下山的小路，可是小路太陡峭。因此，我们通常都是走山道沿着山道再往下走，一直走到田野间那条坚硬的宽路，然后继续往下走在葡萄园的石墙之间，再往下就走到村子的房屋中间了。那里一共有三个村子：一个叫瑟涅，一个叫封达尼凡，还有一个的名字我忘了。我们再往前，会经过一座古老的城堡，这是一座方形的石头城堡，建在山坡边的一个悬崖边上，山坡上也有一层一层的葡萄园，园里的每棵葡萄都被绑在一根杆子上，否则它就会倒塌下来。现在葡萄树都已经干枯了，变成了褐色，泥土在等着雪花落下来，底下的湖面平整如镜，颜色却是像钢铁一样的灰色。从城堡往下，下山的路就改用圆石子铺就而成，沿着一段险峻的山坡向下，然后向右拐弯，转入蒙特勒市区。

因为在蒙特勒我们没什么朋友。所以我们经常沿着湖遛一遛，看看天鹅和很多海鸥和燕鸥。每当有人走近的时候，它们便成群地起飞，一边尖声啼叫一边俯视水面。湖的中央有一群的鹈鹕，又小又黑，正在湖面上游水，它们的身后留下道道水痕。我们就在城里的大街上到处走走，看看商店的橱窗里陈列的商品。城里有不少大旅馆，现在都已经关门歇业了，不过大部分的商店还开着，那里的人们也很喜欢看到我们。那里还有一家很不错的理发店，凯瑟琳喜欢在那里做头发。店主人是个非常好的女人，而且在蒙特勒我们也只认得这一个人。一次凯瑟琳理发的时候，我就到一家啤酒店去坐坐，喝点慕尼黑啤酒，再看看报纸。我在那里看意大利的《晚邮报》，还有从巴黎转过来的英美报纸。那些报纸上所有的广告都被黑墨水完全涂掉了，据说是为了防止奸细和敌军之间互通消息。读报纸的感觉并不愉快，每个地方的情况都糟糕透了。我靠在啤酒店的一个角落里，面前放着一大杯黑啤酒，还有一包打开了光面纸包的卷饼，椒盐的，我一边喝啤酒，吃带咸味的卷饼，一边看着报上那些悲惨的战事新闻。我原本以为凯瑟琳会到啤酒店来的，可是她没有来，我只好付了啤酒钱再把报纸放回报纸架上然后上街去找她。那是一个很冷的天气而且十分的阴暗，一切都是一片寒冬的景象，就连房屋里的石头看起来也是那么的寒冷。凯瑟琳正在那间理发店里烫头发，我就坐在理发店的小间里看着她们。凯瑟琳向我笑了笑，还跟我说话。可是我因为太兴奋了，说话都有点口齿不清。那个女人拿着卷发的铁钳发出一阵阵悦耳的嗒嗒声，我可以从理发店的三面镜子里看到凯瑟琳，我所在的那个小房间那么温暖，那么舒服。理发师烫好以后，把凯瑟琳的头发向上拢起，梳好。凯瑟琳照了照镜子，又修改了一下，在有的地方抽掉一根发针，或者在有的地方插上一根发针，然后她站了起来。“对不起，亲爱的，让你在这里等了这么久。”

“您的先生对这很感兴趣的，对吧，先生?”那女人笑着问我。

“是的。”我回答。

我们出了门走上街。街上寒意浓浓，而又冷清，风又呼呼地刮起来了。“哦，亲爱的，我实在太爱你了。”我对凯瑟琳说。

“我们现在正过着快乐的日子?”凯瑟琳说道，“我们找个地方喝啤酒吧，而且喝点酒对小凯瑟琳也会很有好处，可以让她长得小一点儿。”

“小凯瑟琳，”我说道，“那是一个小顽皮鬼。”

“她一直都很乖，”凯瑟琳说，“她甚至没给你添什么麻烦。医生告诉我啤酒对我是有益的，而且能让她不会长得太大。”

“你这么想让她长得小一点儿，如果是个男孩的话，也许将来可以当骑士。”

“我们如果真要生下这个孩子的话，我们总得结婚吧。”凯瑟琳说道。我们坐在一家啤酒店的小桌子边，那是张角落里的小桌子。天已经黑了，其实时间并不晚，只是天色本来阴暗，而夜幕又来得太早。

“我们现在就去结婚吧。”我说。

“不，我现在的样子很明显有了孩子，我这样无论站在谁面前结婚都实在太难看了。”

“我希望我们已经结婚了。”

“可是我们什么时候才能结婚呢，亲爱的?”

“我现在也不知道。”

“我只知道现在的我就像中年妇人一样大腹便便，在这种情况下我不要结婚。”

“你怎么会像个中年妇人呢?”

“不，亲爱的，我现在确实很像的。理发师还问我是不是头胎，我撒了谎，我告诉她说不是的，我还说我们已经有四个孩子，两个男孩，两个女孩。”

“那么我们什么时候才结婚呢?”

“等我瘦下来以后咱们什么时候都可以结婚。我们要办一个很隆重的婚礼，让每一个人都称赞我们是一对漂亮的小夫妻。”

“你不担心吗?”

“亲爱的，我为什么会担心呢?只有一次我很难受，就是在米兰那次，我觉得自己就像个妓女，不过那种难受也只有七八分钟的时间，都是因为旅馆的房间里那些摆设的关系。难道我现在不是你的好妻子吗?”

“你确实是个好妻子。”

“那我们就不要去想那些乱七八糟的东西了，亲爱的。等我瘦下来的时候，我就和你结婚。”

“好的。”

“我可以再喝一杯啤酒吗?医生说我的臀部太窄，所以我们的小凯瑟琳最好别长太大。”

“他还说过什么啊?”我有点担心了。

“没什么。他说我的血压非常奇妙，亲爱的。他还特意称赞我奇妙的血压呢。”

“关于你刚才说的臀部太窄的问题，他还说了什么?”

“没什么，他什么都没有说，只是说我不能滑雪。”

“他说得很对。”

“他说我如果没有学会滑雪的话，现在来学可就太晚了。他说我也可以滑雪的，只要我保证自己不会摔跤。”

“他可真会开玩笑。”

“他是个挺好的人，我们以后就请他接生吧。”

“你有没有问他我们要不要该结婚?”

“没有问这个，因为我告诉他我们已经结婚四年了。亲爱的，我嫁给你以后我就成为美国人了，所以我们根据美国的法律结婚，那这样我们的孩子就是合法的。”

“你是从哪里打听到这些的啊?”

“从图书馆里那部纽约的《世界年鉴》上看到的。”

“你真行啊。”

“我喜欢当个美国人，以后，我们一起去美国，好不好，亲爱的？我想和你一起去美国看尼亚加拉大瀑布①。”

“你真是个难得的好姑娘。”

“我还要和你一起去看个东西，但是我现在想不起来了。”

“是不是屠场②?”

“不是的，现在我不记得了。”

“那是不是伍尔沃思大厦③?”

“也不是。”

“科罗拉多大峡谷④?”

“不是的，但是我也想去看看大峡谷，有机会你要带我去。”

“那究竟是什么呢?”

---

① 尼亚加拉大瀑布位于纽约州西北面与加拿大接壤的尼亚加拉河上，一直以来都是美国男女度蜜月的胜地。

② 指的是芝加哥的宰牛场。美国作家厄普顿·辛克莱曾经以这个地方的内幕为题材，写成了轰动一时的长篇小说《屠场》，于1906年出版。

③ 位于纽约市的一家有名的百货公司，是当时世界上最高的一幢建筑物。

④ 位于美国亚利桑那州的北部，是被科罗拉多河冲毁的一段河谷，气象宏伟。

“金门[1]！对了，我想起来了，我一直想看金门。金门在哪里？”

“它在旧金山。”

“那我们一起去旧金山吧，我很想去看看旧金山的风光。”

“那行，那我们就一起去旧金山吧。”

“现在我们就动身去山上吗？我们还能赶上登山的缆车吗？”

“我记得五点左右的时候还有一班车。”

“那我们就赶紧出发，我们还有时间，肯定能赶上这一班缆车吧。”

“好吧，等我再喝一杯啤酒吧。”

我们走出那家酒店到了街上，爬上了去车站的台阶，现在的天气异常寒冷，凌厉的寒风从罗纳河的河谷刮来。街上商店的橱窗都点亮了灯，我们爬上那些陡峭的石阶，走到了上边的一条街，又从那里爬了一段石阶，才来到车站。电气火车就停在那里，车里开着灯。有个钟挂在车里面，指示开车的时间。那个钟的指针已经指到了五点十分，我又看了看车站里的时钟，还是五点零五分。我们上车的时候，我看见司机和售票员也正从车站的酒店里出来。上车后，我们找了个座位坐下，打开了窗户。因为火车上有电气取暖设备所以车里有点闷，一打开窗户新鲜的冷空气就扑面而来。

“你累吧，凯特？”我问她。

“没，我现在感觉很好。”

“没有多远的路程。”

“我很喜欢坐这车的，”她说，“亲爱的，我现在感觉良好所

① 金门是旧金山湾向西通往太平洋的海峡，是一处风景优美的地方，那时还没有修建金门大桥。

以你别为我操心了。”

直到圣诞节的前三天，雪才落了下来。那天清晨，我们醒来的时候才知道下雪了。房间里的炉子燃着熊熊的大火，我们俩都待在床上，看着屋外纷纷落下的雪花。戈丁根太太进来把早餐的托盘端走了，又在炉子里添上些木柴。那真是一场大风雪。戈丁根太太还说从半夜左右就开始下雪了。我走到窗边向外望去，已经看不清楚路对面的情景。风呼呼地刮着，雪花漫天飞舞。我又回到床上，我们俩躺下来说着话。

“我真的很希望能够去滑雪。”凯瑟琳说。

“我们出去找一辆雪橇去走走吧，坐在那种雪橇上面就像乘坐普通的车一样，没有什么危险的。”

“会不会颠簸得厉害?”

“应该不会的。”

“那就希望不会颠簸得太厉害。”

“一会儿我们就去雪上遛遛。”

“午餐前再去吧，”凯瑟琳说，“午餐前去散步可以开胃。”

“我总是觉得饿。”

“我也是。”

我们走到外面踏雪去，但是风不断地刮着积雪，我们并没能走出多远。我走在前面，为凯瑟琳开出一条路来，但我们走到车站就再也不能走了。鹅毛般的雪花纷纷落下，我们甚至看不见前面的路，只好走进了车站旁边的那家小酒店，各自拿把刷帚，彼此为对方扫去身上的雪，然后坐在一条长凳上，要了一杯味美思。

“真是一场暴风雪呀。”女服务员说。

“是的。”

“雪很大，而且今年的雪下得很晚。”

“是的。”

“我能吃一块巧克力吗？我总是觉得饿。”凯瑟琳问我，“快到午饭时间了吧？”

“那吃一块巧克力吧。”我说。

“我要吃一块有榛子的。”凯瑟琳说。

“那是很好吃的巧克力，”女服务员说，“我最喜欢吃这种巧克力。”

“请给我来一杯味美思吧。”我说。

吃完东西后，我们就一起走出酒店，返回住处。之前踩出来的那条雪中的小路现在又被雪再次掩盖了，脚印也只剩一点儿微凹的痕迹。风雪扑打在我们的脸上，我们几乎什么都看不见。回到住所，掸掉身上的雪，我们就进屋吃午餐。戈丁根先生端来盛午餐的托盘，“明天可以去滑雪了。”他说，“你会滑雪吗，亨利先生？”

“我不会，但我想学学。”

“滑雪很容易学的。我儿子会回来过圣诞节的，到时候让他来教你吧。”

“那真是太好了。他大概什么时候回来呀？”

“明天晚上能够回来。”

午餐以后，我们俩坐在小房间的火炉旁边一起望着窗外飞舞的雪花，凯瑟琳说：“亲爱的，你难道不想一个人去什么地方跑一趟，或者跟男人们一起去滑雪吗？”

“不，为什么要去？”

“我想也许有的时候，除了我以外，你还会想见见其他的人。”

“你想不想见见其他人？”

“不，我不想。”

“其实我也不想。”

“我知道。可是你不同的，因为我怀着你的孩子，即使我什么事都不做，我也觉得心安理得。我知道我现在看起来肯定笨拙，还那么啰唆，或许你应该去外面溜达溜达，那样你才不会厌烦我。”

“你希望我走开吗？”

“当然不，我不想你走。”

“我本来就不想走。”

“到这里来，”她说，“过来，让我摸摸你头上的那个肿块，这真是个大肿块。”

她用手指在肿块上面轻轻地抚摩了一下。“亲爱的，你喜不喜欢留胡子？”

“你想我留胡子吗？”

“我想看看留胡子的你，说不定会很有趣的。”

“那好吧，从现在开始我就留胡子。这是个好主意，让我能有点事情做了。”

“你在发愁没事可做吗？”

“不，我喜欢这样的生活。这种生活很好，你呢？”

“我觉得这种生活是非常好的。我现在就是担心我的肚子越来越大了，你会厌烦我的。”

“哦，凯特。你不知道我爱你都爱得要发疯了。”

“那你是爱现在这个样子的我吗？”

“我就爱现在这样子的你。现在我们过得很好，因为我们正过着一种非常好的生活。”

“我现在过得很好，可是我想让你有时间的时候出去运动运动。”

“不。有时候我也想知道前线的情况，朋友们的消息，不过我并不担心，现在我什么都不去想。”

“你想知道有关谁的消息呢？”

“雷那蒂、神父，还有那些我认识的人。不过我也不是很想他们，因为我不愿意想起战争，现在的我和战争已经没有关系了。”

“那么现在你在想什么？”

“什么也没想。”

“告诉我，你现在正在想什么？”

“我在想雷那蒂到底有没有得梅毒。”

“你就只是在想这件事吗？”

“没错。”

“那么他究竟有没有得呢？”

“这个我也不知道。”

“幸好你没有得这种病，不过你得过这一类的病吗？”

“我得过淋病。”

“很痛吧，亲爱的？”

“是很痛的。”

“那我希望也得这个病。”

“不，别胡说。”

“我说的是真话。我希望能跟你一模一样而且我希望你玩过的那些妞儿我也都玩过，这样我就可以用她们来取笑你了。”

“我想那一定是一幅很好看的画面。”

“可你得了淋病就不是一幅好看的画面了。”

“我知道，你看，现在下雪了。”

“我宁愿看着你，亲爱的，为什么你不留头发呢?”

“怎么留?”

“留长一点儿。”

“现在已经够长的了。”

“不，你还要留得更长一些，这样我就可以把我的头发剪短，这样我们除了一个是黄头发，一个是黑头发以外就是一模一样的了。”

“我是不会让你把长头发剪短的。”

“我已经厌烦长头发了，夜里躺在床上的时候非常厌烦。”

“可是我喜欢你长头发的样子呀。”

“短头发的我难道你就不喜欢了吗?”

“肯定是喜欢的呀，而且现在你这样子正好。”

“剪成短发也许会很好。这样我们就一模一样了，哦，亲爱的，我是那么需要你，甚至希望自己就是你。”

“是的，你就是我，我们就是一个人。”

“我知道，在夜里我们是的。”

“夜里可真好。”

“我要我们所有的一切都合为一体。其实我不想你走的，我刚才只不过是说说罢了。不过你要出去就出去吧，但是你要尽快回来。亲爱的，只要我没跟你在一起，我就觉得活着没劲儿。”

“我永远都不会丢下你走开的，”我说，“可是你不在的时候就不行了，因为我再也没有任何其他的生活了。”

“我要你有其他的生活，我要你有更美好的生活，不过我们要一起过这样的生活，对吧?”

“现在你想我不留胡子，还是留着胡子呢?”

“留，当然要留起来，一定会让人很高兴的，也许到了新年就留好了。”

“现在你想下棋吗？”

“我只想和你玩。”

“不，我们还是来下棋吧。”

“下完棋我们再玩吧。”

“是的。”

“那好吧。”

有一次，我在夜里醒来的时候发现凯瑟琳也醒了，那时候月亮正好照在窗户上，照着窗户在床上投下了黑影。

“亲爱的，你醒了吗？”

“是的，怎么了，你是睡不着了吗？”

“我刚刚才醒的，现在忽然间想起我第一次见到你的时候，我那时候都差不多快疯了。你还记得吧？”

“是的，那时你确实是稍稍有点的。”

“现在我再也不会是那样了。我现在确实很好，不过你说‘挺好’说得可真好听啊，说‘挺好’吧。”

“是挺好的。”

“哦，你真是可爱极了，但我现在已经不那么疯了，我现在只会感到非常、非常、非常快乐和幸福。”

“去睡吧。”我说。

“好的，我们一起睡着。”

“好的。”

不过我们并没有一起睡着。我一直醒了很久，胡思乱想。我看了看凯瑟琳，月光照在她美丽的脸上。后来，我也渐渐睡着了。

第三十九章

时间到了正月的中旬，而这时候我的胡子也留成了。与此同时这里已经形成冬季稳定的气候，每一天都是明亮的白天和凛冽的寒夜相互交替。我们又可以去山道上走走了。路上的积雪已经被运草的雪橇，还有装柴的雪车、从山上拖运下来的木材挤压得既结实又光滑。山野全都被白雪覆盖了，整个蒙特勒都是白雪皑皑。湖对面那座高山雪白一片，罗纳河河谷那里的平原也全都被雪盖住了。我们去山的另一边散步，一直走到了阿利亚兹温泉。凯瑟琳脚上穿着有铁钉的靴子，身上披着披肩，手里拄着一根拐杖，拐杖尾端包着尖尖的钢包头。因为披着披肩，看上去她的肚子并不大，但是我们也不能走得太快，她累的时候，我们就在路边的木材堆上坐下，休息休息。

阿利亚兹温泉附近树丛间有一家小酒店，樵夫们就在那地方歇脚喝酒。我们也走进去坐下了，围着炉火喝着热的红葡萄酒，而且葡萄酒里面放了香料和柠檬。他们把这种酒叫作格鲁怀因，用这种酒来取暖或者庆祝取乐，是最好的酒了。酒店里非常暗，而且烟雾弥漫。我出门的时候，冷空气猛然钻进胸腔，我的鼻尖也冻得发麻。我们回头看了看，看见酒店的窗口透出来的灯光。还有樵夫们的马匹，马匹等牲口正在屋外不停地蹬脚摆头，以便抵御寒冷。每匹马口鼻处的汗毛都结了一层霜，它们呼出的空气也变成了一缕缕的白气。回家去的路是往山上走的，刚开始平整而滑溜，路上的冰雪被马匹践踏成了橙黄色，这样的道路一直延伸到了拖运木材的路和山道交会之处，再过后就是被干干净净的白雪覆盖的山道，山道穿过了树林。在傍晚回家的路上，我们两次遇见了狐狸。

这座山的景致真的很好，每次我们出去，都能够尽兴而归。

“你的胡子现在已经长得很好看了，”凯瑟琳说道，“跟樵夫们的胡子一模一样。你有没有看到那个戴着小金耳环的男人？”

“他是个打小羚羊的猎人，”我说，“据说他们戴的耳环能让他们听得更清楚。”

“真的吗？我不信。照我看，他们戴耳环的目的只不过为了要让人家知道他们是打小羚羊的。在这附近有小羚羊吗？”

“有的，就在唐都米蒂山的后面。”

“要是能看到狐狸，那可就太有趣了。”

“狐狸睡觉的时候，会用尾巴缠住自己的身体取暖。”

“那种感觉一定是非常美好的。”

“我总在想如果我们有狐狸那样的尾巴，不是也挺有趣的吗？”

“穿衣服可能会很困难。”

“我们可以定做特别的衣服，或者去一个不受约束的国家定居。”

“现在我们所住的这个地方就不会受到别人的约束。我们不见其他的人，难道不是挺好的吗？你不想见任何其他的人，是这样的吧，亲爱的？”

“不想。”

“我们在这里坐一会儿，休息一下好吗？我有一点儿累了。”

我们坐在木材上面，互相偎依着，看那向前穿过森林的山道，一直延伸到下面。

“她不会使我们产生隔阂吧？就是那个小淘气鬼。”

“不会的，我们怎么会产生隔阂呢。”

“那我们的钱呢?”

“我们现在有的是钱，他们已经给我兑现了最近的那张支票，就是那张见票即付的支票。”

“现在你在瑞士，你家里的人知道后他们会不会来找你呢?”

“应该会吧，我写封信给他们吧。”

“你一直都没有给他们写过信吗?”

“还没有，我现在只是开了一张见票即付的支票给他们。”

“谢天谢地，幸好我不是你家里的人。”

“我给他们发个电报吧。”

“难道你跟他们一点儿感情都没有吗?”

“一开始是很好，可惜后来吵架吵得多了，感情也慢慢地就淡薄了。”

“我想我会再次地喜欢上他们的，也许比以前还要更加喜欢他们。”

“算了，还是别提他们了，一提起他们，我就觉得烦。”过了一会儿我又说，“你好了吗？你要是已经休息好了的话，我们就走吧。”

“是的，我休息好了。”

我们又走在那条山道上。现在天已经黑了，脚底的雪被踩得吱吱作响，虽然夜里的空气又干又冷，不过现在的空气非常清爽感觉很棒。

“我爱你那胡子，”凯瑟琳说道，“这是个很大的成功，虽然看起来很硬、很凶狠，但实际上很软，非常好玩。”

“那么你更喜欢留着胡子的我?”

“也许是吧。你知道的，亲爱的，我必须等到小凯瑟琳出生以后再去剪头发。现在我的肚子太大了，实在太像中年妇人了。等到小凯瑟琳出生以后，我又瘦了下来，我就去剪头发。到那时候，我会成为一个新奇的、跟以前不同的女郎，你的女郎。我剪头发的时候，我们一起去，不，我还是一个人去吧，回来一定会让你感到惊奇。”

我沉默着，什么也没说。

“你不会反对我剪头发吧?”

“不会的，我想你剪完头发一定会很漂亮的。”

“哦，你真是太可爱了。亲爱的，那时候我应该又变得好看了，我会有着美好的身段，能够让你重新爱上我。”

“该死的，”我说道，“我现在那么爱你，你还要把我怎么样?毁掉我?”

“是的，我就是要把你毁掉。”

“好吧，”我说，“我要的可正是这个。”

第四十章

我们的日子一直很幸福，我们就这样度过了一月和二月的时光。那一年的冬天天气非常好，我们的生活也非常美满幸福。一阵暖风吹来后，很快地，冰雪就开始消融了，颇有一种春天来了的感觉。不过，很快晴朗凛冽的寒天马上来临，又变成了冬天。到了三月份，天气第一次发生了变化，夜里竟然下起雨来，而且直到第二天上午仍没有停止。雪都化成了雪水，山坡上的雪景已经黯然无趣。湖面和河谷都被云雾笼罩着，高山被雨气笼罩着。凯瑟琳穿着一双笨重的大套鞋，我也穿上了戈丁根先生的那双长雨靴，两个人撑着一把伞，越过了冲开路上冰块的那些雪水和流水，一直向车站走去。我们想找家小酒店歇一歇，然后喝一杯午餐前的味美思。在店里，我们听见了外边毫不停歇的雨声。

“凯特，我们要不要搬进城里去呢？”

“你认为呢？”凯瑟琳问。

“现在冬天过去了，雨季马上就要开始了，我想雨季的时候山上的生活未免单调而乏味。还有最重要的是小凯瑟琳到底还有多久才出生？”

“大概还有一个月吧，也可能更长。”

“那我们就搬下山住，去蒙特勒。”

“我们为什么不去洛桑①呢？医院就在那里啊。”

---

① 洛桑是瑞士一座重要的大城市，位于蒙特勒西北方，日内瓦湖的北岸。这座城市历史悠久，在15世纪就建有学院，19世纪末改为大学，还有医学院。

“也行的，只不过我觉得那城市可能太大了。”

“在大城市里面，我们仍然可以过我们自己的生活，何况洛桑也许是个很好的地方。”

“那我们什么时候搬家呢?”

“我无所谓的，你喜欢什么时候去都行。如果你不想离开这里的话，我也不会离开。”

“我们看看天气情况再决定吧。”

雨接连下了三天。现在车站下面的山坡上，雪都已经融化了，山道上满是泥泞的雪浆。屋外太湿，而且雪水泛滥，出去也不方便了。就在下雨的第三天早上，我们俩决定下山去，搬进城里住。

“没关系的亨利先生，”戈丁根对我说，“你搬家的时候可以随时通知我，雨季就要开始了，我老早就在想，你们应该不会再住下来了。”

“因为我太太的原因，所以我们得住在一个靠近医院的地方。”我对他说。

“我明白的，”他说道，“将来孩子出生以后，你们还回来这里来住吗?”

“是的，如果那时你们还有空余的房间的话。”

“春天的天气可是好的，你们再来住住，看一看这里的春景。那时候，小家伙和保姆可以住在现在那个关着的大房间里，至于先生和夫人可以仍然住在临湖的那个老房间里。”

“我来之前会先给你写信的。”我说。我们把行李收拾好以后，乘午餐后的那班车进了城。戈丁根夫妇来到车站为我们送行，戈丁根先生还取出一辆雪橇，穿过雪水运送我们的行李。他们俩都站在车站旁边，在雨中朝我们挥手告别。“他们俩真是很和气。”凯瑟琳说道。

“他们待我们真是很好。”

我们上了从蒙特勒开往洛桑的火车，从车窗向外望望我们住过的那个方向，可是整座山都被云遮住了什么也看不到。在韦维，火车停了一会儿，又接着往前开。铁路的一边是湖，另一边则是被雨淋湿了的褐色田野，一排排光秃秃的树林和湿淋淋的房屋。到洛桑以后，我们选了一家中型的旅馆。当我们的马车在街上走的时候，天还在下雨，马车一直赶进了那家旅馆停马车的入口处。

旅馆门房的衣襟上挂着一串铜钥匙，旅馆里有电梯而且房间的地板上还铺着地毯，浴室有白色的盥洗盆，配着那些闪亮的水龙头、舒舒服服的大卧室，比起简陋的山居来，这一切简直称得上天堂一般美好了。房间的窗户向着一个已经被雨淋湿的花园，花园里有一道围墙，围墙顶上还装着铁栅栏。旅馆外面的街道是一道很陡的斜坡，街对面还有一家旅馆，也围着同样的围墙，修建了同样的花园。我默默地看着雨落在花园里那个喷水池上。凯瑟琳则打开了所有的电灯，又打开了行李。我要了一杯威士忌苏打，然后躺在床上看那份从车站买的报纸。那时正是一九一八年的三月，德军在法国发动了总攻①。我一边喝着威士忌苏打，一边读报纸，凯瑟琳则在收拾那些打开的行李，不停地在房里走来走去。

“亲爱的，有些东西我们得开始准备了。”她对我说。

“什么东西？”

“婴儿的衣物。基本上很少有人到这个时候还不准备这些

① 这里指德军在3月21日发动的总攻，企图分裂英法联军，然后各个击破，结果英军被迫撤退25英里。

东西。”

“那明天我们就去买吧。”

“好的，可是我还得问问我们应该要准备些什么。”

“你应该知道啊，你是个护士嘛。”

“可是我所在的医院里可没有生小孩的士兵。”

“我要生的。”

她扔了一个枕头打我，却把威士忌苏打水弄洒了。

“我再给你要一杯吧，”她说，“弄洒了，对不起。”

“本来就要喝完了，你到床上来吧。”

“不行。我还得把这个房间布置得像样才行。”

“什么像样的？”

“我要把这里布置得就像我们的家一样。”

“干脆把协约国[①]的旗子也挂起来吧。”

“哦，闭嘴。”

“你再说一遍。”

“闭嘴。”

“你说得那么小心，”我说道，“好像怕得罪什么人似的。”

“我确实不想得罪人。”

“那就上床来吧。”

“好吧。”她走了过来，坐在床上，“我知道现在的我没有好身材了，我现在就像一个大面粉桶。”

“不是的，你不是的。你仍然又美又甜。”

“我只不过是你讨来的一个黄脸婆。”

“不，你不是的。现在你越来越美了。”

---

① 协约国指的是第一次世界大战时英法俄三国，协约国与德奥土保四国抗衡，后来又加入了意大利、美国等。

“亲爱的，我一定会瘦下去的。”

“现在你就很瘦。”

“你喝醉了。”

“我可只喝了一杯威士忌苏打。”

“另一杯就快送来啦，”她说，“我们吩咐服务员送饭上来吃好吗？”

“好的。”

“那这样我们就不用出去了吧，我们今天夜里就睡在这里吧。”

“我想喝点酒，”凯瑟琳说，“一点点酒精不会对我有伤害的，我们可以喝一点儿平常喝惯的那种卡普里白葡萄酒。”

“那应该可以的，”我说道，“而且这样规模大的一家旅馆，一定会准备意大利酒。”服务员敲了敲门，端着一只托盘进来了，上面放着一杯已放有冰块的威士忌，旁边还放着一小瓶苏打水。“谢谢，”我对他说，“就放在那里吧。请你再开两客饭上来，还要两瓶卡普里白葡萄酒，不带甜味的那种，请用冰冰好。”

“第一道菜要不要先来个汤？”

“你要汤吗，凯瑟琳？”

“要的。”

“那么请拿一客汤来。”

“好的，先生。”他出去了，带上了门。我一边读着报上的战事消息，一边把苏打水慢慢地从冰块上倒进威士忌里。我应该告诉他们不要把冰块放在酒里边，冰块应该单独放的。因为只有这样才能知道杯子里到底有多少威士忌，才能避免苏打水冲下去以后把威士忌给冲得太淡了。我要让他们拿来整瓶的威士忌，把冰块和苏打水单放，这才是最妥当的办法。好的威士忌喝起来是非常痛快的，是人生的一大快事。“你在想什么呢，亲爱的？”

“我在想威士忌。”

“威士忌怎么啦?”

“我在想它有多么好。”

凯瑟琳扮了个鬼脸。“那么好吧。”她说道。

我们在这家旅馆住了有三个星期的时间，这段时间我们过得还不错。有时候，我们去会城里溜达溜达，一起乘着齿轮车去欧契①，或者在湖边走走。现在的天气已经相当暖和了，就像春天似的。我们有些懊恼没有在山上继续住下去，不过春季那样的气候只有几天，很快，残冬的苦寒又席卷而来。

凯瑟琳去城里买了许多婴儿要用的东西，而我则跑到拱廊商场里的一家体育馆去练拳击。我一般在早上去练拳，那时凯瑟琳还躺在床上，她一般情况下很晚才起床。那几天的天气好得让人感觉很舒服，打拳以后再冲一个淋浴，然后走在街上就能闻到春天的气息。或者去咖啡店歇一歇，坐在那里看看行人，读读报纸，再喝一杯味美思，然后回到旅馆跟凯瑟琳一起吃午餐。拳击体育馆里的那位教练留着小胡子，他的拳法严谨，动作敏捷，可是如果你真的回他几拳，他就完全垮了。那地方却很令人愉快，空气和光线都相当好；我也很勤奋地练习。我练习跳绳，或者对着假想的对手练拳，或者躺在地板上做腹部运动，让那束从敞开的窗外射进来的阳光照着我的身体。在跟教练对打的时候，我偶尔也吓吓他。刚开始对着一面又窄又长的镜子练习打拳，感觉很不习惯，因为镜子里是一个留着胡子的人在打拳，实在太不像话了。可后来，我就只觉得比较好玩了。其实我刚开始练拳的时候也想要刮掉胡子，不过凯瑟琳没有答应。

---

① 欧契是一个村子的名称，位于洛桑城的南面，濒临日内瓦湖。齿轮车指的是依靠铁索升降的缆车。

凯瑟琳有时跟我乘着马车去郊外兜风。天气晴朗的日子里，驱车去郊游是很有趣的，我们还在郊外找到了两个很好的吃饭的地方。现在凯瑟琳已经不能走太远了，而我也乐于陪着她赶着马车在乡间的道路上跑一跑。天气好的日子里，我们总会尽兴而归，从来都不觉得烦闷。我们知道孩子就快要出生了，两个人都感觉有什么事情在催着我们要尽情地享受生活，别浪费了在一起的任何时间。

第四十一章

有一天凌晨三点钟左右，我醒了过来，看到凯瑟琳在床上翻来覆去睡不着。

“你好吗，凯特?”

“我感觉肚子有点痛，亲爱的。”

“是不是那种有规律的阵痛?”

“不，不是很有规律。”

“如果是有规律的阵痛，那我们就去医院。”

当时我只觉得很困，接着又睡着了。过了一会儿，我再次醒来。

“我想现在可能是要生了，你还是给医生打电话吧。”凯瑟琳对我说。

我立刻给医生打电话。“每次阵痛的时间相隔多久?”医生问我。

“多长时间就会痛一次，凯特?”

“大概一刻钟左右就会痛一次。”

“那么你们现在就要来医院。”医生告诉我。

“我们马上就去医院。”我挂断了电话，又打了个电话到车站附近的汽车行，让派一辆出租车来，可是很久都没有人接电话。后来，终于有人答应立刻开车来。凯瑟琳这时正在穿衣服，她的包都已经收拾好了，里边放着她住院需要的用品和婴儿的东西。我走到外边走廊上，按响了电铃叫电梯，可是没回音。我又走下楼去，除了那个夜班警卫员，楼下也一个人都没有。我只能自己去开了电梯，我拿起凯瑟琳的拎包等着她走进电梯，便开动电梯下楼。警卫帮我们开了门，我们走出旅馆，坐在通往车道的台阶旁那块石板上，等汽车开来。晴朗的夜空没有一丝云彩，满天的星星在闪烁。凯瑟琳显得很兴奋。“我真高兴，终于要开始了，”她说道，“过一会儿，一切都会不一样的。”

“你真是一个勇敢的姑娘，一个好姑娘。”

“我并不害怕，但我希望汽车能够早一点儿来。”

我们终于听见汽车从街上开来的声音，也看见了车前灯的灯光。汽车转入了车道，我扶着凯瑟琳上了车，司机把她的拎包放在汽车前面的座位上。

“去医院。”我说。

我们很快出了车道，开上了上山的路。

到了医院后我提着拎包，跟凯瑟琳一起走了进去。有个女人正坐在一张桌子旁边，她把凯瑟琳的姓名、年龄、地址、亲属、宗教信仰等都记在一个本子上。凯瑟琳说她没有宗教信仰，于是那个女人在宗教信仰的后面画了一道杠。而凯瑟琳报的姓名则是凯瑟琳·亨利。

那个女人又说：“我带你去房间。”说着，站起身。我们一起乘电梯上楼，那女人停下了电梯，带着我们走到一条走廊上。凯瑟琳这时紧紧地抓住了我的胳膊。

“就是这个房间了，请你换了衣服上床吧，这里有件给你换的睡衣。”那女人说道。

“我自己有睡衣。”凯瑟琳说。

“你还是穿我给你的这件吧。”那女人又说。

我走了出去，在外面走廊上的一张椅子上坐了一会儿。

“现在你可以进来了。”过了一会儿，那个女人站在门口对我说。凯瑟琳躺在房间里一张窄窄的床上，穿着那件方领的、很朴素的睡衣，看上去那睡衣就像是用粗布被单改的。她望着我笑了笑。“我现在得有一阵子疼痛了。”她说道。那个女人一直抓着她的手腕，看着表计算她阵痛的时间。

“刚才我痛得好厉害。”凯瑟琳声音低低的。从她的脸上，我看得出那种疼痛的程度。

“医生在哪里?”我问那个女人。

“他正在休息，我们需要的时候他会过来的。”

“我现在得先为你的太太做个检查，”护士说，“请你再出去一会儿吧。”我又走到走廊上。走廊上除了两个窗户，什么也没有，所有的门都关着。这里有一股医院的气味。我坐在那张椅子上，眼睛盯着地板，默默地为凯瑟琳祷告。“你现在可以进来了。”护士又出来招呼我。我走了进去。

“亲爱的。”凯瑟琳看着我。

“现在怎么样了?”

“阵痛来得比较多了。”她的脸已经痛得扭成了一团，随后她又笑了笑。

“刚才真是痛得厉害。护士，你可不可以再把你的手放在我的背上?”

“对你有好处就行。”护士说。

凯瑟琳对我说：“亲爱的，你到外边去吃点东西吧，护士说我这样的阵痛还要拖好久呢。”

“第一次分娩的话通常是需要很长时间的。”护士说。

“请你出去吧，去吃点东西吧，”凯瑟琳说，“我很好，真的很好。”

“让我再待一会儿。”

阵痛已经相当频繁了，但很快又有所缓解。凯瑟琳非常兴奋。每次痛得厉害的时候，她就说痛得好，疼痛一减轻她就感到失望，挺不好意思似的。

“亲爱的，你出去吧。”她又对我说，“你在这儿反而会让我感觉很不自在。”她的脸又扭曲起来，“又来了，这次要好一点儿。我很想做你的好妻子，好好地把这孩子生下来。请你出去吧，去吃早餐，亲爱的，然后再回来。没有你，我也行。这位护士会待我很好的。”

“你有足够的时间吃早餐。”护士说。

“那我就走了，亲爱的。”

凯瑟琳说：“帮我好好地吃一顿早饭。”

“这里有什么地方我可以去吃早餐?”我问护士。

“沿着街一直走，在广场上就有一家咖啡店。”她说，“现在这个时间，应该开门了吧。”

天渐渐亮起来。我顺着空旷的街道走到了那家咖啡店，窗户上透出灯光。于是我走了进去，站在店里白铁做的吧台前面，有个老头儿递给我一杯白葡萄酒，还有一个奶油蛋卷。看得出蛋卷是昨天剩下的。我把蛋卷泡在酒里，吃完蛋卷，又喝了一杯咖啡。“你为什么这么早，来做什么?”老头儿问我。

“我的妻子她正在医院里生孩子呢。”

“原来是这样，恭喜你了。”

“再给我来一杯酒吧。”

我把这杯酒喝完后，便付钱出了咖啡店。街道两旁，每家门口都摆着垃圾桶，还有等待着倒垃圾的人。有一只狗在一个垃圾桶的旁边，嗅来嗅去。

“你要找什么吃的呀?”我问那狗，又探出头想看看那个垃圾桶里有没有什么东西可以拿出来让它吃。可是垃圾桶的上面只有一些咖啡渣、尘埃和已经凋谢的花朵。

“这里可什么都没有啊。”我说。那只狗走到街对面去了。我走进医院，从楼梯走到了凯瑟琳住院的那一层，然后沿着长廊走到房间的门口。我敲了敲门，没有人回答。我推开门进去，房间里已经空无一人，只见凯瑟琳的提包还搁在那一张椅子上，而她的睡衣还挂在墙上。我走出房间，沿着走廊找人打听。我找到了一名护士。

“请问一下，亨利太太在哪个房间？”

“有一位太太刚刚被送去了接生间。”

“接生间在哪里？”

“在那边。”她给我指了一下方向。

她带着我走到了走廊的尽头，那里有个房间的门半开着。我一眼就看见了凯瑟琳，她正躺在房间里的一张台子上，身上盖着一条被单。那个护士站在台子的旁边，台子的另一边站着医生，医生的身旁还有些圆筒。医生的手里拿着一个带着一根管子的橡皮面罩。“我拿件医生袍给你，你就可以进去了。”护士说，“请到这里来。”她给我披上了一件医生袍，用别针在脖子后面别住。

“你可以进去了。”护士又说。我走进了房间。

“亲爱的，”凯瑟琳努力用一种轻松的语调说，“我还是没什么进展。”

“你一定就是亨利先生了？”医生问我。

“是的。我太太怎么样，医生？”

“一切都很好，我们到这里来是为了给你太太打点麻醉药，这样能减轻她的产痛，让她分娩更顺利。”医生说。

“我现在又需要那个面罩了。”凯瑟琳说道。医生拿着那个橡皮面罩罩在她的脸上，转动面罩上刻度盘的那个指针，我看到凯瑟琳开始急促地深呼吸。随后她推开了面罩，医生立刻把小龙头关掉。

“我这次痛得并不厉害，就是刚才有一次痛得很厉害，痛甚至让我完全失去知觉了，对吧，医生?”她说话的声调很奇怪，说到“医生”这两个字的时候声调特别高。医生笑了笑。

“我又需要那个氧气面罩了。”凯瑟琳说完，她抓住那个橡皮面罩紧紧地按在自己脸上，又急促地呼吸着。我听得见她在微微呻吟。很快，她又推开面罩，微笑起来。“这一次可痛得厉害了，”她说，“我这一次痛得真够厉害的。不过你别担心亲爱的，你出去吧，出去再吃一顿早餐。”

“我现在只想待在这里。”我对她说。

我们到医院的时候是凌晨三点左右，直到中午，凯瑟琳都还在接生间里。她的产痛又消退了，看起来非常疲劳，不过情绪还很好。

“对不起亲爱的，我真没用，我本来以为很顺利的。现在——唉，又来了——”她伸手抓住那个氧气面罩，把它捂在脸上。医生又转动刻度盘，并且注视着她。没过一会儿，疼痛似乎过去了。她对我说：“这次算不了什么，”凯瑟琳说着，笑了笑，“我迷上这麻药了，它真是奇妙。”

“我们家里以后也装一个吧。”我说。

“哎呀，又来了，”凯瑟琳说得非常急促，医生立刻转动刻度盘，并且看着他的表。“现在每次阵痛相隔多长时间?”

“一分钟左右。”

“你还是去吃个午餐吧?”

“我再过一会儿去吧。”医生说。

“你去吃点东西吧，医生，”凯瑟琳说道，“真对不起，我拖了这么长的时间。让我丈夫给我上麻药吧。”

“如果你愿意的话，那没问题的。”医生对我说，“你把指针拨到二上面。”

“我明白。”我说着，接过了面罩。面罩的刻度盘上有个指针，还有个把手可以转动指针。“我现在需要面罩了。”凯瑟琳说完，抓住了面罩，紧紧地罩在自己的脸上。我把指针拨到了二的上面，等凯瑟琳一放下，我立刻就关掉。医生能让我做点事可真好。“是你帮我开的吗，亲爱的?”凯瑟琳问我，一边抚摩着自己的手腕。

“当然。”

“你是多么可爱呀。”她吸了麻药，似乎有点醉了。

“我去隔壁的房间里吃东西，你随时都可以叫我。”医生说道。时间就这么慢慢地过去了，我看着医生在那里吃饭，又过了一会儿，我看见他躺下来抽烟。而这时候，凯瑟琳已经疲劳不堪了。

“我们这孩子能生出来吗?”她问我。

“当然能生出来的。”

“我拼命地想要把他生下来。我使劲地把孩子往下挤，可是他又溜开了。又来了，快给我麻药啊。”

下午两点，我出去吃午餐。咖啡店里坐着几个人在喝咖啡，桌上还残留着一杯樱桃白兰地，还有苹果白兰地。我挑了一张桌子坐下。“现在还有什么东西吃?”我问服务员。

“先生，午餐时间已经过了。”

“你们没有什么随时都吃的饭菜吗?”

“你可以来点酸泡菜。”

“那么就要酸泡菜和啤酒好了。”

“要小杯还是要大杯?”

“一小杯淡的。”

服务员端来了一盘酸泡菜，泡菜上面放着一片火腿，还有一根腊肠就埋在这已经烫热的用酒浸过的卷心菜里。我一边吃卷心菜，一边喝着啤酒。我很饿。我看了看咖啡店里其他的人，有人在一张桌子旁边打牌，两个男人在我旁边的一张桌子边抽着烟，谈着话。咖啡店里一时间烟雾腾腾。就在我吃早餐的那个白铁桌面的吧台后面，现在站着三个人：早晨看到的那个老头儿；一个穿着黑衣服的胖胖的女人，坐在柜台的后面计算客人要的酒菜点心；还有一个孩子，围着一条围裙。我不知道那个女人已经生过了多少孩子，生孩子的时候又是怎么样的。

吃完酸泡菜，我赶回医院。这时候大街上已经打扫得干干净净了，早晨放在门口的那些垃圾桶也都收起来了。天空中阴云密布，但太阳还是努力地想从云里面钻出来。我乘着电梯上楼，走出电梯以后，又沿着走廊赶去凯瑟琳的房间，我的医生袍还放在那里。我穿上那件医生袍把脖子后面扣好，然后照了照镜子后觉得自己倒很像一个留着胡子的冒牌医生。我又沿着走廊赶去接生间。接生间关着门，我敲了敲却没人回答，于是我便打开门走了进去。医生正坐在凯瑟琳的身旁，那个护士正在房间的那一头忙活。

“你先生回来了。”医生对凯瑟琳说。

“哦，亲爱的，我有个很好的医生。”凯瑟琳说话的声音很奇怪，“如果我实在痛得难受，他会帮助我，让我完全感觉不到疼痛。他真是好极了，医生太谢谢你了。”

“你已经麻醉了。”我说。

“我知道的，”凯瑟琳说，“不过你用不着说出来。”接着又喊道：“快给我面罩，快给我面罩。”她抓住橡皮面罩，气喘吁吁地大口吸气，面罩发出嗒嗒的响声。接着她又一声长叹，医生立即伸出左手把面罩拿走。

“这一次痛得可真厉害。”凯瑟琳说道。她的声音还是非常奇怪。“现在我没问题了，亲爱的，我闯过了那一关。你高兴吧？”

“可你别再往那里闯了。”

“我不会的，不过我现在不怕它了。我不会死了，亲爱的。”

“你当然不会做出这样傻事来，你一定不会丢下你先生不管一个人走的。”医生说。

“是的医生，我不想死，我不会死的，想到死我真是太傻了。又来了，快、快给我面罩。”过了一会儿，医生对我说：“亨利先生，请你出去一下，我要给太太检查一下。”

“医生要看看我的情况究竟怎么样，”凯瑟琳也对我说，“你待会儿再回来，亲爱的。”

“可以的，”医生说，“他可以进来的时候，我会让人请他进来的。”我走出接生间，沿着走廊走到了凯瑟琳在产后要待的那个房间。我坐在房间里的一把椅子上，四下看了看。我的上衣口袋里有一份报纸，是我刚出去吃午餐的时候，顺手买的。我把它从口袋里拿出来翻阅起来。天渐渐黑了。我打开了电灯，接着看了一会儿，但是实在看不下去了，于是我便关了灯，看着外面天色渐渐暗了下来。不知道为什么医生没有喊人来叫我，也许我不在那里的话，情况会更好一些吧，可能他需要我走开一会儿。我看了看表，心里盘算着，如果十分钟内他再不让人来喊我的话，我就自己去看看。

可怜又可爱的好姑娘凯特呀，这就是你跟别人同居的代价，这就是陷入最深处我们彼此相爱的结果。但是非常感谢上帝，还好我们有麻药。在发明麻药以前，不知还有什么样的苦呢。产前的阵痛一开始，女人就被投入让水车运转的流水当中。怀孕的时候，凯瑟琳一切都很顺利，没有什么不舒服的症状，甚至都很少呕吐，到了最后她才感到很不舒服。可是最终她也逃不掉命运的惩罚。世界上根本就没有能够侥幸逃脱的事，绝对没有！即使我们结婚五十次，最后的结果仍然会是这样。如果她死了怎么办？不会的，她不会死的，现在的女人分娩都不会死的。世界上所有的丈夫都会这样想。是的，可是如果她死去呢？不，她不会死的，她只不过会难受一阵罢了，第一次生孩子通常都会拖很久的，她只不过会难受好一阵子罢了。等到以后我们再谈起这事的时候，说到当时有多么多么的痛苦和危险，凯瑟琳一定会说那时候不是真的有那么苦。但是如果她真的死去呢？不，她不能死，是的，她不能死的。可是如果真的她死去了呢？她不能死的。我告诉你，别再那么傻了，她只不过会难受一阵子罢了。每个女人都会经历这样的难受过程，仅仅只是因为生第一个孩子的原因，生头胎差不多都会拖很久的。是这样的，但是如果她死去呢？她不能死的。为什么她要死？有什么理由要她死？只不过要生一个孩子出来，那不过是在米兰夜夜欢娱之后的自然结果。孩子引起了麻烦，把孩子生下来，然后再抚养他，这样你就会喜欢上他。可是如果她真的死去呢？不会的，她不会死的。但是如果她真的死去呢？不，她不会死的，她一定会没事的。但是如果她死去呢？不，她不能死。但是如果她真的死去呢？唉，那该怎么办呢？如果她死去呢？

这时，医生走进了房间。

“现在情况有进展吗，医生？”

“一点儿都没有。”他说。

“你说这话是什么意思？”

“现在的情况就是我说的这个意思。我已经给你太太检查过了——”他详尽地告诉我检查的结果，“从那时候起我就一直在等待进一步的发展，但是没有一点儿进展。”

“你看应该怎么办？”

“现在只有两个办法。第一种是使用产钳，但是产钳会撕裂皮肉，也相当危险，而且产钳对婴儿可能有不利的影响；第二种是做剖宫产手术。”

“剖宫产手术有什么样的危险?”

“做手术的危险性并不比正常分娩的危险性大。”

“医生，你亲自为她动手术吗?”

“是的。我大约会准备一个小时的时间，我需要请几个人来帮帮忙，也可能用不了一个小时。”

“那你认为怎么办好呢?”

“我主张做剖宫手术。如果这里躺着的是我妻子，我也会给她采用这种手术。”

“手术以后会留下什么后遗症吗?”

“没有后遗症，只会留下开过刀的伤痕。”

“伤口会感染吗?”

“伤口感染的概率并不是太大。”

“如果不采取任何措施呢?”

“我们最终还是得想个办法帮助她，你太太她已经消耗了太多的精力。现在越早动手术对她来说就越安全。”

“那么请你尽快动手术吧。”我说。

“我马上去准备。”

我走进了接生间。那个护士正陪着凯瑟琳。凯瑟琳还躺在台子上，她的肚子在被单下面高高地突出来，脸色很苍白，人也显得很疲惫。

“你告诉他们可以动手术了吧?”她问我。

“是的。”

“这样多好啊，这样子一个小时就可以解决所有的问题。我快累垮了，亲爱的，我已经不行了。把面罩给我吧，唉，不灵了，唉，已经不灵了!”

“深呼吸。”

“我就是在深呼吸。唉，可是不灵了，再也不灵了!”

“请你再拿一筒来。”我对那个护士说。

“这筒就是新的。”

“亲爱的，我可真是傻啊。”凯瑟琳对我说，“可是麻药那东西现在也不灵了。”

她哭了起来：“哦，我是多么渴望能够顺利地生下这个孩子，不要有什么麻烦，可现在我完了，我完全累垮了，面罩现在也不灵了。哦，亲爱的，它已经完全不灵了。我现在只想要止痛，给我止痛吧，就算是死也没有关系。哦，亲爱的，求你了，请你给我止痛吧。又来了，哦哦哦，太痛了！”呜呜咽咽的声音不断地从面罩下传来，她一边哭着一边呼吸着。“唉，不灵了，不灵了，已经不灵了。请别在意，亲爱的，请你不要哭，请别在意。我只不过是完全垮掉了。可怜的宝贝，我是那么爱你，我一定要努力。这一次我要熬下去，他们不能再给我拿点什么来吗？但愿他们能够再给我拿个什么来。”

“我会让它灵验的，我把它全都开满。”

“现在就给我吧。”

我把面罩的指针转到了最高的地方，她用力地深呼吸，抓住面罩的那只手终于慢慢地放松下来。

我立刻关掉麻药开关，拎起了面罩。她慢慢地苏醒过来，似乎刚从遥远的地方回来一样。

“真好，亲爱的。哦，你对我真是太好了。”

“你一定要勇敢一点，我不能把它开得太满，这会要了你的命的。”

“我现在一点也不勇敢，哦，亲爱的，我想我已经完全垮掉了。他已经把我打垮了，我现在终于明白了。”

“每个人都是这样过来的。”

“但这实在太可怕了。疼痛不停地涌上来，直到让你完全垮掉为止。”

“一个小时以后，这些问题就全都解决了。”

“亲爱的，我不会死去吧?”

“不会的，我保证你不会死的。”

“我不想丢下你而去，可是我现在已经累得快死了，而且我觉得我就快死了。”

“胡说。每个人都会有这样的感觉。”

“可是有时候我知道我真的快要死了。”

“你不会死的，你不可以死。”

“但是如果我真的死去了呢?”

“我不会让你死的。”

“赶快把面罩给我，给我!”然后她又说，“不会的，我不会死的，我不想让自己死去的。”

“你一定不会死的。”

“你会一直陪着我，对吗?”

“我会亲眼看着医生给你动手术的。”

“我是说，你就在这里，别走开，留在我身边，好吗?”

“当然啦，我一直都不会走开。”

“你对我可真好。又来了，快给我面罩，再开大一些，它已经不灵了!”我把面罩上的指针拨到三的地方，后来又拨到四的地方。我一心盼望医生早点回来，一旦拨过了二的地方，我心里就感到慌乱。

终于有另一位医生进来了，他还带来了两名护士，他们把凯瑟琳抬上了一个有轮子的担架，然后我们沿着走廊一直向前走。担架很快从走廊上走过进入了一辆电梯里，我们每个人在担架旁紧紧地贴着墙，这样电梯才能容纳下这副担架；电梯往上开了一层又层，后来开了门，我们出了电梯，这副带轮子的担架又沿着走廊往手术间走去。医生已经戴上了帽子和口罩，我几乎都认不出他了。手术间里除了他，还有另一位医生和一些不认识的护士。

“他们总得给我点什么东西，”凯瑟琳说道，“他们得给我点什么东西。哦，医生，求你了，请把那个给我多开一点儿，让它有点儿作用吧！”

于是，有一位医生拿了个面罩把她的脸罩住，我从门口向里望去，看见手术室里灯光明亮，还有一个梯形的小看台。

“你可以从那个门进去然后坐在看台的上面看着她。”一位护士对我说。手术室的上边有几条长凳，凳子之间用栏杆隔开，在那里可以俯瞰白色的手术台和手术室里的那些灯。我看到了凯瑟琳，橡皮面罩还罩在她的脸上，这时候她已经安静下来了。他们推着担架往前，我则转身走到了走廊上，两名护士正匆匆往看台的入口处赶过来。“是剖宫产手术啊，他们就要做剖宫产手术了。”一个人说。

另一个护士笑了起来：“我们正好赶上，难道不是运气好吗?”她们走进了通往看台的门。

这时，又进来了一名护士，她也是刚匆匆赶来的。

“你直接就进去吧。”她对我说。

“我还是待在外面吧。”

她匆忙地进去了。我还在走廊上踱来踱去，我害怕进去。我望了望窗外，天已经黑了。借着屋里的灯光，我看见外面还在下雨。我走进了走廊尽头的一个房间里，看着一个玻璃柜里摆放着很多瓶子，那些瓶子上都贴着签条。过了一会儿，我又走出来，站在那个没人的走廊上，一直盯着手术室的门。

这时候一位医生走了出来，一名护士跟在他后面。那名医生的手里捧着一个什么东西，就像是一只刚刚剥了皮的小兔子，他们跨过走廊走进了另外的一道门。我走到那道门前，看见他们正在那个房间里抚弄着一个新生的婴儿。医生提起那婴儿给我看，他一只手提着婴儿的脚后跟，一只手轻轻地拍他。

“他没什么事吧?”

“他好极啦，他应该有五公斤重的。”

我对他可毫无感觉，好像他跟我没有一点儿关系似的，因为我完全没有做了父亲的感觉。

“你不会为这个是儿子而感到骄傲吗?”护士问我。他们都在为他清洗，然后用什么东西把他包起来。

我看见婴儿那张黑黑的小脸和一只黑黑的小手，但是没看见他动，也没听见他哭。医生又对孩子做了些什么，看样子医生有点不安。

“不会的，因为他差点儿要了他妈妈的命。”我回答。

“那可不是这个小宝贝的错，再说了你难道不想要个男孩吗?”

“不想要。”我说。医生正忙着照料他，他现在提起婴儿的双脚，把婴儿倒着，拍打他。

我转身走到了走廊上，现在我可以到手术里去看看凯瑟琳了。我走进那个通往看台的门，从看台上往下走了几步。护士们都坐在底下的栏杆旁边，她们向我招手示意让我下去。我摇了摇头，就在这里已经看得很清楚了。

我一直以为凯瑟琳已经死了，因为看她那样子就像个死人。她的脸我只能看到一部分，其他的全是灰色的。在手术室的灯光下，医生正在缝合她那道又大又长而且被钳子扩张过的切口，切口的边沿厚厚的。还有一位戴着面罩的医生，在给凯瑟琳上麻药。两个戴着面罩的护士正在为医生传递手术用具。这个场面就像“宗教裁判”那样。我看着这样的场景，知道刚才我也可以看到手术的全部过程，不过还是没看到的好。医生开始动刀做手术的时候，我想我是没法看下去的，但是现在我看着他们在缝合切口，切口闭合成了一条高高隆起的线，医生的手法敏捷而熟练，这让我心里非常的高兴。等医生缝好切口以后，我又来到外面的走廊上，在那里踱来踱去，没过一会儿，医生走了出来。“她怎么样?”

“她现在没事了，你看过她没有?”他显得很疲惫。

“我看着你缝好伤口的，那个切开的伤口看起来很长。”

“你是这么想的吗?”

“是的，那道疤痕以后会不会平下来?”

“哦，会平下来的。”

又过了一会儿，他们推出那副带轮子的担架，迅速地把担架推下了走廊，走进电梯，我也立刻跟了进去。凯瑟琳在低声呻吟。到了楼下，他们抬起凯瑟琳，把她放在那个房间的床上，我就坐在床边的一把椅子上面。房间里很暗，只留有一名护士。我在床边站起身来，凯瑟琳向我伸出了手。“亲爱的，孩子是男的还是女的?”她说话的声音细弱而疲劳。

“嘘——别说话。”护士说。

“是个男孩，又胖又黑。”

“他没事吧?”

“他没事，非常好。”我说。

这时候，我看见护士非常奇怪地看着我。

“我非常疲倦，”凯瑟琳说道，“而且刚才痛得要命。你还好吗，亲爱的?”

“我很好，别再讲话了。”

“你对我可真好，亲爱的，孩子长得怎么样?”

“他就像一只剥了皮的兔子，而且像满脸皱纹的老头儿。”

“你必须出去了，”护士对我说，“亨利太太不应该讲话。”

“我在外面等你吧。”我说。

“你出去吃点东西吧。”

“不，我就在房间的外面等着。”我吻了吻凯瑟琳。她的脸色很苍白，神色很衰弱，她应该很疲劳了。

“我能跟你说句话吗？”我对那位护士说。她陪着我到了外边的走廊上，我向着走廊的另一端又走了几步。

“婴儿现在怎样啦？”我问她。

“难道你真的不知道吗？”

“我不知道。”

“婴儿没能活下来。”

“他死了吗？”

“医生们没办法让婴儿进行呼吸，可能是脐带把脖子缠住了，或者还有其他什么原因。”

“他已经死去了吗？”

“是的，这么大的一个好孩子。说起来真是太可惜了，我还以为你已经知道了。”

“我并不知道。”我说。

“你还是快回去陪陪你的夫人吧。”

我找了张椅子坐下来，椅子前面有一张桌子，护士们所写的报告就用一个大夹子夹好挂在桌子的一边。我向窗外看了看，窗外除了一片黑暗其他的什么都看不见，只有从窗户里面射出的灯光能看到从天而降的雨丝。原来是这样一个结局，孩子已经死了，因此医生的样子看起来非常疲倦。但是刚才在那个房间里，医生和护士又何必花费精力那样去照料婴儿呢？他们也许以为孩子还会醒来，重新开始呼吸。我虽然没有宗教信仰，但我也知道那个孩子应当接受洗礼。要是他压根就没有呼吸呢？他从来没有呼吸过，他根本就没有活在这个世界上过，只有在凯瑟琳的肚子里，他才是活的。那时我经常能感到他的胎动，我能听到他在里面踢腿，可是最近一星期以来，我再也感觉不到他在动弹了，我想他可能早就被闷死了。多么可怜的孩子，他还没有来得及看过这个世界。我多希望被闷死的是我自己啊。噢，不，不是这样的，我之前并没有这么想过。不过，现在想想，早点闷死了倒也痛快，不用到现在还要经历这样长期的痛苦的死亡的折磨。凯瑟琳现在要死了，这都是你造成的。可是你死啦，你甚至都不知道这到底是怎么回事，你都没有学习的时间。他们会把你扔到棒球场里去，告诉你一些规则，然后趁你不在垒上的时候就把你抓住，马上杀死你；也可能会无缘无故地杀死你，就像艾莫一样死去；也可能让你患上梅毒，就像雷那蒂一样。最终他们会杀死你的，这是毋庸置疑的。你等着瞧吧，迟早你都会被杀死的。

有一次去野营的时候，我在火上加了一根爬满了蚂蚁的木柴。这根木柴一燃烧起来，蚂蚁就成群地拥向前面，刚开始都往中央着火的地方爬，随即掉头向这根木柴的尾端爬去。蚂蚁们都聚集在木柴的尾端，当蚂蚁大量聚集在这里以后，就纷纷掉进火中。有几只蚂蚁侥幸从火里逃了出来，它们的身体被火烧得又焦又扁，却不知道应该爬到什么地方。但是大多数的蚂蚁都仍然先向着火的中央跑，接着又拥向木柴的尾端，挤在那段还没有着火的木柴上，可最后还是全都跌进火中。我记得当时曾经想过，这样子就像是世界末日一样，而且我有机会做这么一个救世主，因为我可以从火中把木柴抽出来，丢到一个能让蚂蚁可以安全到达地面的地方。可是我什么也没有做，只是在木柴上浇上白铁杯子里的水。那个杯子我要拿来盛放威士忌，然后再把水掺在里面。杯里的水浇在那根燃烧的木柴上无非是让蚂蚁被水蒸气蒸死吧。

我就这么一直坐在走廊上，一边胡思乱想，一边等待着凯瑟琳的消息。但是护士始终没有出来。因此，过了一会儿我就走到房间前面，悄悄地打开了门，我把头探了进去。刚开始我什么都看不见，因为走廊上有明亮的灯光，而房间里却是一片黑暗。不一会儿，我就看清楚了房间里面的情况，护士坐在床边而凯瑟琳把头靠在枕头上，被单下她的身体全是平平的。护士伸出手指放在嘴唇上，又站起身来走到门边。

“她怎么样了?”我问道。

“她没什么事了，”护士回答说，“你可以去吃个晚餐，然后吃完饭以后再来吧。”于是我走下了长廊，走下了楼梯，又走出医院的门，接着我又走上了被雨淋湿的黑暗街头，我在寻找中午去过的那家咖啡店。咖啡店里灯光明亮，每张桌子旁边都有很多客人，已经没有空的桌子可以坐了。这时，一名服务员走了过来，接过我被淋湿的外衣和帽子，帮我找了一个位子，就在一个老头儿的对座。那个老头儿正在一边喝啤酒，一边看晚报。我在位子上坐下，问服务员今天晚上有什么菜。

“本来有红烧小牛肉——可是已经卖光了。”

“那么现在还有什么东西可以吃呢?”

“现在还有火腿蛋、干酪鸡蛋和酸泡菜。”

“中午我就吃过酸泡菜了。”我说道。

“对啦，”他说，“想起来了，中午你是吃了酸泡菜。”服务员是个中年人，秃了头顶，周围还有些头发遮在上面，看起来很和气。

“现在你打算吃什么？要火腿蛋，还是要干酪鸡蛋?”

“要火腿蛋吧，”我说道，“还有啤酒。”

“一小杯淡啤酒?”

“是的。”我说。

“我记得中午时候，你在这喝了一杯淡啤酒。”他说道。

我吃着火腿蛋，喝着啤酒。火腿蛋被盛在一个圆圆的盘子里——火腿在下面，鸡蛋在上面。菜很烫，我只吃了一口，就赶紧喝口啤酒让嘴巴凉一凉。因为肚子很饿，我又让服务员又端了一客来。我已经不记得自己喝了几杯啤酒，我现在什么都不想，只盯着对座客人的报纸看。报纸上说英军阵地已经被突破了。对座的客人发现我正在看他拿着的那份报纸的反面，他就折起了那张报纸。我本来想让服务员去拿份报纸来，可我的思想却始终无法集中。咖啡店里非常热，空气也很混浊。店里的客人，大多是彼此认识的，有几桌客人正在打纸牌。服务员正忙着把酒从酒吧那边端到店里的桌上来。又有两位客人走了进来，找不到坐的位子。他们俩就站在我坐的那张桌子对面。我假装没看见，又要了一杯啤酒，现在我还不想走呢，现在就回医院还太早。我努力控制住自己别想任何事，使头脑保持冷静。那两个人在我的桌子旁边站了一会儿，看到没人要走，只好又走了出去。我又要了一杯啤酒。这时，已经有不少碟子堆积在我的面前了。坐在我对面的那个人取下眼镜，放进一个眼镜盒里，然后折好报纸，放进上衣口袋，双手捧着酒杯，四处张望着店里的人们。我忽然有种强烈的要回去了的感觉，于是我付完钱穿上外衣，又戴上帽子，走出了咖啡店，冒雨赶回了医院。

我上了楼，正好遇见护士，她从走廊上走过来。

“我刚刚打电话去旅馆找你，可是没有找到你。”她说。这时候我心里猛地一沉。

“出什么事了？”

“你太太刚刚大出血了。”

“我能进去吗？”

“现在还不行，医生正在里面。”

“那她现在有危险吗？”

“她非常危险。”护士又走进房间，关上了门。我呆呆地坐在走廊上，感到万念俱灰。我什么都不想，我不敢想。我知道她就要死了，我在心里祈祷别让她死。哦，上帝啊，别让她死，求你别让她死去。只要你不让她死，我什么都可以答应你。上帝啊，求你了，求求你，求求你不要让她死去。上帝啊，千万别让她死。求你，求你了，求求你不要让她死去。上帝啊，求你别让她死。只要你能救活她，你说什么我就做什么。你已经带走了我的孩子，求你了，千万别让她死去。孩子可以没关系，但是她不可以，求求你，不要让她死了。上帝啊，我恳求你，千万不要带走她。

护士开门了，伸出手示意我进去。我跟着她走进房间，凯瑟琳并没有抬头来看我。我又走到床边，医生则站在床的另一边。可怜的凯瑟琳望着我，竟然笑了一下。我伏在她的床上哭了起来。

“可怜的宝贝。”凯瑟琳脸色灰白，轻轻地说。

“你一定没事的，凯特，你会好起来的。”我安慰她。

“我快要死了。”她说。

过了一会儿，她又说：“我讨厌死去。”我握住了她的手。

“别碰我。”她说。我把手放开。她又笑了笑说道：“可怜的宝贝，你想握就握吧。”

“你不会有事的，凯特。你一定不会有事的。”

“我曾想写一封信留给你的，以备不测，可我没有写。”

“我去找个神父，或者什么人来看看你吧？”

“亲爱的，有你在这里就足够了。”她说道。过了一会儿，她又说：“我并不害怕，我只是讨厌死亡。”

“你别讲太多的话了。”医生告诉她。

“好的。”凯瑟琳说道。

“你需有我做什么事吗，凯特？要我给你拿什么东西来吗？”

凯瑟琳又笑了笑：“不要。”过了一会儿，她又说：“我们曾经做的事你不会再跟别的女人做吧？你不会把对我说过的话又对别的女人重复一遍吧？”

“我永远都不会的。”

“不过，我还是要你去接近其他的女人。”

“我不需要她们。”

“你说得太多了，”医生提醒道，“亨利先生要出去了，而且等一会儿他可以再来的，放心你不会死的。”

“那好吧，”凯瑟琳说，“我会每天夜里来陪你的。”她又说。她说话都显得非常吃力。

“那么请你先出去吧，”医生对我说，“亨利太太现在不能说太多的话。”凯瑟琳向我眨了眨眼睛，脸色还是那么灰白。

“我就在门外。”我对凯瑟琳说。

“你别担心，亲爱的，”凯瑟琳对我说，“我一点儿都不害怕，人生只不过是一个卑鄙的骗局。”

“你真是个亲爱、勇敢而可爱的人。”

我走到外边走廊上静静地等待着。我等了很长的时间，护士才走出来。“亨利太太恐怕已经非常严重了，”她说道，“她现在的情况让我感到害怕。”

“她死了？”

“还没有，不过她已经失去知觉了。”

她一定是一次又一次地出血，而且医生们也都没办法给她止血。我走进了手术室，想要坐在床边陪着她直到她死去。凯瑟琳一直都昏迷不醒，没过多久就真的死去了。

我走出手术室，来到屋外的走廊上，问医生：“还有什么事需要我做吗？”

“没什么事了，现在已经没什么可做的了。我送你回旅馆去吧。”

“不用了，谢谢你。我只想在这里多待一会儿。”

“我知道现在我对你说些什么，可我实在没办法跟你说什么……”

“不用说了，”我轻轻地说道，“现在已经没什么好说的了。”

“好吧，那我送你回旅馆吧。”他又说。

“不用了，谢谢你。”

“手术是唯一的办法，”他说，“而且手术证明……”

“我不想再讨论这件事了。”我说。

他沿着走廊走了，我却走到了手术室的门口。

“你现在还不能进来。”一个护士说。

“我可以的，你让我进去吧。”我坚定地回答。

“现在不可以。”

“你出去，”我的语气更加坚定，“那位护士也一起出去。”

不过，即使我赶走了她们，关上门，又关上灯，可做这些事情对我还是没有什么帮助，我简直就像在跟一尊石像告别。过了一会儿，我打开门走出了手术室，就这样我慢慢地离开了医院，在雨中慢慢地走回旅馆，慢慢地走了。